KB112158

달의 행로

行路

달의 행로 行路

초판 1쇄 인쇄 | 2016년 8월 25일
초판 1쇄 발행 | 2016년 8월 30일

지은이 | 권비영
펴낸이 | 박영욱
펴낸곳 | (주)북오션

편　집 | 이소담 · 최다혜
마케팅 | 최석진 · 임동건
표지 및 본문 디자인 | 서정희 · 심재원

주　소 | 서울시 마포구 월드컵로 14길 62, 4층
이메일 | bookrose@naver.com
페이스북 | facebook.com/bookocean21
블로그 | blog.naver.com/bookocean
전　화 | 편집문의: 02-325-9172　　영업문의: 02-322-6709
팩　스 | 02-3143-3964

출판신고번호 | 제313-2007-000197호

ISBN 978-89-6799-298-9 (03810)

이 도서의 국립중앙도서관 출판예정도서목록(CIP)은 서지정보유통지원시스템
홈페이지(http://seoji.nl.go.kr)와 국가자료공동목록시스템
(http://www.nl.go.kr/kolisnet)에서 이용하실 수 있습니다.
(CIP제어번호: CIP2016018370)

*이 책은 북오션이 저작권자와의 계약에 따라 발행한 것이므로 내용의 일부 또는 전
　부를 이용하려면 반드시 북오션의 서면 동의를 받아야 합니다.
*책값은 뒤표지에 있습니다.
*잘못 만들어진 책은 구입하신 서점에서 교환해 드립니다.

이 책은 울산광역시와 한국문화예술위원회의 문예진흥기금을 보조받아 발간되었습니다.

달의 행로
行路

권비영 소설집

북오션

차례

산동네
그 집에서 있었던 일

그 집은 산동네에 있었다. 언덕을 숨차게 올라가 마주한 집은 색이 바랜 그림 속의 집 같았다.

처음 그 집을 보았을 때 나는 마치 옛날로 돌아가는 듯한 착각에 빠질 지경이었다. 낡은 마룻바닥과 좁은 방, 창호지를 바른 작은 문, 방 앞으로 나란히 붙어있는 쪽마루까지, 시간을 거슬러 올라가야 볼 수 있을 듯한 오래된 집에 대한 첫인상은 그리 유쾌하지 않았다. 특히 삐거덕거리는 나무 대문과 중문은 나를 어두운 옛날로 끌어가 가둘 것처럼 느껴져 불안했다. 마당에 생뚱맞게 서 있던 소나무의 그늘도 그런 느낌을 들게 했다. 그러나 그 집은 아버지의 자존이었고 우리 식구에게는 마지막 남은 희망이었다.

〈겨울〉

아버지는 서울 변두리 산동네에 있는 그 집을 겨울에 샀다. 그 이유는 봄이 되면 내가 고등학생이 되기 때문이었다.

그렇게 말하고 보면 내가 집안에서 꽤나 사랑받는 존재인 것 같겠지만, 사실은 다른 이유가 있었다. 굳이 명분을 내세우자면 그 집은 경민이 오빠 때문에 샀다는 게 더 맞는 말일 것이다. 오빠는 대학생이었고, 오매불망 오빠를 품고 살고 싶었던 어머니의 그리움도 그 집을 사는 데 한몫했을 것이다. 그러나 경민이 오빠는 우리가 서울에 집을 산 이후에도 집에 오지 않았으므로 결국은 내 공부 때문에 집을 산 꼴이 되었다.

사실 아버지의 마음은 학교가 가까운 아랫동네에 집을 사고 싶었다고 했다. 하지만 아버지가 가진 돈으로 아랫동네에 집을 사기는 어려운 일이었다. 그래서 학교가 저 아래로 내려다보이는 산동네에 집을 사게 된 것이었다. 집 구경을 온 이웃들에게도 그렇게 말했다. 우리 딸애 공부 때문에 이사 왔어요, 라고. 아주 틀린 말은 아니었다.

공부벌레인 오빠는 어려서부터 고모네 집에 가 있었지만, 대학교에 간 후에도 기숙사에서 먹고 자며 공부만 한다고 했다. 삶의 목표가 공부인 것만 같은 사람이었다. 나는 그런 오빠가 이해되지 않았지만 모든 사람을 이해하고 살 수는 없다는 걸 뒤늦게 알았다.

오빠는 우리가 서울로 이사를 온 후에도 집에 들른 적이 몇 번 안 된다.

처음 오빠가 온 날은 일요일이었는데 예의 그 시큰둥한 얼굴로 와서는 아버지께 큰절을 올리고 어머니에게는 그저 고개만 까닥거리고 말았다. 그래도 어머니는 오빠 얼굴 보는 것만으로도 흡족해서 연신 오빠의 손을 잡고 쓰다듬었다. 어머니의 그런 행동에도 오빠는 덤덤했다. 어머니가 서둘러 부엌으로 간 후에 내 얼굴을 한번 쓰다듬고는 또 책을 보았다. 밥상이 차려질 때까지 마냥 책만 보았다. 나는 그런 오빠가 이상하다고 생각했다. 감정이 없거나 아님 너무 맺힌 감정이 많거나 둘 중에 하나라고 생각했다. 나도 상냥하고 친절한 성격은 아니지만, 오빠는 좀 비정상적으로 냉정했다. 왜 그러는지 이유를 알 수 없었다.

오빠가 온다고 하루 종일 들떠서 음식을 준비한 어머니는 오빠가 밥상에 앉아서도 책에서 눈을 떼지 않자 음식을 복스럽게 먹지 않아서 비쩍 마르는 거라고 속상해했다.

오빠에 대한 어머니의 짝사랑은 유난했다. 하지만 오빠는 모르는 것인지 모르는 척하는 것인지, 어머니에게 다정한 말 한 마디하지 않고 무뚝뚝하게 굴었다. 어쩜 오빠는 보통 사람들과는 다른 생각을 하며 사는지 모르겠다는 생각도 해 봤다.

아무튼, 그 집은 나를 위해 산 꼴이 되어서 나는 꽤나 기분이 좋았다.

사실 나는 마당 너른 시골에서 사는 게 더 좋았지만, 그 시골집을 지킬 수 없는 이유가 있었고, 또 서울까지 기차 통학을 해야 하는 일이 너무 힘들었다. 하루 3시간 이상을 기차에 시달리고 나면 밥맛도 없었다. 해도 뜨지 않은 새벽을 딛고 나서서 캄캄해서야 도착하는 시골 역은 나에게 공포였고, 거기서 삼십 분은 족히 걸어야 하는 집까지의 거리는 너무 힘겨웠다. 서울에 있는 중학교에 들어가 통학하는 동안 나는 빼빼 말라 있었다. 어쨌거나 우리는 서울로 이사를 왔고 나는 고등학생이 되는 꿈에 부풀었다.

시골집에 익숙한 어머니는 서울 살림살이가 소꿉 같다고 했다. 난생처음 전기밥솥이라는 걸 하나 장만해서는 밥을 할 때마다 지키고 앉아 신기해했다.

"세상에나, 세상에나. 이런 물건이 다 있네."

그건 그동안 고생만 한 엄마에 대한 아버지의 선물 같은 것이었다. 어머니는 그 일로 아버지를 더 극진하게 여겼다.

"니 아버지가 참 속이 깊은 분이여."

맞다. 아버지는 속이 깊은 분이다. 가족에게나 다른 사람에게나. 속이 깊어도 너무 깊어서 문제였다.

어머니를 감동시킨 것은 전기밥솥 말고도 또 있었다. 오빠를 낳았다고 사 준 싱거 미싱이었다(재봉틀이라는 말로는 어머니가 어루만지던 그 느낌을 표현할 수 없다).

아들은 어머니에게 뿐만이 아니라 아버지에게도 소중한 존재였다. 어머니는 그 미싱을 아버지인 양 어루만지며 반질반질 윤이 나게 닦았다. 어머니는 그 미싱으로 내 옷도 만들고 동생 옷도 만들고 아버지의 여름 바지도 만들었다.

어머니는 꽤 솜씨가 있었다. 그래서 시간이 날 때마다 시장에 가서 자투리 천을 사 와서 만든 옷을 이웃에게 싸게 팔기도 했다. 그러면서 아버지 자랑을 잊지 않았다.

"아들 낳았다고 애들 아버지가 사 준 일제 미싱이라우."

그럴 때 어머니의 눈에서는 아버지에 대한 존경과 사랑이 철철 넘쳐흘렀다.

그뿐만이 아니다. 어머니가 아버지를 더욱 알뜰히 여기시는 데는 또 다른 이유가 있었다. 매일 아궁이에 잔솔가지로 불을 떼서 방을 덥히던 어머니가 연탄 덕에 편해진 것이다. 방마다 하루에 두 번씩 연탄을 갈아야 하는 번거로움은 있었지만 그건 불을 떼서 방을 덥히는 일에 비할 바가 아니었다. 그것도 창고 가득 든든하게 연탄을 재 놓고 사는 형편이라니!

어머니는 시골집을 정리하고 서울로 온 것이 아버지가 하신 일 중에 가장 잘한 일이라는 생각까지 하시게 됐다. 하지만 그런 생각조차 얼마 가지 못 했다. 그 또한 아버지 때문이었다.

그 집으로 오르는 길은 얼어서 미끄러웠고 좁고 구불구불했다. 매서운 칼바람이 휘몰아치는 날에는 사람들이 잔뜩 웅크린 채로 골목길을 오르내렸다. 비가 오는 날은 질척거리는 골목길에서 미끄러지기 일쑤였다. 나는 그 집이 좋기도 하고 싫기도 했다. 일곱 개나 되는 방은 넉넉해 보였지만 집으로 올라가는 골목은 좁고 더럽고 구질구질했다.

집으로 올라가기 전 비탈길엔 조그만 구멍가게가 하나 있었고,

그 옆엔 옷 수선집이 있었다.

구멍가게는 정말 구멍만 하게 좁았다. 그래도 그곳엔 아이들의 눈을 홀리는 과자들이 놓여 있었고 계란이나 두부 같은 간단한 찬거리도 살 수 있었다. 담배도 팔았다. 말하자면 만물상이었다.

아버지는 그곳에서 담배를 샀다. 몇 번 담배 심부름을 한 적도 있었지만, 여자아이에게 담배 심부름시키는 일이 못마땅했던 어머니 덕에 그 일은 하지 않아도 좋은 일이 되었다. 하지만 담배에 얽힌 슬픈 이야기는 아직도 내 마음에 남아 있다.

"희망 주시오."

산동네 그 집을 더 이상 지킬 수 없게 되었을 때, 아버지는 구부정한 허리를 애써 세우며 그 담배를 달라고 했다. 희망 주시오, 하는 아버지의 슬픈 음성은 아직도 내 귀에 쟁쟁하다.

그 가게에, 흐린 전구의 그늘에 숨은 듯 앉아 있던 할머니는 손님이 올 때만 웃음을 지으며 무거운 몸을 일으켰다.

내가 가끔 콩나물을 사러 갔다. 시간이 많은 토요일이나 일요일 같은 때였다. 하지만 나는 구멍가게에 정말 가기 싫었다. 할머니 때문이었다. 살가죽만 남은 바짝 마른 할머니가 무서웠기 때문이다.

내가 가면 할머니는 마지못해 웃어 보였는데 그 웃는 모습이 귀신같아서 몸이 덜덜 떨렸다. 그래서 가게 한쪽을 막아 재봉틀을 놓아두고 〈수선집〉이라고 써 둔 데로 가서 괜히 재봉틀을 돌리고 있는 새댁에게 말을 걸었다. '뭐 해요?' 하고 물어보면 돌아오는 대답은 늘 '수선한다.'였다. 나는 콩나물을 사러 갈 때마다 똑같은 말을 했고, 새댁도 똑같은 대답을 했다. 늘 재봉틀 돌아가는 소리가 달달달, 들리던 옷 수선집을 하는 이는 할머니의 손부였다. 성실하나 가난한 아낙이 표정 없이 재봉틀을 밟고 있다가도 구멍가게에 손님이 오면 냉큼 일어서 할머니를 도왔다. 무뚝뚝하지만 착한 여자였다.

가난한 동네라 그런지 수선하는 옷들이 쌓여 있었다.

나는 할머니가 없을 때는 새댁이 하는 일을 한참 보다가 왔는데 그럴 때마다 어머니한테 늦게 왔다고 혼났다.

그 마을의 그림은 오래된 사진 속 그림 같았다. 변하지 않아서 색깔마저 희미해져 낡아 버린 구멍가게, 수선집, 그 옆으로는 만화방이 있었고 그 맞은편 공터엔 공동 수도가 있었다.

아이들은 학교에서 돌아오면 물지게를 지고 공동우물로 몰려들었다. 그 아이들의 모습도 오래된 그림처럼 각인돼 있었다. 양쪽에 물지게를 지고 올라가면서도 만화방에 눈길을 던지던 아이들은 번번이 미끄러져 물을 쏟아 혼쭐이 나면서도 만화방에 미련을 버리지 못했다. 나는 물지게를 진 적은 없지만, 왠지 그 공동 수돗가를 지나는 것이 싫었다. 훗날 동생이 불만을 터트린 것도 그 물지게 때문이었다.

"언니는 한 번도 물지게를 안 졌잖아. 맨날 학교에서 늦게 오고."

그랬던가? 동생에게는 잊어버릴 수 없는 서운한 기억이 왜 내게는 선명하지 않은 걸까?

나는 동생의 이야기를 듣고 미안했다. 조그만 여자아이가 졌을 힘겨운 물지게를 왜 나만 지지 않았는지를 곰곰 생각해 보고는, 어쩜 학교에서 늦게 온 건 물지게를 지기 싫어 만든 내 나름의 꼼수였을 수도 있겠다는 생각이 들었다.

아버지는 오빠만큼이나 나를 어여뻐 하셨으므로 막냇동생은 이 래저래 서운한 것이 많았을 것이다. 학교에서 늦게 왔다는 것은 어쩜 내 안의 이기심이 그런 발상을 했을 수도 있다는 생각도 했다. 하지만 그것만도 아닌 것이, 우리 집에 수도가 들어온 후에도 나는 학교에서 일찍 돌아오지 않았던 것 같다.

그 동네에서 집안에 수도가 있는 집은 몇 안 되었다. 그 몇 안 되는 집 중 하나가 우리 집이었다.

처음 수도가 들어왔을 때 어머니는 당당하게 거들먹거렸다. 나는 그게 자랑스럽다기보다는 부끄러웠다. 아니 부끄럽다기보다는 민망했다. 대개는 부모들이 맞벌이를 나가는 집이 많은 동네였고 그러다 보면 물을 긷는 것은 학교에서 돌아온 아이들의 몫이었다. 이아이들은 물동이를 수도 앞에 세워두고 제 차례가 올 때까지 사방치기를 하거나 고무줄놀이를 하였다. 내가 그 앞을 지나가면 아이들의 눈길이 내게로 달라붙었다. 불편하고 민망했다.

"저 기집애는 물지게를 지지 않아."

저들끼리 수군대면서도 결코 편편치 않은 눈길을 보내는 터라 그 앞을 지나가기가 아주 불편했다. 그래서 더 학교에서 늦게 온 것은 아닐까?

더욱 불편한 것은 공동 수도를 관리하는 아줌마였다. 그 아줌마는 만물상 며느리였는데, 연탄 집을 하는 홍 씨 아저씨의 아내이기도 했다. 눈 밑에 주근깨가 다닥다닥한 여자는 나만 보면 해죽해죽 웃었다. 그 동네에서 연탄을 넉넉하게 들여놓는 집의 딸이라는 것이 그리 웃음을 짓는 이유가 되는 것인지 나는 알 수 없었다.

"학교 다녀오네? 아버지, 어머니 잘 계시지?"

물론 그 말은 말을 건네기 위한 말일 뿐이었다. 우리 집에 망조가 들어 그 집을 떠나 방 두 개짜리 전세방으로 내려앉은 후에는 그리 싹싹하게 대하지 않았다.

아, 그 일만 없었더라면 좀 더 행복한 기억을 가진 유년이 되었을 텐데! 아버지가 눈을 좀 제대로 뜨고 사셨더라면 일어나지 않았을 그 일!

돋보기안경을 끼고 저녁 늦게까지 형광등 불빛 아래서 책을 보시는 아버지는 캄캄한 동네의 불빛 같은 존재였다.

"아저씨같이 공부 많이 하신 분이 어쩌다 이 산동네까지 오셨능교? 저 밑 동네에서 선상님이나 하실 양반이."

고향이 같다는 이유로 유난히 아버지를 고이시던 동네 아저씨는 아버지가 산동네로 오신 것이 자기 잘못이라도 되는 양 송구스러워 했다. 답답한 게 있으면 그것이 무어든 아버지를 찾아와 물었다. 책상물림인 아버지께 물어서 알 수 없는 일들도 개의치 않았다.

아버지는 그 동네에서는 유식한 축에 속했다. 사실, 사는 것도 그리 궁금하지는 않았다. 산동네이기는 했지만, 방이 일곱 개나 있는 번듯한 기와집 주인이었으니 그 동네에서는 부자인 셈이었다. 삐거덕거리는 나무 대문을 열고 들어서면 행랑채가 있고 그 중문을 열면 안채가 보였다. 지은 지 오래된 게 분명한 그 집은 조선시대 사극에서나 나올 법한 낡은 집이었지만 기품이 있었다. 마치 쇠락한 양반이 머무는 집 같았다. 그런 집으로 이사를 하게 된 데는 그만한 이유가 있었다. 아버지가 어린 시절을 보낸 집과 구조가 비슷하다는 이유 때문이었다. 거기에, 그 집을 살 돈으로는 아랫동네에서 그만한 집을 살 수 없다는 이유도 한몫했다. 아버지는 그 집으로 이사 오던 날, 천하를 다 얻은 듯이 기뻐하셨다.

"저 봐라. 동네가 훤히 내려다보이니 얼마나 시원하냐."

아버지의 눈 아래로 내가 다닐 학교와 동생이 다닐 학교와 다닥다닥 자리한 집들과 동네에서 유일한 병원이 보였다.

나는 처음에 그 산동네가 싫었다. 하지만 내 의견은 중요하지 않았다. 시골 살림을 접고 서울로 온 것은 순전히 나 때문이라 했지만, 그것이 집을 구하는 데 내 의견이 존중되어야 할 이유는 아니었다.

다행인 것은 내 공부방이 생긴 정도였다. 식구 다섯에, 그렇게 큰집이 왜 필요한 것인지 의문을 가졌지만, 그 이유는 시골 살림을 접고 그 집을 산 것이 세를 놓아 수입을 얻기 위해서라는 것을 자연스럽게 알게 됐다.

이삿짐 정리가 대충 끝나자 어머니는 큼지막하게 〈셋방 있음〉
이라는 글씨를 써서 대문 한쪽에 붙였다. 그런 일은 언제나 어머니
몫이었다. 글씨를 쓰는 일로 치자면 아버지가 달필이지만 아버지
는 세를 놓는 일이 어색하고 겸연쩍은지 그런 일은 어머니를 앞세
우고 당신은 헛기침을 하며 돌아서 있곤 했다. 그러면 어머니는 혼
잣말처럼 중얼거렸다.

"혼자만 양반이지."

겨울인데도 다행히 방 얻으러 오는 사람들이 있어 어머니는 기
뻤했다. 빈방을 두는 만큼 어머니의 한숨이 쌓여갈 것이므로 나도
기뻤다.

제일 먼저 세를 놓은 것은 행랑채였다.

행랑채에는 눈웃음을 살살 치던 과부댁이 들어왔다. 아들 백일
쯤 남편을 앞세웠다는 과부댁은 유난히 살결이 희었다. 샐샐 웃는
모습이 사내 잡아먹을 상이라고 어머니는 싫어했지만, 하루라도
빨리 세를 놓고 싶은 마음에 방을 주긴 주었다.

그 과부댁의 짐이라곤 궤짝 같은 반닫이 하나와 옷 보따리뿐이
었다. 잘 봐 주세요, 혼자 살다 보니 윤나는 게 없답니다, 하고 여
자는 아버지를 향해 눈웃음을 지었다. 한 달도 안 돼 어머니는 후
회하기 시작했다.

후회할 일은 그뿐이 아니었다. 오갈 데 없던 아버지 친구분에게

방 하나를 공짜로 내주게 된 일도 어머니로서는 큰 후회 거리였다.

아버지 친구분은 일본 와세다 대학을 졸업한 인재로 고등학교 영어 선생이었는데 수업 중에 술을 자주 마셔서 학교에서 쫓겨났다고 했다. 조그만 손거울을 양복 주머니 안에 넣고 수시로 꺼내보는 멋쟁이였지만 끼니때가 되면 비굴한 모습으로 두 손을 비비며 우리 집 부엌을 기웃거렸다. 어머니는 그런 아저씨에게 마지못해 밥을 내밀었지만 아버지처럼 표정이 너그럽지는 않았다.

"당신이 자선사업가유? 김 선생은 거지유?"

속이 뒤틀린 어머니가 그렇게 공시랑 거리면 아버지는 못 들은 척 먼 산을 바라봤다.

안방과 마루, 건넌방을 우리가 차지하고 문간방과 행랑채, 중문 안쪽의 방 세 개는 세를 놓았다. 내 공부방은 방이라고 하기에 미안할 정도로 작은, 안방구석에 붙은 쪽방이었다. 그래도 내 방이 있다는 게 몹시도 좋아 아버지가 쓰던 앉은뱅이책상을 닦고 또 닦으며 즐거워했다. 하지만 그 집은 내게나 어머니에게 즐거운 집만은 아니었다.

어머니는 김 선생이 온 후 큼지막하게 〈셋방 있음〉이라는 글씨를 써서 김 선생 아저씨에게 대문 앞에다 붙여 달라고 했다. 아직 빈방이 있을 때였고 먼저 붙여 둔 것이 있는데도 대문 양쪽에 그걸 붙이게 하였다. 일부러 그러는 것 같았다. 방세도 안 내고 눌어붙어 있는 김 선생에 대한 무언의 시위 같았다.

방을 보러 사람들이 오면 어머니는 일부러 아저씨 방 앞에서 큰 소리로 말했다.

"아유, 방이야 싸지요. 우리 집처럼 싼 방도 없어요. 그 방값도 못 내는 사람이 있을라고요."

생각해 보면 그 집은 다양한 인간 군상을 모아놓은 수용소 같았다. 이러구러 빈방이 다 찼다.

겨울인데도 방이 빨리 나간 것은 주변보다 싼 방세 때문인 것 같았다. 중문 안쪽의 방 세 개도 다 세를 놓았다. 그런데 문간방 새댁을 빼고 나면 모두 어딘가 부족하거나 이지러진 사람들이었다.

아버지가 머무는 사랑방 옆방은 김 선생이 차지했고 그 옆방에는 할머니와 손녀가 세 들었다. 할머니는 시장에서 장사를 한다고 했다. 바싹 마른 손녀는 다리를 심하게 절었고 어딘가 아픈 듯 몹시 병약해 보였다.

"저거 하나 놔두고 애비 에미가 먼저 저세상으로 갔소."

이삿짐을 부리며 할머니는 아주 담담하게 말했다. 머리칼이 하얗게 센 할머니는 세상사 다 달관한 듯한 말투였다.

살림살이도 별로 없었다. 자잘한 부엌살림 외에 이부자리와 비닐 옷장이 전부인 듯한 살림인데, 어울리지 않게 유난히 커다란 솥단지 몇 개가 이삿짐에 섞여 있었다.

할머니에게서는 콤콤한 냄새가 났는데, 어머니는 그걸 노인네가 잘 씻지 않아서 그런 거라고 판단했다. 하지만 그 냄새가 씻지 않은 노인에게서 나는 냄새가 아니라는 것을 뒤늦게 알고 나서 어머니는 할머니에게 방을 준 것을 또 후회했다.

끝 방에 든 노 씨 부부는 행상을 한다고 했다. 둘이 사는 집치고는 이삿짐이 유난히 많다 싶었는데 쓸 만한 것은 별로 보이지 않고 어디서 주워 모은 듯한 허접한 살림살이가 좁은 방에 그득했다. 잠은 어디서 자나 싶을 만큼 짐이 많았다. 그런 데다 허우대가 멀쩡한 아들도 하나 있었다. 이사 올 땐 분명히 부부만 왔는데 한 사흘쯤 지나자 아들이 나타났다.

"우리 아들이 서울에 취직하러 왔어요."

아들은 스물두 살이라고 했다. 생긴 건 멀쩡한데 대학생처럼 빈둥거리며 놀았다. 취직하러 온 게 아니라 방을 주지 않을까 봐 거짓말을 한 거였다.

노 씨 부부가 쉬는 날에도 그는 외출하지 않았다. 나중엔 아줌마가 아들에게 용돈을 쥐여주며 영화나 보고 오라고 내쫓았다. 남편이 잠을 좀 자야 한다는 게 이유였다. 하지만 아들은 용돈을 받고도 영화를 보러 가지 않았다. 그것이 무엇을 말하는 건지 몰랐던 나는 10분도 안 돼 만화를 잔뜩 빌려 안고 돌아오는 그가 오히려 이상했다. 영화를 좋아하는 나는 기회가 없어 못 보는데 돈을 주면서까지 보고 오라는 영화를 마다하는 그를 이해할 수 없었다. 하지만 그 일이 무얼 이야기하는 건지는 그 후에 알게 됐다.

그는 군대를 다녀온 사람처럼 보였다. 얼핏 보아서는 자기 나이보다 서너 살 더 많아 보이기도 했다. 턱수룩하게 수염이 자라도 깎지 않아서 그렇게 보였는지 모르지만, 인상도 별로 좋지 않았다. 늙은 부모가 일을 하는데도 늘 빈둥빈둥 노는 모습이 좋아 보이지 않았고 또 무슨 일이든 하려는 의지도 없어 보이니 더 안 좋게 보였다. 그를 지켜보던 아버지가 그에게 말했다.

"이보게, 젊은이. 젊은 사람이 노는 걸 보니 딱해서 그러는데 공사판 일이라도 해보겠나? 내 친구가 목수 일을 하는데 부탁하면 자네 일자리 정도는……."

아버지의 말이 끝나기도 전에 그 청년이 버럭 소리를 질렀다.

"관 두슈, 내가 그런 일 할 사람으로 보여요?"

오히려 머쓱해 하는 건 아버지였다. 쓸데없는 일을 하신 거였다.

그럴 때, 필요 이상으로 다른 사람의 일에 관심을 갖는 아버지를 보면 딱한 생각이 들 때도 있었다. 그런 아버지의 행동이야 어제오늘 일이 아니지만, 끝방 노 씨 부부에게 방을 준 일도 어머니에게는 후회 거리였다.

집을 세놓는 일도 쉬운 일은 아니었다. 아버지의 지나친 동정심 때문이거나, 아님 주변에 비해 싼 집세 때문이거나, 우리 집에는 어딘가 이지러진 사람들이 몰려들었다. 추위를 피해 모이는 군상들처럼, 산동네 그 집은 그렇게 사람들이 모여들었다.

〈봄〉

"경아, 이것 좀 입어 봐라."

어머니가 원피스를 만들어 내게 내밀었다. 아지랑이가 피어나는 봄날이었다.

"엄마, 내 거는?"

곁에 있던 동생 경미가 불퉁한 표정으로 울먹거렸다.

"너는 나중에 해줄게."

"힝, 맨날 언니 오빠만 챙기고. 나는 뭐야?"

기어코 경미가 울음을 터트렸다. 꽃들이 하들하들 피어오르고 마당의 소나무도 노오랗게 화분을 품을 때였다.

"이년이, 맨날 불평이야. 너는 언니 입던 거 입으면 되잖아!"

어머니는 이를 악물고 동생의 엉덩짝을 후려쳤다. 어머니는 속이 상할 때마다 이를 악물고 막내를 때렸다. 이상하게도 나는 때리지 않고 막내만 때렸다. 왜 그랬는지 지금도 모르겠다.

나는 대학교 간다고 했을 때 처음으로 어머니한테 맞았다.

"이년아, 니 눈엔 너 말고는 아무것도 안 보이냐?"

왜 맞았는지 모른 채로, 나는 어머니가 거품을 물고 악다구니하는 모습을 보았다. 대학교 가겠다고 한 것이 무슨 큰 죄라고…….

하지만 생각해 보면 큰 죄였다. 망조가 든 집의 맏딸이 대학에 가겠다니, 장남인 오빠가 공부 중인데 눈치도 없이 대학엘 가겠다고 하다니. 아버지 하시던 일이 거덜 나서 거리에 나앉게 생겼는데 대학이라니!

그 당시 상황으로서는 큰 죄가 맞았다. 그걸 인정하는 내 기분은 몹시 우울했다.

하지만 그런 상황이 되기 전까지는 나의 봄날이었다. 하얀 카라가 멋진 교복도 맞추고 원피스도 만들어 주고 학용품도 요것조것 사주었다. 김 선생 아저씨도 큰맘 먹고 입학 기념이라며 '빠이롯드' 만년필을 사주었다. 나의 봄날은 행복하게 이어질 것 같았다.

교복을 입고 첫 등교를 하던 날, 나는 무엇보다도 학교가 가깝다는 사실에 기분이 좋았다. 하루 3시간씩 허비하던 통학을 하지 않아도 되었으니까.

동생 학교도 그리 멀지 않았다.

동생과 나는 처음으로 나란히 집을 나섰다. 학교 가는 길에는 교회도 있고 제법 큰 과일가게도 있고 양품점도 있었다. 우리는 오가는 길에 기웃거리며 구경을 했다. 학교 수업이 끝나면 나를 기다리던 경미를 데리고 시장 구경 가는 게 큰 낙이었다. 학교에서 그리 멀지 않은 곳에 시장과 극장과 정육점, 음식점 같은 게 많았다. 가장 큰 관심은 극장이었는데 번번이 〈미성년자 관람 불가〉라는 붉은 간판이 극장 앞에 세워져 있었다.

"언니, 미성년자가 뭐야?"

"어른이 덜된 사람."

"그럼 저 극장에는 어른들만 가는 거야?"

"응."

나는 경미의 손을 잡고 그 골목을 빠져나오면서 늘 그 극장을 한번 돌아보았다. 그것은 어머니를 따라 단 한 번 갔던 그 극장에 대한 기억 때문이었다.

그 날, 어머니는 영화를 보는 게 아니라 울기 위해 간 것 같았다. 핑계야 슬픈 영화니까 울었다 할 수 있지만, 중요한 것은 영화는 보지도 않고 어머니가 울었다는 사실이다. 그런 기억이 나에게는 오히려 어머니에 대한 따스한 마음을 갖게 했다. 만약에 어머니가 그런 추억도 없이 나에게 야단만 치고 악다구니를 떨었다면 나는 어머니를 아주 싫어했을 수도 있다.

어둠 속에서 혼자 울음을 삼키던 어머니의 젖은 눈이 내게는 어머니를 이해하게 하는 계기가 되었다. 극장에서 실컷 울고 나온 어머니는 언제 울었냐는 듯이 말짱한 얼굴이 되어 내게 말했다.

"냉면 사줄까? 비빔냉면 맛있는 집 아는데."

"어디?"

"시장통 포장마차."

세상에서 그렇게 만난 비빔냉면을 나는 그 날 이후 아직도 먹어본 적이 없다.

어머니는 속이 상하면, 아버지에게 대들다 지치면, 혼자서 그렇게 슬픈 영화 한 편 보고 매콤하고 달콤한 비빔냉면 한 그릇 먹는 것으로 풀어냈다. 하지만 대체로 어머니는 순종적이고 강한 여자였다.

어머니는 싱거 미싱으로 일거리를 만들었다. 우리를 학교에 보내고 나서 집 안 청소가 끝나면 대청마루에 의젓하게 놓인 싱거 미싱의 덮개를 열었다. 남대문 시장에 가서 자투리 천을 사다가 베갯

잇이나 간단한 원피스, 혹은 속치마 같은 것을 만들어 팔기 시작했다. 재봉틀로 수선을 하는 수선집에서는 싫어하는 눈치였지만 내색은 하지 않았다. 연탄을 우리만큼 팔아주는 집이 없었기 때문이었다.

어머니의 미싱 소리가 들리는 날엔 저녁 밥상에 반찬도 달라졌다. 기름진 고등어가 통째로 올라오거나 달달한 불고기가 푸짐하게 올라오기도 했다. 아버지는 사랑방에 문을 열어 놓고 책을 보시면서 가끔씩 부지런한 어머니를 힐끗 바라보곤 했다.

명주바람이 살랑살랑 불 때는 가끔 봄놀이도 갔다. 눈치 없이 김 선생이 끼는 걸 어머니는 싫어했지만, 아버지가 김 선생을 끼고도는 데는 뾰족한 방법이 없었다.

그럭저럭, 우리의 서울 생활은 행복해 보였다. 그 일이 있기 전까지는.

봄은 언제나 소란하다. 잠들었던 모든 것이 깨어나고 움직이며 열망이 꽃처럼 피어난다. 그래서 불안하다.

아버지의 눈빛에 어떤 기대가 차오르기 시작하면, 그것은 불안한 일이 생긴다는 전조였다.

한 일 년, 아버지는 잠잠했다. 시골에서 겪고 온 아픔이 그 정도의 치유 기간을 필요로 했을까. 나는 아버지의 고요함이 상처로 남은 지난날들을 조용히 치유하고 계시는 거라고 믿었다. 아버지를 절망으로 밀어 넣었던 그 사건에 대해 우리 식구 누구도 입 밖으로 꺼내지 않았다.

일요일이었을 것이다. 우리 집이 모처럼 북적거렸다. 세 든 이들 말고도 손님이 많았다. 아버지의 친구분들이었다. 어머니는 부엌에서 음식을 만드느라 정신이 없었고 나는 마루에서 콩나물을 다듬고 있을 때였다.

"동식이 있나? 내 왔다."

대문이 삐거덕 열리며 아버지 친구분들이 들어오셨다. 아버지가 벌떡 일어나 얼굴 가득 웃음을 띠며 친구들을 맞았다. 김 선생도 아는 분인 듯 함께 악수를 하고 기분 좋은 얼굴로 인사를 나누었다.

"야가 경아가? 벌써 이래 컸나?"

눈 밑에 커다란 사마귀가 있는 뚱뚱한 아저씨가 나를 바라보며 놀라워했다.

"그래, 갸가 요맨했던 경아다. 올게(올해) 고등학교 들어갔다."

점잖던 아버지가 장난스러운 표정을 지으며 모처럼 경상도 사투리를 썼다.

"하이고야, 세월 빠르데이."

뒷짐을 지고 들어서던 다른 아저씨가 내 머리카락을 흩트리며 신기한 표정을 지었다.

"하이고, 오셨능교?"

어머니도 어느새 경상도 여인네가 되어 싹싹하게 인사했다.

"아이고, 제수씨는 여전히 이쁘네예."

그 말에 어머니가 수줍은 듯 고개를 외로 꼬고 살풋 웃었다. 이쁘다는 말에 시름이 다 녹은 듯한 표정이었다.

어머니는 조금 전까지만 해도 부엌에서 일을 하면서 구시렁거리고 있었다. 이쁘다는 말, 참 좋은 말이다.

어머니는 손님들이 마루로 올라서자 꼭꼭 싸두었던 교자상을 꺼내 깨끗하게 행주질하고 음식을 차리기 시작했다. 얌전하게 부친 전과 생선에, 좀처럼 보기 드문 갈비찜까지 올라왔다. 잘 익은 김치는 새콤한 냄새가 나서 절로 침이 고였다. 막내는 그새 상 앞에 앉아 군침을 흘리고 있었다.

"요 얼라가 막둥이가? 고거, 참 구엽게 생겼네."

아저씨들은 나와 막내를 훑어보며 아버지가 들어서 기분 좋을 말들을 쏟았다.

나는 어머니의 심부름을 하느라 정신이 없었다. 수저를 맞추어 놓고 반찬도 날랐다. 새하얀 쌀밥을 밥통에서 푸고 시원하게 끓인 콩나물국도 사람 수에 맞추어 퍼 놓았다. 그러면서도 나는 아버지의 친구들을 유심히 살폈다.

"아이고, 물주머니 니는 우째 살이 더 쪘노?"

그 아저씨는 살이 많이 져서 물 담아 놓은 주머니 같다고 해서 별명이 그리 붙은 것 같았다.

"목수야, 니는 아직도 목수질 하나? 풍채야 물주머니가 좋다마는 돈은 니가 잘 벌재?"

머리가 희끗희끗한 깡마른 아저씨를 보고 하는 말이었다. 그 말에 아저씨가 쑥스러운 듯 고개를 저었다.

"점백이 저놈은 여전히 건삼을 질겅거리고 있구만. 니 놈은 몇 살까지 살라고 그라나?"

그 아저씨는 눈 밑에 검은 점이 있어서 점백이라고 부르는 모양이었다. 시골에서는 뵌 적이 없는 분들이었다.

점백이 아저씨가 김 선생을 보고는 장난스럽게 농을 쳤다.

"니는 술 처묵다가 핵교 짤릿다메? 아이고, 부끄러버라. 니가 와 세다 졸업했다카믄 누가 믿겠노? 그래, 요새는 뭐하노?"

오랜만에 만나서인지 집안이 들썩거릴 만큼 시끌벅적했다. 막걸릿잔이 오가고, 음식들이 바닥 나고, 흥에 취해 노랫가락이 이어질 쯤 날이 저물었다. 하지만 모처럼 모인 아버지의 친구분들은 갈 생각을 하지 않았다.

먼저 취한 물주머니 아저씨는 마룻바닥에 쓰러지고 술이 아직 덜 취한 점백이 아저씨는 혀가 꼬부라져서 알아듣지도 못할 말을 웅얼거리며 서로의 얼굴을 만지고 기대면서 허허거렸다. 술을 마시던 아버지가 갑자기 일어나 사랑방으로 들어가셨다. 덜그럭거리는 소리가 몇 번 나더니 잠잠해졌다.

"이누마가 자나?"

점백이 아저씨가 일어나 방문을 열었다. 아버지는 지필묵을 꺼내놓고 뭔가를 쓰고 있었다.

"니, 뭐 하노?"

물주머니 아저씨가 몽롱한 눈으로 아버지를 바라봤다.

"이거 쓴다꼬. 봐라, 친구들아, 괜안나?"

아버지가 내민 한지에는 커다랗게 '莫逆之友'란 글이, 취한 아버지만큼 삐뚤빼뚤 쓰여 있었다.

"허허, 막역지우라……. 좋은 말일세. 친구 사이의 우정을 나타내는 말 중에 그보다 더 좋은 말이 있게나."

물주머니 아저씨가 아주 흡족한 듯이 고개를 끄덕였다. 목수 아저씨가 눈만 껌벅껌벅하다가 혀 꼬부라진 소리로 말을 보탰다.

"요즘 세상에 그런 친구가 있겠나?"

"우리가 그런 친구 아닌가. 하하하."

점백이 아저씨가 목수 아저씨를 끌어안으며 호탕하게 웃었다.

"문경지교란 말도 있지. 친구를 위해서라면 내 목숨도 기꺼이 내줄 수 있다는."

김 선생도 한마디 거들었다. 유식한 체하는 친구들 앞에서 목수 아저씨는 조금 기죽은 듯이 보였다.

"마음이 맞아 서로 거스르는 일 없이 삶과 죽음을 함께할 수 있는 친밀한 벗, 여기 있는 친구들 아니겠나."

아버지는 전에 없이 큰소리로 말했다. 확실히 들떠 있었다. 막역지우와 문경지교들이 어울려 취해가는 밤은 소란스럽고 유쾌하고 즐거웠지만, 그 시중을 들어야 하는 어머니의 표정은 점점 일그러지고 있었다. 김 선생만 딱한 얼굴로 어머니의 표정을 흘끔거렸다.

그 밤, 그 친구들이 모이기 시작한 일은 아버지에게는 활력을, 어머니에게는 근심을, 나에게는 불안함을 가져다주었다. 그 이튿

날부터 아버지는 바빠지기 시작했다. 아버지의 또 다른 봄날이 그렇게 시작되고 있는 거였다.

　아버지가 친구들을 만난 이후로 어머니와 다투는 일이 잦아졌다. 싸울 이유는 도처에 있었다. 사실, 싸운다는 표현이 어색하긴 하다. 싸우는 것이 아니라 일방적으로 어머니만 쫑알대다 마는 꼴이기 때문이었다.

　아버지가 바빠진 만큼 김 선생도 바빠졌다. 두 분은 거의 동시에 바빠졌다. 그것은 같은 일을 도모했기 때문이었다. 꽁지 빠진 새처럼 축 처져 있던 김 선생의 얼굴에 화색이 돌고 간간이 알아듣지도 못할 영어를 중얼거리며 원서를 들고 다니는 모습이 꽤나 자신만만해 보였다.

　아버지 역시 하늘에 오를 듯 당당하고 자신만만했다. 목수 아저씨를 빼고는 다들 공부를 할 만큼 한 분들이었다. 그러기에 시작하는 일에 대한 자신감이 넘쳤고 그 미래 또한 분홍빛이었다. 목수 아저씨가 사 둔 땅에다 가건물을 짓는다더니, 어느새 뭔가를 만드는 것 같다는 어머니의 짐작은 맞았다.

　물주머니 방 씨 아저씨는 보기와 다르게 약학 공부를 하신 분이라 했고 그 분야에서 꽤 인정받는 분이라 했다. 그 얘길 하면서 아버지는 어머니의 손을 넌지시 잡고는 아주 따뜻한 눈빛을 보냈다. 하지만 어머니는 일단 입을 다물고 아버지의 행동을 찬찬히 지켜보았다.

"도대체 뭘 하려는지 알 수가 없단 말이야."

어머니는 그즈음 고개를 자주 갸웃거렸다. 하지만 아버지와 김 선생에게서는 그 어떤 정보도 얻어낼 수 없었다. 어머니의 궁금증을 풀어준 사람은 따로 있었다.

어느 날 저녁, 김 선생과 한잔 얼큰하게 술에 취해 들어온 아버지에게 동행이 한 명 있었다. 초라한 행색의 청년이었는데 불쑥 데리고 들어와서는 '이제부터 같이 살 사람이니 이부자리 하나 더 마련하시게.' 하였다. 그동안 잠잠하던 아버지의 병이 또 도진 것이었다. 어머니는 아버지의 엉뚱한 행동에 어리둥절한 것이 한두 번이 아닌데도 어머니는 그때마다 한숨만 내쉴 뿐이었다. 그때 김 선생이 그 청년의 손을 잡고 방으로 들어가며 한마디 했다.

"제수씨, 걱정 마십쇼. 저랑 같이 있으면 됩니다."

어머니는 어이없는 얼굴로 한숨을 푹푹 쉬었다. 하지만 그 일이, 그 청년이 들어온 일이 어머니에게는 오히려 득이 되는 일이었다.

일단은 그런 듯이 보였다. 며칠 동안 아버지의 눈치를 보던 어머니는 나름대로 꾀를 냈다. 기죽어 눈칫밥을 먹던 청년을 꼬드겨 아버지의 일상을 알아내려 한 것이다. 갑자기 친절한 어투로, 이름을 묻고 고향을 묻는 어머니를 보고 청년은 약간 겁먹은 얼굴로 더듬더듬 대답했다. 눈빛이 좀 음울해 보였지만 큰 키에 미남형 외모가 호감을 주기에 충분했다.

"하기사 부모가 있는데 이리저리 굴러다니겠나. 이것도 인연이다 생각하고 맘 편하게 먹고 같이 살자. 아저씨들 일 좀 잘 도와드리고."

어머니는 청년을 안심시켰다. 키가 큰 청년이 아주 조심스럽게 웃었다.

"이름은 뭐라 했나?"

"부식입니다."

"부식? 뭔 이름이 그래? 뭐가 부식이 된다고?"

"그게 아니고요. 부자 할 때 부 잡니다."

청년은 아주 정색을 하고 대답했다.

"부자 되라고 지은 이름인가 보네."

"예."

"그럼 부자가 되어야지. 밥 잘 먹고 부지런히 일하고 그렇게 착실하게 살면 그런 날도 오겠지."

어머니는 청년에게 유난히 따뜻하게 대했다.

"그래, 아저씨들 하는 일은 잘 돼 가나?"

"예."

"뭔 일인데?"

청년은 조금 망설이는 듯하다가 순순히 말했다.

"양념 가루 개발하신다고……."

"누가?"

"방 사장이 개발하던 건데 이번에 김 선생이랑 건삼 아저씨랑 끼우고 생산 공장을 지어서 본격적으로 판매를 할 겁니다. 저는 거기서 일하기로 했고요."

"양념 가루?"

"예, 마늘이랑 생강, 뭐 그런 거 분말로 만드는 기술이라고…….
그거 만들면 보관하기도 편리하고 계절 상관없이……."

청년의 말을 듣다 말고 어머니가 벌떡 일어섰다.

"이 양반이 아직도 정신을 못 차리고 있네. 그럼 지금은 누가 대
고?"

"각자 형편 되는 대로 대기로……."

형편대로 자금을 대기로 했다는 말에 어머니가 벌떡 일어났다.
청년의 말이 끝나기도 전에 어머니가 청년의 멱살을 움켜잡았다.

"가자, 거기가 어딘지 가자."

놀란 청년의 당황한 기색을 보고도 어머니는 청년의 등을 거칠
게 밀어 앞장세웠다.

청년을 끌고 간 어머니는 몇 시간 만에 풀 죽은 모습으로 돌아
왔다. 마치 저승으로 끌려가는 사람처럼 얼굴이 허옇게 변해서는
마루에 풀썩 주저앉아 울기 시작했다.

"내가 뭔 복에 호사를 하나 했네. 아이고, 이 일을 어쩌나."

어머니는 그 날 하루 종일 울었다. 숨어서 우는 게 아니라 대청
마루에서 펑펑 울었다. 저녁에 수박 한 덩이를 사 오신 아버지가
어머니의 통통 부은 눈을 보고 호통을 쳤다.

"웃어도 보탬에 될까 말까 한 터에 여자가 재수 없이 눈두덩이
통통 붓도록 울어? 쓸데없는 걱정 말고 당신 할 일이나 잘하시오."

어머니는 아무 대꾸도 없이 부엌으로 가서 식칼을 들고 나왔다. 소나무 옆 평상에 수박을 가져가서는 단숨에 두 쪽으로 갈랐다. 시뻘건 수박 속이 벌러덩 드러났다. 어머니가 아버지 들으라는 듯 일부러 큰소리로 말했다.

"뭐든 당신 맘대로구랴. 마누라한테 의논하면 어디가 덧난답디까? 이제 재산이라곤 남은 게 이 집밖에 없는데 잘못 하다 이 집 잃을까 걱정이오."

어머니의 말은 옹골졌다.

아버지는 말없이 수박의 붉은 과육을 한 입 가득 베물고 어머니의 말을 못 들은 체했다. 김 선생은 어머니의 서슬에 주눅이 든 표정으로 슬그머니 방으로 들어가 버렸다.

〈기차가 지나가는 저 길 위로〉

생각해 보니, 서울로 이사 온 후 뭔가 허전한 게 있었다. 새벽을 깨우는 소리가 없었다. 시골에서는 닭도 울었고 개도 짖었고 기차가 지나가는 소리도 들렸다. 그런데 서울의 새벽은 심심했다. 가끔 두부 파는 구루마가 오기는 했지만, 그 소리는 낭만적이지 않았다.

그리운 건 새벽 어스름, 단잠을 깨우는 기차의 기적 소리였다. 푸르스름한 새벽공기를 가르고 산모롱이를 돌아 나타나는 기차가 마을 앞을 지날 때 내지르는 기적 소리는 내 잠뿐만이 아니라 어머니와 재섭이 아저씨의 잠까지 깨웠다. 그건 자명 소리와 같았다.

부스스한 머리를 매만지고 하품을 베물며 어머니가 일어나면 나도 덩달아 일어났다. 벽을 더듬어 어머니가 전깃불을 켜면 어둠에 갇혀 있던 사물들이 보얗게 일어섰다.

"좀 더 자지 않고."

어머니는 덤덤한 목소리로 그렇게 말하곤 했다. 특별히 다정하거나 자애롭지는 않아도 어머니의 그 말이 나에게는 참 따뜻하게 들렸다.

물론 일찍 일어난다고 해서 내가 할 일이 있는 것은 아니다.

어머니가 쇠죽을 끓이느라 아랫방 아궁이에 불을 지피고 재섭이 아저씨의 헛기침 소리가 잦아지면 살그머니 밖으로 나갔다. 새벽안개처럼, 저 아래 못에서 물 피어오르는 풍경을 보면 왠지 기분이 좋았다. 아버지도 그 시간쯤 일어나셔서 돋보기안경을 쓰고 잉크 냄새가 나는 신문을 뒤적이며 세상을 읽으셨다. 참 따뜻한 풍경이었다.

어린 동생은 조금 더 잠을 자다가 아침 먹을 때쯤 일어났다. 내가 머리를 단정히 묶고 옷을 갈아입고 있으면 잠이 덜 깬 동생은 눈을 감은 채 엉금엉금 내게로 와서 기댔다.

"언니, 머리 묶어줘."

실은 머리를 묶는 일보다 머리를 묶는 동안에 조금 더 자려는 의도였다. 하지만 어머니에게는 그런 응석을 부릴 수 없다는 걸 잘 아는 동생은 내가 묶어준 머리가 마음에 들지 않아도 별로 불평하지 않았다.

어스름을 일깨우고 첫 기차가 지나가고 나면 우리 집은 부산스러워졌다. 특히 어머니는 할 일이 무척 많았다. 소죽을 끓여 두고, 재섭이 아저씨와 민수의 아침을 차려 주어야 하고, 우리 식구의 밥상도 차려야 했다. 또 두 아이의 도시락도 싸야 했다.

"내 몸뚱이가 팽이다, 팽이."

어머니는 바쁜 시간에는 그 말을 팽이처럼 빨리했다. 그 말 속에는 아버지에 대한 은근한 원망이 담겨 있었다.

아버지는 팽이처럼 돌아치는 어머니와는 다르게 늘 고요하고 조용하고 한가했다. 책을 읽거나 신문을 보거나 그도 아니면 지필묵을 가져와 대나무를 쳤다.

아버지는 사군자 중에서 대나무만 쳤다. 매화나 난, 국은 치지 않았다. 아마도 대나무의 기개를 높이 사는 까닭이었을 것이다. 아버지의 대나무 치는 솜씨는 어린 내가 보기에도 썩 훌륭해 보이지 않았다. 그저 심심파적으로 그리는 그림 같은데 아버지는 그 일에 꽤 신경을 쏟았다. 대나무를 치는 날에는 거의 한 뭉치나 되는 파지가 나왔는데 그걸 소죽 쑤는 아궁이에 밀어 넣으며 어머니는 투덜거렸다.

"팔자도 상팔자네. 꽃 선비 노릇만 하고."

어머니는 아버지에게 불만이 많았다. 아버지가 건강이 좋지 않아 거친 일은 못 한다. 하지만 눈 떠서 잠잘 때까지 일구덩이에 빠져 사는 어머니의 입장에서는 그런 말을 할 만도 했다.

어머니는 우리 자매를 학교 보내고 나면 밭일을 했다. 재섭이 아저씨와 민수는 포도농장 일을 하거나 동물들을 돌보았다.

우리 집은 동네에서 좀 떨어져서 한적한 산자락 아래 있었다. 집터가 있는 곳에서 자그마한 등성이를 하나 넘으면 농장이 있었다. 거기엔 토끼, 닭, 소, 개까지 동물들이 사는 우리가 있었고 그 곁에 재섭이 아저씨와 민수가 잠을 자는 허술한 집이 있었다.

재섭이 아저씨와 민수는 밥을 먹을 때만 나지막한 등성이를 넘어왔다. 첫 기차가 지나고 나서 아침을 먹고 나면 우리가 학교 갈 즈음에 기차 하나가 또 지나갔다. 통근기차였다.

"언니, 저 기차 타고 서울 갔으면 좋겠다."

막내는 내 손을 잡고 걸으면서도 내내 고개를 기찻길로 돌렸다. 학교까지 한 시간이나 되는 거리를 걸어 다녔던 우리는 소리 없이 빠르게 지나가는 기차가 신기하기만 했다.

"나중에 공부 잘해서 중학교를 서울로 가면 돼."

통근기차는 참 아름다웠다. 가늘고 긴 허리가 미끈하고 날렵했다. 어쩌다 북북, 울리는 기적 소리도 아름다웠다.

"언니, 서울까지는 얼마나 걸려?"

"나도 몰라."

나는 그 기차를 보며 마음속에 꿈을 하나 키우고 있었다. 그 꿈은 나만이 꾸는 것이 아니었다. 어머니도 그 꿈속에 빠져 있었다.

"경아, 공부 잘해서 오빠처럼 꼭 서울에 있는 중학교 가야 된다.

알았지?"

틈이 날 때마다 어머니는 내게 주술을 걸었다. 그런 어머니를 아버지는 못마땅해했다.

"어련히 알아서 할 공부를 어미라는 사람이 저렇게 다그치니, 쯧쯔⋯⋯."

어머니와 아버지는 매사에 의견이 달랐다. 그래서 자주 다투었다. 하지만 늘 승자는 아버지였다.

경민이 오빠는 우리 식구가 맞나 싶은 생각이 들 때가 있을 정도로 어려서부터 우리와는 떨어져 살았다. 어릴 때부터 자식이 없던 고모네 집에 가서 살았기 때문이었다.

어머니는 아버지와 다투고 나면 꼭 울었다. 그것도 오후 4시쯤.

어머니가 바쁜 하루 일을 끝내는 시간이 그즈음이었는데 그때 기차가 또 하나 지나갔다. 서울로 가는 기차였다.

울면서 하는 말은 똑같았다.

"지긋지긋한 이눔의 집구석, 언제든 떠나고 말 거다."

그렇게 말할 때의 엄마는 아주 강해 보였다. 마치 집을 벗어나는 것이 소원인 사람처럼.

어머니를 빼고 나면 그 집을 떠나고 싶어 하는 사람은 없었다. 아버지는 수시로 서울 나들이를 하셨으니 서울이 그리울 리 없고, 우리 자매는 서울에 가 본 적이 없으니 그리울 리 없었다.

어머니는 늘 4시쯤에 소매를 뒤집어 코를 '팽' 소리가 나도록 풀면서 그렇게 울먹거렸다. 그러다 언제 그랬냐 싶게 다시 일을 했다. 소죽을 쑤고 밭을 매고 저녁밥을 하고…….

어머니가 자유로워지는 시간은 어둠이 몰려올 즈음이었다.

겨울에는 해가 짧아서 어머니가 좋아했다. 한가해지는 그 시간이 되면 어머니는 라디오 연속극을 들으면서 울기도 하고 웃기도 하고 한숨을 쉬기도 했다.

그때쯤 기차가 또 한 대 지나갔다. 낮보다는 훨씬 부드럽고 낮은 소리로 스르렁스르렁 지나가는 기차 소리에 어머니는 고개를 빼고 방문을 열어젖혔다. 그러고는 서울 쪽으로 향해가는 기차의 불빛이 사라질 때까지 하염없이 바라보았다.

"에고, 저 눔의 기차는 저 가고 싶은 데로 맘대로 가서 차암 좋겠다."

한숨 섞인 어머니의 그 말이 끝나면 나는 불을 꺼야 한다는 걸 알고 있었다.

"불 꺼라."

보던 책을 덮고 불을 끄고 자리에 누우면 어느새 어머니의 코고는 소리가 높았다. 아버지가 계신 건넌방에서는 여전히 불빛이 새 나오고 있었다.

어머니를 가장 측은해 하는 건 재섭이 아저씨였다. 고향이 같다는 이유만으로, 서울역을 배회하던 아저씨를 데려온 아버지는 만나던 그날 바로 재섭이 아저씨한테 한 식구처럼 살자고 말해 버렸다.

내가 아주 어릴 때였다. 그때 아저씨는 군대서 나와 갈 곳이 없었다고 했다. 우연히 국밥집에서 만난 아버지와 아저씨는 국밥 한 그릇 먹는 사이에 왕창 친해졌다고 했다.

"니, 됐나? 됐제?"

그 짧은 대화로 해결한 일은 갈 곳 없는 재섭이 아저씨를 식구로 받아들이는 거였다. 그것도 순전히 아버지 마음대로.

재섭이 아저씨를 처음 본 엄마는 아버지에게 길길이 대들었다고 했다. 하지만 아버지의 결정은 곧 법이었다. 엄마 혼자 방방 뛰다가 결국은 또 혼자서 울다가 제풀에 지쳤다고 했다.

"그래, 내가 이 집에 식모요. 뭔 주장을 할 수 있겠어요. 아예 길 가는 불쌍한 사람 다 불러들이구랴."

엄마는 아버지를 이기지도 못하면서 늘 그렇게 앙알거렸다. 그래서 그런지 재섭이 아저씨는 엄마에게는 꼼짝 못 했다. 엄마가 시키는 일이면 무조건 다 했다.

재섭이 아저씨는 서너 사람 몫의 일을 척척 해냈다. 아버지는 좋은 처자 하나 찾아서 장가나 보내주어야겠다고 했다. 어머니도 그 말에는 군말을 하지 않았다. 사실 재섭이 아저씨가 온 후에 엄마가 편해진 건 분명했다. 그래서인지 엄마의 불평도 잦아드는 것 같았다.

그런데 민수의 경우는 달랐다.

민수는 어느 더운 여름날, 서울 가셨던 아버지가 데리고 왔다.
얼핏 보아 나보다 두세 살 많아 보이는 아이였다. 키가 작았다. 어
린아이라고 하기엔 그렇고, 청년이라고 하기에는 너무 어린 어정
쩡한 느낌을 주는 아이였다.

"넌 몇 살이냐?"

기가 막힌 어머니가 그 아이를 보면서 물었다.

"열세 살인디유."

"이름은 뭐냐?"

"민수여유. 고민수유."

"부모님은 안 계시냐?"

"예, 작년에 돌아가셨시유."

"형제도 없느냐?"

"동생이 하나 있는디 갸는 큰아버지 댁에 있구만유."

어머니의 한숨에 땅이 꺼질 듯했다.

"국민학교는 졸업했느냐?"

이번에는 아버지가 물었다.

"예, 작년에 졸업하고 올봄에 올라왔구만유."

"쯧쯧, 딱하기도 하다. 그런데 뭘 믿고 올라왔어?"

어머니가 혀를 차며 주근깨 많은 민수의 얼굴을 들여다봤다.

"아무것도 믿을 것이 없었구만유."

민수는 담담하게 말했다.

"그런데 겁도 없이 올라와? 서울이 얼마나 무서운 곳인데."

"굶는 게 더 무서워유."

그 말에 아버지의 얼굴에 그늘이 드리워졌다. 아버지의 표정에 어떤 결정이 서는 순간이었다.

"그러면 너는 일하지 말고 학교 다녀라."

"예?"

놀란 건 민수였다. 두 눈을 크게 뜨고 이리저리 굴리는 것이 몹시 불안해 보였다.

"중학교에 다니란 말이다. 사람은 공부를 해야 사람 구실을 할 수 있는 거다."

근엄한 아버지의 말에 어머니의 벌어진 입이 다물어지지를 않았다.

"어쩌려고⋯⋯."

겨우 뱉어낸 어머니의 그 말에 아버지가 아무렇지도 않게 대답했다.

"산 입에 거미줄 치겠소. 우리 애들하고 같이 학교 보내서 사람 구실 하도록 해야지."

어이없이 아버지를 쳐다보던 어머니가 팩, 하고 돌아앉으며 속사포처럼 말을 쏟아냈다.

"어이구, 참 대단하시구랴. 어디서 당신 상 안 준답디까? 내년이면 경아도 중학교 가야 하는데 쟤까지 학교를 시킨다구요? 돈은 어디 있구요?"

"어허, 거참. 나도 다 생각이 있소."

"뭔 생각이요? 야금야금 땅 팔아먹을 생각이요? 땅이나 많으면서 그런 소리를 해요?"

어머니의 음성이 높아지자 민수란 아이의 어깨는 자꾸 내려앉았다. 내가 생각하기에도 어머니의 방식은 옳지 않다는 생각이 들었다. 가여운 아이를 앞에 앉혀 놓고 그런 소리를 하다니. 그 아이가 없는 자리에서 조용히 이야기할 수도 있지 않았을까.

아버지는 종종 오갈 데 없는 아이들을 데려왔다. 며칠 있다 사라지는 아이들도 있었고 몇 년을 착실히 있다 일자리를 구해 나가는 아이들도 있는가 하면, 어머니의 금붙이를 훔쳐 달아나는 아이들도 있었다. 그럴 때마다 어머니는 펄펄 뛰었지만, 아버지의 기행은 멈추지 않았다.

"너는 걱정할 것 없다. 오늘은 늦었으니 재섭이 아재랑 같이 자고 내일은 나랑 중학교 알아보러 나가보자."

아버지가 벌떡 일어서서 민수의 손을 잡았다.

대단하신 아버지! 나는 고개를 푹 숙인 채 힐끔힐끔 나와 어머니를 훔쳐보는 민수를 보면서 '힘내라, 고민수!' 라고 소리쳤다.

어머니의 입장에서 보면 일을 잘하는 재섭이 아저씨와 달리, 민수는 말하자면 돈만 들어갈 돈 덩어리인 셈이다. 내 자식 공부시킬 일도 까마득한데 길거리에서 데려온 아이에게까지 공부를 시켜야 한다니, 정말 기가 막힐 노릇일 터였다. 어머니의 계산방식으로는 계산이 나오지 않는 일이었다. 하지만 그 일 역시 어머니가 아버지를 이길 수 없었다.

　아버지의 뜻대로 민수는 그 날부터 우리 집에서 살기 시작했고 이리저리 줄을 놓아 읍내에 있는 중학교에 다니기 시작했다. 새 학기가 시작된 지 몇 달이 지났지만, 그 당시 아버지의 인맥으로 그 정도 일은 어렵지 않게 해결할 수 있었던 것 같았다.

　교복을 맞추어 입고 가방을 든 민수는 제법 멋졌다. 때 구정물 벗겨 놓으니 인물도 훤했다. 그런 민수를 흡족하게 바라보던 아버지가 말했다.

　"경아, 너도 이제부턴 민수를 오빠라고 불러라."

　아버지의 명령은 생판 남이었던 사람도 가족으로 만들었다. 나는 대답 하지 않았다.

　입이 귀에 걸린 민수는 신이 나서 훨훨 날았다. 학교 갔다 오면 신바람이 나서 재섭이 아저씨 일을 도왔다. 소를 끌고 나가 풀도 먹이고 꼴도 베고 닭 모이도 주고 토끼 똥도 치우고 소죽도 쑤고 거름도 져 날랐다. 재섭이 아저씨도 덜 외로운지 민수를 꽤 다정하게 대하곤 했다. 일하다 시간이 남으면 풀밭에 앉아서 이것저것 궁금한 것을 묻기도 했다.

　"니, 중학교에서 영어도 배우나?"

　"예."

　"와~ 좋겠네. 나는 굿모닝 밖에 모른다."

　"제가 배워서 아저씨 가르쳐 드릴게유."

　"그라믄 고맙제. 니, 여기 오기 전에는 뭐했노?"

"아이스케키 장사 했시유."

"아, 달달한 얼음과자 말이제?"

"예."

"그라믄 아이스케이키! 하는 거 한번 소리 질러봐라."

"왜유?"

"그 소리 들으면 시원해지더라. 한번 해 봐."

"아이스~케~키!"

민수는 재섭이 아저씨가 시키는 대로 신나게 소리를 질렀다. 나도 그 소리가 너무 신기해 아저씨 옆에 쪼그리고 앉아 들었다.

"참, 인사해라. 우리 경아 아가씨다."

아저씨가 내 머리를 쓰다듬으며 민수한테 소개하자 민수는 수줍은 듯 고개를 까닥하고는 고개를 숙였다. 나도 쑥스러워서 고개를 숙였다가 얼른 일어나 어머니가 있는 밭이랑으로 달려 내려갔다.

"이눔의 팔자, 아이고 더워라."

비 오듯이 땀을 흘리는 어머니를 보니 눈물이 났다. 순간 아버지가 미워졌다. 아버지는 대체 무엇을 생각하고 사시는 걸까.

나는 슬그머니 어머니 옆에 쪼그리고 앉아 어머니의 거친 손을 만졌다.

"에고, 이 가시나야. 더워 죽겠다. 달라붙지 말고 저리 가!"

이를 악물고 거머리 떼어내듯 소리치는 어머니. 아, 내 마음도 모른 채. 어머니는 기댈 수 없는 사람이었다. 나도 한숨이 나왔다.

측은하고 불쌍하지만 기댈 수 없는 어머니. 어머니의 마음속에는 활활 불붙은 난로가 놓여 있는 것 같았다. 나도 모르게 고개가 절레절레 저어졌다. 어머니의 속을 아는 듯 모르는 듯, 산모롱이를 돌아 나온 기차가 마을 앞을 지나가고 있었다.

〈산동네 그 집〉

그즈음 아버지의 건강상태는 최고라고 말할 수 있을 만큼 좋았다. 일에 대한 희망과 열망이 적절하게 펼쳐지고 있는 상황에서 건강이 나쁠 리 없었다. 원래 태어나기를 병약하게 태어난 데다 할머니마저 일찍 돌아가셔서 젖을 곯았다고 고모는 말했다. 그 말을 할 때의 고모는 아버지의 어머니 같았다.

어릴 때부터 동생을 자식처럼 보듬어 안고 키웠다는 고모는 아버지만 보면 금세 눈물이 그렁그렁해졌다. 동생을 그렇게도 사랑할 수 있구나 하는 생각이 들 때면 나는 슬쩍 경미에게 미안해졌다. 나는 절대로 고모처럼 내 동생을 거두고 사랑할 수 없을 것 같다는 생각 때문이었다. 그래서 간간이 불평을 해대는 경미를 그냥 참아내는지 모르겠다.

아버지는 김 선생을 더욱 챙겼다. 와세다 대학 출신이라는 것이 사업을 하는 데 큰 도움이 되는 모양이었다. 아버지는 김 선생이 일본으로 유학 갈 당시 같이 갈 생각이었다고 했다. 그런데 고모가 울고불고 난리를 쳐서 무산됐다고 했다.

"그 허약한 애를 어딜 보내? 안 된다. 와세다 대학 안 나오면 밥을 못 먹는다더냐, 장가를 못 든다더냐."

그래서 아버지는 유학생이 되지 못했다고 했다. 하지만 한학이나 주역 공부는 꽤 열심히 해서 무식하다는 소리는 안 들을 만큼 깨우쳤다고 고모는 자랑했다. 거기에 침술까지 공부했다고 덧붙였다. 그래서인지 아버지는 간간이 아이들 이름도 지어주고 사주도 봐주고 운세를 점쳐주기도 했다. 또, 발이 삔 사람이나 두통을 호소하는 동네 사람들에게 침을 놓아주기도 했다. 하지만 나는 그런 아버지에게 큰 믿음을 갖지는 못했다. 왠지 어설프다는 생각이 들어서였다. 그런데도 병원 가는 돈이 아까운 산동네 사람들은 아버지를 굳게 믿는 듯했다.

허리를 깊이 숙여 인사하는 것만으로 치료비를 내지 않아도 된다는 얕은 생각에 사람들은 아버지를 찾아오곤 했다. 실제로 경기하는 문간방 새댁 아이를 조용하게 잠잘 수 있도록 해 준 적도 있었다. 그래서 아버지에 대한 문간방 새댁의 믿음은 굳건했다. 늘 고마워하는 마음으로 뭐라도 보답하려고 애썼다. 부침개를 부쳐도, 소고깃국을 끓여도 늘 아버지 몫으로 단정하게 뚜껑을 덮어 담아와 마루에 얹어 놓았다.

아버지는 만물박사인 동시에 아무것도 아니었지만, 다행인 것은 믿음이 가지 않는 침술임에도 불구하고 그로 인한 불상사가 없었다는 사실이다.

늘 속이 더부룩해 가슴을 치는 어머니에게도 침을 놓았다.

"속이 더부룩할 때는 곡지혈에 침을 놓으면 직방일세."

놀랍게도 그 말은 맞았다.

"아주 엉터리는 아닌 모양이오."

의심스러운 눈초리로 아버지를 바라보던 어머니가 속이 더부룩한 게 덜하다며 신기해하자 아버지는 아주 흡족해하셨다.

하지만 분말 가루 양념 사업이 바빠진 이후로 아버지는 그런 잡다한 일은 더 이상 하지 않았다. 아니 할 시간이 없었다.

목수 아저씨 땅에 목수 아저씨가 직접 이 층으로 짓기로 한 공장은 그럭저럭 건물 형체를 갖추어 가고 있었다. 이제 기계를 들이고 가동할 날만 손꼽고 있다고 했다. 김 선생과 아버지 그리고 친구분들은 서로의 호칭을 바꾸어 부르기 시작했다. 약학박사라던 물주머니 아저씨는 사장으로, 김 선생은 김 이사로, 점백이 아저씨는 공장장으로, 아버지는 부사장이라는 호칭으로 바뀌었다. 그렇게 부르면서, 서로에 대한 흐뭇한 시선이 오가는 모양새가 그리 나쁘지 않았다. 심지어 장부식도 과장이라는 호칭을 얻었다. 처음, 김 선생이 장부식을 '장 과장'이라고 불렀을 때 부식은 음흉하리만치 조용한 미소를 지으며 부끄러워했다.

"경아, 이제부터 부식이한테 오빠라고 불러라."

아버지는 집에 데려오는 남자애들이 나보다 나이가 많으면 무조건 오빠라고 부르라고 했다. 하지만 나는 싫었다. 가족이 늘어나는 게 싫었다.

땅을 빌려준 목수 아저씨만 호칭이 애매했다. 그래도 욕심 없는 목수 아저씨는 개의치 않았다.

"나는 그냥 대목장으로만 불러주면 된다. 더도 덜도 아닌 대목장이니까."

솔직하고 꾸밈없는 말투가 편안하고 진실했다. 사실 나도 그 아저씨가 제일 좋았다. 과장하지 않는 말투와 조용한 시선, 따스한 웃음이 다른 아저씨들과 많이 달랐다. 그것이 배우지 못한 열등감에서 기인하는 것일지라도 인간적으로는 가장 훈훈하게 느껴졌다.

날마다 하늘로 오를 듯이 아버지들의 사업은 단계적으로 착실히 진전되는 듯했다.

"이제 기계만 들여오면 시제품이 나온다. 그러면 많은 사람들이 살 거야. 이건 거의 기적 같은 일이야!"

소슬바람이 불어오기 시작하는 가을 언저리쯤 아버지의 표정에 자신감이 차오르고 어머니의 표정도 한결 편안해져 갔다. 어머니는 다달이 들어오는 월세로 살림을 하고 이리저리 아끼고 아껴 몇 개의 적금통장도 만들어두었다. 그걸 알게 된 건 우연이었다.

어느 날, 옷을 꺼내려다가 안방 서랍장에서 통장을 보았다. 뭔가 하고 내용을 살펴보기도 전에 엄마의 매운 손바닥이 내 어깨로 쏟아져 내렸다.

"이년이 뭘 훔쳐봐?"

"훔쳐 본 거 아니야, 옷 찾다가 우연히 본 건데……."

"시끄럽다. 입 다물어!"

물론 입을 다물었다. 그런 말을 할 사람도 없긴 했다. 하지만 어머니에게 비밀통장이 있다는 걸 알고 있는 기분은 벅찼다. 내 착각 때문이었다.

그즈음 아버지는 집으로 생강가루 시제품과 마늘가루 분말을 가져왔다. 어머니에게 맛을 보라는 게 이유라 하지만 그 이유만으로 가져온 건 아니라는 걸 나도 알았다. 판매나 홍보는 어머니 몫일 터였다. 아버지는 그런 일에는 절대로 앞장서지 않는 분이었다. 양반이기 때문에!

어머니가 동네 아줌마들을 불러 모았다. 멸치로 육수를 내어 수제비를 푸짐하게 한 솥 끓여서 아줌마들을 대접했다. 사람들이 보는 앞에서 마늘가루를 넣어 달라진 맛을 비교하게도 했다. 처음 생강 분말과 마늘 분말을 맛본 사람들은 신기하다는 듯이 고개를 갸웃거리면서도 시제품으로 나온 분말 봉지를 가져갔다.

"집에서 써 보고 좋으면 이웃에게도 선전 좀 해주시오."

아버지가 누구에게 아쉬운 소리를 하는 것을 처음 보았다.

날마다 대청마루에 사람들이 모여들고 집안이 시끌시끌했지만, 어머니는 전처럼 짜증을 내지 않았다.

사람들은 자신이 하는 일에 희망이 보이거나 확신이 생기면 여유가 생기는 것 같았다. 사실 그 일은 획기적인 일이긴 했다. 어머니도 끼니마다 마늘가루랑 생강가루를 넣어 음식을 했는데 그때마다 칭찬을 아끼지 않았다.

가장 관심을 보이는 이는 할머니와 과부댁이었다. 할머니는 알고 보니 시장에서 청국장 장사를 한다고 했다. 할머니에게서 나던 콤콤한 냄새는 청국장을 띄울 때 나는 냄새였다. 코를 싸쥘 정도로 지독한 청국장 냄새가 몸에 밴 탓이었다.

할머니도 관심을 보이며 청국장 팔면서 같이 팔아보겠다고 했다. 잠잘 때나 되어야 집으로 돌아오는 할머니는 볼 때마다 허리가 굽어 보였다.

"아저씨, 나도 이 장사 좀 하게 해주시오. 과부 혼자 사는 일이 어디 쉽겠소. 이거라도 팔아서 쌀이라도 살 형편이 되었으면 좋겠소."

과부댁의 말에 아버지는 물론 고개를 끄덕였다. 과부댁도 팔아보겠다면서 한 가방 챙겨 갔다. 여전히 아버지에게 눈웃음을 흘렸고 어머니는 그때마다 신경이 곤두서서는 눈을 흘겨댔다. 어머니가 그러는 데는 그럴 만한 일도 있었다.

더운 여름날, 아버지가 뒤뜰에 있는 우물가에서 등목이라도 하려고 옷을 벗고 있을 때 우연히 과부댁이 그쪽으로 왔던 모양이다. 마침 어머니는 부엌에 바가지를 가지러 갔다 했고 아버지만 있는 상황에 과부댁이 그곳에 나타난 거라 했다. 대개, 남편 아닌 다른 남자가 벗고 있는 것을 보면 황망히 돌아서는 게 예의일 텐데 과부댁은 오히려 다가와 간드러진 목소리로, '아이구, 아저씨, 덥지요? 등목하실라꼬요? 제가 물 부어 드릴까요?' 하며 아버지를 유혹했

다는 것이다. 그럴 때 어머니가 나타났고, 화가 난 어머니가 물바
가지로 과부댁의 머리통을 내려쳤다고 했다.

'아니, 남의 남자가 옷을 벗고 있으면 돌아서야 마땅하거늘, 어
찌 등을 밀어준다고 덤벼요, 덤비길!'

길길이 뛰는 어머니에, 샐샐거리는 과부댁의 표정은 가관이었
다는 말을, 우리 윗집 아줌마가 보고 동네 여자들에게 떠들었던 모
양이다.

우리 집은 윗집보다 낮게 앉아 있어서 윗집에서 보면 우리 집
풍경이 그대로 다 보인다고 했다. 그 일로 아버지는 난감해했고 과
부댁은 오히려 큰소리를 쳤다.

"아니 내가 아저씨를 어째해보자는 것도 아닌데 왜 그렇게 길길
이 뛰어요? 한집에 사는 사람끼리 그럴 수도 있는 거지."

"뭐라고요? 아줌마가 뭔데 애들 아부지 등을 밀어요?"

어머니도 지지 않았다.

"딴생각으로 그런 게 아니라니까 그러네. 하도 더워하시길래 등
목을 도와 드리려고 그랬다니까."

"기가 막혀. 뭐 이런 아줌마가 다 있어?"

아버지는 난감해서 사랑채로 들어가시고 어머니는 과부댁과 한
참 더 실랑이를 했지만 결국은 나 때문에 그쯤에서 덮었다고 했다.
물론 과부댁 아줌마가 아버지에게 등목을 해준 것도 아니고 뭐 이
상한 짓을 한 것도 아니었는데 어머니는 그 자체로 기분이 나빠서
펄펄 뛰었다. 하지만 아버지의 한마디에 더 이상 감정을 드러내진

않았다.

"다 큰 딸애가 있는 집에서 해괴망칙한 소문 안 돌게 윗집 아줌마 입단속이나 하시오."

이런 류의 이야기는 결국 윗집 아줌마 입에서 다 나온 이야기지만, 나는 그 이야기를 들으면서 윗집 아줌마가 남의 집 훔쳐보는 걸 좋아하는 건 아닌가 싶었다. 윗집 아줌마는 가끔 우리 집에 들러서 어머니와 수다를 떨다 가기도 했다.

과부댁은 군대 간 아들 하나 외에는 친척도 없다 했다. 남편이 남겨둔 재산도 없고 아들이 벌어주는 돈도 없는 과부댁은 늘 어려운 형편이라고 했는데 다행히 생활비를 조금씩 대주는 조카가 있어 풀칠은 하고 산다고 했다. 조카라는 사람은 일이 많아서 밤중에나 한 번씩 다녀간다고 했다.

"아저씨, 이것 좀 잡사 봐요. 우리 조카가 사 온 거라우."

수박이나 참외, 때에 따라서는 빵이나 튀김 같은 것을 접시에 담아 들고 아버지를 찾아오는 날은 조카가 다녀간 날인가 했다.

"얼른 아들이 제대를 해야 아주머니가 좀 편해지시겠구려. 언제까지 조카한테 신세를 질 수도 없을 테니."

"그러게요. 우리 조카도 결혼을 해야 하는데……. 내가 미안하지요. 방이라도 하나 얻어주어야 하는데 내 형편이 안돼서……."

"음, 착한 청년일세. 숙모 어려운 처지 알고 도움을 주는 걸 보니."

"착하지요. 암요. 인물도 훤하고 성실하고."

그 말을 할 때 과부댁의 얼굴에 홍조가 돌았다.

"뭔 일을 하오?"

"귀금속 세공을 해요. 지난 생일에는 작업하다 떨어진 금가루 모은 걸로 반지도 해다 줬어요. 생일 선물이라고."

"조카는 어디 사오?"

밤중에만 다녀간다는 말에 어머니가 물었다.

"기숙사에 있어요."

대답은 어머니에게 하고, 눈길은 아버지에게 가 있는 과부댁을 어머니는 몹시 싫어했지만, 과부댁 아줌마는 틈만 나면 조카 이야기를 공시랑공시랑 아버지에게 했다. 거기다 끼니때가 되면 눈웃음을 흘리며 이 집 저 집 다니며 숟가락을 얹을 때가 많았는데, 우리 집에도 몇 번 온 적이 있었다.

고등어를 구운 날이었다. 유난히 간고등어 구운 걸 좋아하시는 아버지는 종종 어머니에게 생선 먹고 싶다는 이야기를 하셨다. 그러면 어머니는 한달음에 시장으로 가서 크고 두툼한 자반을 사 오곤 했다. 그날도 아마 그런 날 중의 하루였을 텐데, 김 선생과 아버지가 겸상한 밥상에 과부댁이 달랑 들어앉았다.

"아유, 맛있겠네. 아저씨 생선 좋아하시는 갑네. 자주 고등어를 굽는 걸 보니. 제가 생선 발라 드릴 테니 편히 드시오."

가슴이 다 드러난 헐렁한 스웨터에 무릎까지 올린 몸뻬 차림으로 샐샐 웃어대던 과부댁은 대청마루에 올라앉아 생선 가시를 바르는 양하며 자기 입에다도 고등어 살점을 밀어 넣었다.

애교를 부리는 일은 그녀가 돈 들이지 않고 처세를 할 수 있는 방편인 것 같았다.

부엌도 없는 데다가 햇살도 들지 않고 어둡고 눅눅한 행랑채는 과부댁이 하도 죽는소리를 해대는 바람에, 아버지가 어려운 사람 돕는 셈 치고 방세를 깎아주라고 해서 다른 방보다 방세도 적게 받았다. 등목 사건 이후 어머니는 그 일도 기분 나쁜지 슬쩍 아버지 원망하는 말을 했다.

"사람만 좋아가지고. 불쌍하면 길 가는 과수댁 하나 더 들이겠수."

어쨌거나 그런 일로 어머니는 과부댁이 물건을 가져가는 일도 내키지 않은 듯했다. 하지만 그조차 아버지의 배려로 물건을 챙겨갔다.

그러던 어느 날이었다. 한밤중에 윗집 아줌마가 씩씩대며 우리 집 대문을 두드렸다. 얼마나 요란하게 두드려대는지 나도 잠이 깼다. 무슨 일인가 싶어 마루로 나왔다. 어머니가 자다 일어나 대문을 열어주었는데 아줌마는 화가 잔뜩 나 있었다.

"무슨 일이오? 밤중에?"

어머니는 의아한 눈빛으로 윗집 아줌마를 살폈다.

"내가 낯 뜨거워서 한 동네 못 살겠소."

"자다가 봉창 두드린다고, 한밤중에 와서 무슨 소리요?"

"행랑채 늙은 여우 년을 좀 봐야겠소."

"무슨 일인데요?"

"저년이 우리 영감한테 꼬리를 쳐대더니 아무래도 수상해요."

"도대체 무슨 소리에요?"

"아까 내가 행랑채를 내려다보니 사내놈이 있는 것 같은데, 우리 영감이 숨어든 건지 몰라요. 확인 좀 해야겠소."

윗집 여자는 화가 잔뜩 나서 당장에라도 과부댁의 멱살이라도 잡을 듯이 흥분해 있었다. 밤늦게까지 책을 보시던 아버지가 나와서 아줌마를 타일렀지만, 아줌마는 막무가내였다.

아버지를 밀치고 들어선 아줌마가 성큼성큼 행랑채로 가더니 방문을 확 열어젖혔다. 그 이후의 풍경은 TV 속 불륜 드라마와 같았다. 벌거벗은 남자가 튀어나와 대문으로 달아나고, 역시 벌거벗은 과부댁이 윗집 아줌마에게 머리채를 잡힌 채 끌려 나왔다.

"이거, 왜 이래요?"

"이년아, 늙어도 곱게 늙어라. 어디서 남의 신랑을 호려내?"

"무슨 소리요? 뭘 잘못 알아도 한참 잘못 알았네.

과부댁은 급하게 들고나온 옷을 꿰며 윗집 아줌마를 세차게 걷어찼다. 깡마른 몸뚱어리 어디에 그런 기운이 있는지, 뚱뚱한 윗집 아줌마가 저만치 나가떨어졌다. 한밤중의 소란으로 집안의 모든 사람이 깨어 방문을 열었다.

벌거벗은 채 튀어나간 남자는 과부댁이 말하던 조카였는데 윗집 아줌마는 자기 남편으로 오해를 했던 것이었다. 과부댁도 어지간해서 윗집 여자를 붙잡고 따귀를 올려붙이더니 고래고래 소리를 지르는 것이었다.

"경찰 불러! 경찰 불러 줘요!! 이 미친년 잡아 처넣게!"

그 한밤중에, 그동안 윗집 아줌마가 한 행동도 다 드러나고 과부댁이 한 행동도 다 드러났다. 남편을 늘 의심하던 윗집 여자는 늘 우리 집 행랑채를 내려다보고 있었고 손바닥만 한 유리창으로 보이는 벌거벗은 남자를 보아왔다는 것이었다.

아버지가 조용히 말했다.

"경아는 들어가거라. 어서!!"

나는 아버지의 말이 떨어지기 무섭게 못 볼 것을 본 듯이 눈길을 돌리고 안방으로 돌아왔다.

그 이후의 일은 소리로만 내게 전달됐다. 경찰이 오고 두 아줌마가 잡혀갔다. 아버지의 한숨이 높았고 날이 훤해지도록 우리 집 사람들은 쑥덕거렸다. 나도 깊은 잠이 들지 못했다.

"당장 내보내야 해요. 애초에 저런 여자를 들이지 말았어야 했는데 당신이 불쌍하다고 들인 게 잘못이에요. 딸 키우는 집에서 이게 뭔 일이랍니까?"

어머니는 때를 만난 듯이 아버지에게 원망을 퍼부었다. 나는 골방으로 숨어들어서 이불을 끌어 덮었지만, 소리는 곁에 있는 듯이 명징하게 들렸다.

"시끄럽소."

아버지는 그 말로 어머니의 입을 닫았지만, 그 후로 어머니는 과부댁만 보면 잔소리를 해댔다. 행동 조심해라, 남자 집으로 남자

불러들이지 마라, 조카 못 오게 해라……. 하지만 과부댁은 콧등으로도 듣지 않았다.

"혼자 된 여자가 사내를 좀 봤기로 왜들 그리 난리요?"

과부댁은 부끄러워하지 않았다. 하지만 그 후 조카는 오지 않았다. 어머니는 어머니가 한 말 때문에 과부댁이 조심하는 거라고 여겼으나 그게 아니었다.

군대 가 있는 아들보다 두 살이 많다는 조카가 오지 않자 과부댁이 찾아가서 울고불고했다는 이야기를 듣고 혀를 찼는데 그 후에 그 남자 약혼녀가 그 사실을 알고 이별 통보를 하자 그 남자가 다시 찾아와 개 패듯이 과부댁을 패고 갔다는 사실을 알고 어머니는 참다못해 과부댁에게 말했다.

"그만 방을 비워주오. 동네가 시끄럽게 난리를 쳤으니 다른 곳으로 이사를 가세요."

어머니 딴에는 비교적 점잖게 말을 한 거였는데 과부댁은 방귀 뀐 놈이 성낸다고 오히려 파르르 해서 대들었다.

"사람이 살다 보면 그럴 수도 있는 거지, 그걸 갖고 사람을 내쫓아요? 못 나가요. 우리 아들 제대해서 나올 때까지는 못 나가요. 집 가진 유세를 그렇게 하는 거 아닙니다."

오히려 어머니를 훈계하는 지경에까지 이르렀다. 기가 막힌 어머니가 가슴을 치며 억울해했지만 과부댁은 점점 더 억센 여자가 되어 가는 것 같았다.

지난번 야밤 사건으로 이층집 여자에게 맞았다고 엄살을 떨며

팔에 깁스를 하고 병원을 드나들면서도 과부댁은 낯빛 하나 변하지 않았다. 오히려 이층집 여자에게 무고죄로 처넣을 거라고 으름장을 놓았다. 뻔뻔하기 그지없었다. 그 소란을 지켜보던 아버지는 허허 웃었다. 그뿐이었다.

〈아버지의 술잔〉

아버지 주변에 사람이 모이기 시작하면 늘 큰일이 일어나곤 했다. 나는 그즈음 솔직히 많이 불안했다. 아버지 주변 사람들의 기운찬 열망이 제발 서로에게 상처 되는 일이 일어나지 않기를 속으로 빌었다. 그것은 아버지의 열망이 무너지던 현장을 생생하게 기억하고 있기 때문이었다.

내 나이 열두 살 즈음이었다. 아버지가 전에 없이 바빠지기 시작했다. 늘 한가롭고 여유롭고 조용한 아버지의 주변에 뭔 일이 일어나고 있다는 생각이 들었다. 아버지가 양복을 쫙악 빼입고 외출하시는 날이 많아지기 시작했다.

나는 또 무슨 일이 일어날까 궁금했다. 아버지가 평소와 다른 행동을 하기 시작하면 분명 크고 작은 사고가 터졌다.

땅문서가 또 남에게 넘어가나?

그러던 어느 날, 우리 집에 손님들이 많이 왔다.

"인사해라. 아버지 친구분들이시다."

나는 아버지가 시키는 대로 인사를 공손히 했다.

"어이구, 인사도 공손하게 하네."

아버지 친구들이 한마디씩 했다. 나는 기분이 좋아졌다. 아버지는 어머니를 불러 술상을 차리라고 했다. 어머니는 여전히 불퉁한 얼굴이었지만 아버지 친구들 앞에서는 비교적 공손했다.

어머니가 민수를 불러 막걸리를 사 오라 시키고 부엌에서 부지런히 술안주를 만들기 시작했다. 신기한 것이, 아무것도 없을 것만 같은 부엌인데도 어머니가 들어가면 뭔가가 뚝딱 만들어졌다. 고추조림도 그렇고 김치찌개도 그랬다. 계란말이도 뚝딱 만들어냈고 오이 서너 개만 있어도 군침 도는 오이무침이 되어 나왔다. 어머니의 손은 쓸 만한 손이었다.

"엄마, 뭐 해?"

맛있는 술안주를 만들 거라는 생각에 나는 군침을 삼키며 부엌으로 들어갔다.

"너 이리와 봐."

모처럼 나직한 목소리로 어머니가 나를 이끌었다.

"왜요?"

"너, 아버지 친구들 모여 있는 방에 들어가서 무슨 이야기하는지 들어봐라."

"어른들 말씀을 훔쳐 들으면 안 되잖아요."

"이년아, 에미 말 좀 들어. 니 아부지가 뭔 꿍꿍이를 하는지 알아야 엄마도 대처를 할 거 아냐."

어머니의 손에는 달콤한 왕사탕이 들려 있었다. 나도 모르게 군침이 돌았다. 나는 얼른 그것을 받아 주머니 속에다 감췄다. 경미가 보면 뺏길 것이 뻔하기 때문이었다.

"잘 들어라."

어머니는 내 엉덩이를 다독거리면서 모처럼 다정하게 웃어주기까지 했다. 민수가 막걸리를 사 와서 마루 앞에서 가쁜 숨을 내쉬고 있었다.

"내가 들고 들어갈게."

나는 민수가 놓아둔 술 주전자를 들고 얼른 방으로 들어갔다.

"아버지, 민수 오빠가 술 사 왔어요."

나는 아버지 앞에서만 민수를 오빠라 불렀다. 유난히 나를 어여삐 여기시는 아버지는 나를 의심하지 않았다. 오히려 내 머리를 쓰다듬어 주면서 용돈을 슬그머니 쥐여 주셨다. 나는 아버지 앞에 술 주전자를 놓고 얼른 아버지 무릎에 앉았다.

어른들의 대화는 술 이야기였다. 어디 막걸리가 맛있다느니, 어디 막걸리는 물을 너무 많이 타서 머리가 깨지게 아프다느니, 읍내에 술집이 생겼는데 거기 주모가 아주 곱상하다느니. 나에게는 재미가 없는 이야기였지만 아저씨들은 눈알을 반짝거리며 허허거렸다.

어머니가 술상을 내왔다. 언제 돼지고기를 사 왔는지 돼지고기 고추장볶음이 먹음직스럽게 놓여 있었다. 엄마의 음식 솜씨는 칭찬할 만했다.

어머니가 얌전한 몸짓으로 상을 내려놓고 뒷걸음으로 조신하게 물러났다. 어머니가 나가면서 내게 눈짓을 했다. 잘 들어, 라는 은밀한 눈짓.

"그럼 대략 6개월 정도면 공사는 끝낼 수 있겠지?"

아버지의 말에 담배를 피우던 아저씨가 말을 받았다.

"우리들이 교대로 나와서 벽돌을 찍고 교재를 만들고 하면 큰 무리는 없을 것 같소. 내년 봄에 개교하려면 서둘러야 해요."

"그렇지요. 부지런히 해봅시다."

뭘 하는지 궁금했다. 귀를 바짝 기울였다.

"그럼 식사는 어쩌지요?"

가장 젊어 보이는 아저씨가 심각한 얼굴로 물었다.

"집사람들이 교대로 해오면 어떨까?"

아버지의 말이었다.

"그건 안 돼요. 집사람들이 찬성할 리가 없어요. 차라리 밥하는 아주머니를 두는 게 나아요. 안 그러면 가까운 식당에 밥을 대 먹든가."

"그건 돈이 들 테니 도시락을 싸오는 건 어떻소?"

아저씨들은 모두 심각한 얼굴로 각자 의견을 내놓고 있었지만 나는 그게 무슨 소리인지 알 수 없었다. 전 같으면 가만히 있거나 그쯤에서 밖으로 나오련만 어머니의 밀명이 있으니 그럴 수도 없었다.

발이 저리기 시작했다. 나는 손가락에 침을 묻혀 코끝에 발랐다.

"왜, 발이 저리느냐?"

아버지가 다정한 목소리로 물었다.

"예."

"그럼 나가서 놀아라."

이크, 큰일 날 소리!

나는 고개를 흔들며 더욱 아버지 품으로 파고들었다. 아버지의 기분 좋은 웃음소리가 내 귓전에 잔잔했다. 나는 용기를 내어 물었다.

"아버지, 뭘 지어요?"

눈치껏 조심스럽게 물었다.

"허허, 영특한 것이 벌써 눈치를 챘구만. 허허, 그래 학교를 짓기로 했다."

"학교요?"

"응, 새마을학교. 아버지 친구들이 벽돌을 찍고 그걸로 교실을 지어서 말이야. 교재도 만들고."

아버지 얼굴에 차오르는 기쁨이 반짝반짝 별처럼 빛났다.

"아버지는 뭐 하시는데요?"

"아버지도 벽돌 찍고, 가르치기도 하고 그럴 거야."

"뭘 가르쳐요?"

"나는 일본어하고 한문을 가르칠 게다.

나는 아버지의 그 말을 듣는 순간, 어머니의 화난 표정을 자연스럽게 떠올렸다. 일찍 알리는 것이 좋은지 늦게 알리는 것이 좋은지 판단도 서지 않았다.

"경아, 나가서 민수한테 술 좀 더 사오라고 해라."

자연스럽게 방을 빠져나올 수 있는 기회였다. 하지만 나는 무척 무거운 마음으로 방을 나왔다. 어머니에게 보고를 해야 할 상황이 머릿속에 그려졌기 때문이었다.

"뭐라시든?"

방을 빠져나오자 어머니가 나를 낚아채듯이 부엌으로 밀어 넣었다.

"학교 짓는대."

"뭘 지어? 학교? 저 양반이 미쳤나?"

어머니는 아버지가 있는 방 쪽을 노려보면서 거칠게 숨을 쉬었다. 나는 겁이 났다. 이후 일어날 일에 대한 두려움 때문이었다.

"엄마, 나 이제 나가 놀아도 돼?"

내 목소리는 아주 조심스러웠다.

"나가라! 가서 안방하고 늬들 방 쓸고 닦아라!"

나는 얼른 부엌을 빠져나왔다. 화난 어머니가 부엌에서 하실 일은 뻔하다. 마른 솔가지를 뚝뚝 분질러서는 구들이 벌게지도록 아궁이에 밀어 넣을 것이다. 오늘 아버지는 단잠을 주무실 수 없다. 물론 어머니도!

나는 아버지가 술 마시는 모습이 참 좋아 보였다. 비가 부슬부슬 내리는 날엔 읍내 술집에 가지 않고 사랑채에서 술을 마셨다.

저만치 아랫마을이 보이는 높은 집에서 그윽한 시선으로 비 내리는 숲을 바라보는 아버지는 말 그대로 '꽃 선비'였다. 절대 서두르지 않고 음성 높이는 일도 없고, 세상사 다 달관한 표정으로 막걸리를 드시는 모습은 내 머릿속에 지워지지 않는 아름다운 풍경이었다. 하지만 아버지가 술잔을 기울일 때는 몹시 쓸쓸해 보였다. 그 쓸쓸한 눈빛을 보기 시작한 건 학교 짓는 일이 제대로 되지 않을 때부터였다.

아버지는 학교를 짓기 위해 과수원 한 귀퉁이를 떼 팔았다. 어머니가 펄펄 뛰고 반대했음은 물론이다. 하지만 언제 아버지가 어머니의 말에 귀를 기울이신 적이 있었던가.

그 돈으로 읍내 가까운 곳에 학교 지을 땅을 샀다. '학교를 짓는다'라고 했지만, 그 시작은 초라하기 그지없었다. 교실 두 칸에 교무실 하나인 허술하고 초라한 학교였다. 그러나 아버지와 친구분들이 가진 열망은 대단했다. 학생 모집 광고도 붙었다. 내가 다니는 학교 앞에도 봄이 되자 그 광고가 붙었다. 아버지의 붓글씨였다.

〈학생 모집〉

어려운 형편 때문에 배움의 시기를 놓친 학생을 모집합니다.

학비는 무료입니다.

나이 관계없이 오시면 성실히 가르칩니다.

배울 과목은 국어, 영어 초급, 일본어 초급, 한문입니다.

학생을 모집한다는 아버지의 글씨가 낯설었지만, 아버지 글씨라서 나는 자랑스러웠다.

그즈음 나는 괜히 들떠서 실실 웃고 다녔다. 아버지가 학교를 짓는다는 일이 내게 어깨를 으쓱할 만한 자랑거리였다. 그렇다고 해서 누구에게 말을 한 건 아니었다. 그저 나 혼자, 내 가슴속에서 자랑스러웠다. 나는 학교가 끝나는 대로 아버지가 짓는 학교 터로 내달렸다. 내가 다니는 학교에서 그리 멀지 않았다.

"아부지."

숨이 턱에 차게 달려가서 아버지를 부르면 아버지는 벽돌을 찍고 있거나 나무를 톱으로 썰고 있거나 그랬다.

"오, 우리 경아 왔구나."

아버지는 환하게 웃으며 나를 보듬어 안았다. 아버지 냄새가 참 좋았다. 담배 냄새와 술 냄새가 섞인 그 야릇한 냄새에 아버지 특유의 체취까지.

나는 코를 킁킁거리며 아버지 품을 파고들었다.

"공부는 잘했느냐?"

아버지의 음성은 자애롭고 편안했다.

"네, 시험 봤는네 백 점 받았어요."

어깨를 으쓱하며 자랑하면 아버지는 일부러 큰 소리를 내어 다시 말씀하셨다.

"뭐? 백 점을 받았다고?"

그러면 여기저기서 흩어져 일하던 아버지 친구분들이 모여들어

한마디씩 했다.

"아이구, 경아가 기특하구나."

"자네는 이렇게 이쁜 딸을 두어서 좋겠네."

라든가,

"경아는 서울로 공부하러 가겠네."

하는 따위의, 아버지가 좋아할 만한 말들이 쏟아졌다. 물론, 나도 기분이 좋은 건 숨길 수 없었다. 그때쯤 아버지는 내 엉덩이를 토닥거리면서 동전을 쥐여주었다.

"가서 먹고 싶은 과자 사 먹어라."

나는 과자를 먹으며 어설프나마 꼴을 갖추어 가는 교실을 둘러보는 게 재미있었다. 머릿속으로는 내가 선생이 되어 그 자리에서 가르치는 모습을 상상하기도 했다. 나는 뭘 가르치는 선생이 될까? 국어? 영어? 과학?

교실에서는 황토 냄새가 났다. 어설프게 얽어 덮은 지붕에서도 진한 나무 냄새가 났다. 내가 그렇게 교실을 서성대고 있으면 아저씨들이 나를 불렀다.

"경아, 가서 막걸리 좀 사 오너라."

나는 그 시간쯤이 아버지가 쉬는 시간인 걸 알게 됐다.

햇살이 퍼지기 전부터 시작한 벽돌 찍기는 내가 학교에서 돌아오는 시간쯤에 멈추었다. 짚과 황토를 섞어 틀에 넣고 찍어내는 벽돌은 며칠 서늘한 실내에서 말리고 그 며칠 후는 강한 햇살 아래서 말렸다. 흙도 순한지 기대만큼 잘 말랐다. 그렇게 꾸덕꾸덕 벽돌이 말라가는 동안 아버지와 친구분들은 막걸리를 마시며 한숨 쉬었다. 그러다 술이 거나해지면 젓가락 장단이 나오기도 했다. 비가 오는 날에는 벽돌에 비닐을 덮어 두고 술잔치가 벌어졌다. 비 오는 날은 공치는 날이라고 했다.

나는 흙냄새가 풀풀 나는 엉성한 교실에서 빗줄기를 바라보곤 했다. 그래도 그즈음 아버지의 술잔은 희망이었다.

현실은 언제나 삭막하다. 햇볕이 작열하는 사막을 꿈도 없이 허덕허덕 달려야 하는 것이 현실이다. 이루지 못한 희망은 허약하고 목이 마르고 숨이 차다. 거칠고 메마르고 답답하다. 욕망은 눈부실 뿐 삶의 방식은 저마다 달라서 아버지가 꿈꾸는 삶의 방식과 너무도 다른 사람들을 상대해야 하는 아버지는 조금씩 지쳐가고 있는 듯했다.

그런 일은 우리 집에서도 종종 벌어지곤 했다. 산동네 그 집 사람들은 아랫동네 사람들과는 다른 점이 많았다. 그래서 아버지는 더 술을 마셨는지 모르겠다. 좋은 일이 있으면 좋아서, 슬픈 일이 있으면 슬퍼서, 그렇게 마시는 술은 아버지에게 세상을 견디는 힘이 되었던 건 아닐까 생각한다.

산동네 그 집에서는 아버지조차 생각하지 못했던 일들이 종종 벌어졌다.

항상 문제가 되는 집은 과부 아줌마와 노 씨 부부였다.

노 씨 부부의 아들 덕호는 이사 온 후로 여전히 놀았다. 덩치는 산을 옮겨도 될 만큼 건장한데 그가 하는 일은 삼시 세끼 밥 먹고 뒹구는 게 다였다. 늙은 부모가 노점상을 하면서 근근이 살고 있음에도 불구하고 그는 미안한 기색도 없이 탱탱 놀았다.

이상한 것이, 노 씨 부부는 가끔 대낮에 장사를 하다 말고 집으로 돌아왔다. 너무 피곤해서 좀 쉬어야 한다는 게 이유였는데, 그때마다 아들 눈치를 실실 보면서 극장에나 갔다 오라고 돈을 쥐여주었다. 하지만 그는 극장에도 관심이 없는지 나갔다 십 분도 안 돼 돌아오기 일쑤였다. 그러고는 기침도 없이 번번이 방문을 벌컥 열었다.

"에이, 시발!"

방문을 열던 아들의 입에서 거친 욕이 터지고, 이어 발로 방문을 걸어차자 문짝이 힘없이 떨어져 나갔다. 갑작스러운 아들의 출현에 속옷만 걸친 아줌마가 놀란 얼굴로 뛰어나왔다.

"아들아, 그게 말이다. 니 아부지가……."

수세미 같이 헝클어진 머리를 매만지며 얼굴이 벌게서 나온 아줌마는 아버지와 눈이 마주치자 고개를 떨어트렸다. 마침 아버지는 대청마루에 앉아서 김 선생과 막걸리를 마시며 저만치 아랫동네를 내려다보고 계셨다.

"아저씨, 미안합니더. 저놈이 성질이 별나서 좀 거칩니더."

"어허, 참. 문짝이 무슨 죄가 있소."

아버지는 화를 내는 것이 양반의 도리가 아니라는 듯이 애써 불편한 마음을 감추었다.

"아니, 이게 뭔 일입니까? 왜 문짝을 부수어요?"

파르르 해서 나타난 어머니는 양손을 걷어붙이고 노 씨 아줌마를 향해 삿대질을 해댔다.

"미안해요, 우리 아들이 성질이 지랄 같아서."

안절부절 못하는 노 씨 아줌마 옆에서 아버지 친구가 한 마디 보탰다.

"거, 애 키우는 집에서 볼썽사나운 일이 벌어지면 교육상 안 좋지. 흠흠."

김 선생 아저씨는 교육자답게 근엄한 표정으로 노 씨 아줌마를 나무랐다.

"미안합니다. 고쳐 놓을게요. 한 번만 봐 주세요."

노 씨 아줌마가 두 손을 모아 싹싹 빌며 고개를 조아렸다.

그때였다. 방 안에 있던 노 씨의 목소리가 문밖까지 쩌렁쩌렁 울렸다.

"어이 시발, 대낮에 내 마누라 옷 좀 벗겼기로서니, 남의 집 방사에 감 놔라 배 놔라 하는 놈은 누구여?"

대머리가 훌렁 벗겨진 노 씨 아저씨가 러닝 바람으로 나와 인상을 빅벅 그었다. 김 선생 아저씨가 움찔했다. 아버지는 노 씨를 가만히 바라보고만 있었다.

"방귀 뀐 놈이 성낸다더니, 노 씨가 되려 성질을 내요? 문짝 부서진 거 안 보여요?"

어머니가 나섰다.

"시발, 그까짓 문짝이 뭐? 뭐? 뭐! 다 낡은 집구석이 문제지."

"적반하장도 유분수지, 뭐가 어째요?"

어머니도 파르르 해서 노 씨를 올려다보며 삿대질을 해댔다. 아버지가 조용히 말했다.

"노 씨도 그만하고 들어가시오. 당신도 들어오고."

아버지의 말대로 노 씨도 들어가고 어머니도 방으로 들어왔다.

"참나, 사춘기 들어선 애 키우는 집에서 이게 뭔……. 당장 나가라 합시다."

어머니는 분이 안 풀려서 호흡이 아직 거칠었다. 아버지는 차가운 얼음처럼 다시 말했다.

"조금 두고 봅시다."

하지만 노 씨 부부는 사흘이 멀다 하고 시끄러웠다. 밥을 먹다도 밥상이 날아가고, 아줌마 머리채를 휘잡아 마당에 내동댕이치기도 했다. 부부가 싸우지 않으면 아들과 아비가 주먹다짐을 하거나, 아들이 어미를 치거나, 어미가 아들을 두드려 패거나 하는 따위의 불화가 끊이지 않았다. 그 불화 속엔 행랑채 과부댁도 끼었다.

"다 늙은 년이 엇다대고 꼬리를 쳐?"

노 씨 아줌마가 과부댁의 머리채를 휘어잡은 일도 있었다. 노 씨에게 꼬리를 쳤다는 게 이유였다.

"하이고, 사돈 남 말 하네. 어디서 머리칼도 없는 놈을 갖다 붙여? 야, 나도 눈 있다. 니 신랑 같은 놈은 트럭으로 실어다 줘도 싫다."

"뭐 어쩌고 어째? 이년이 늙은 게 생지랄을 하네."

집안은 언제나 시끄러웠다. 아버지는 아무 말도 안 하고 방안에만 있었다. 어머니만 바빴다.

"여기가 싸움터요, 시장터요? 남의 집에서 왜 맨날 싸워요?"

그러고도 화를 이기지 못하면 사랑방에다 대고 소리를 질렀다.

"당신은 왜 암말도 안 하는 거유? 집구석이 이렇게 시끄러운데."

두 달이 지나자 아버지가 노 씨를 불렀다. 대머리를 문지르며 나타난 노 씨는 아버지를 보자 고개를 숙이며 무릎을 꿇었다.

"번번이 미안합니다, 주인장."

술을 마시지 않았을 때는 더없이 유순한 사람이었다.

"미안해하지 말고 방을 비우시오. 더는 못 참겠소."

모처럼 아버지는 단호했다.

"갈 데도 없는 사람을 내쫓겠다는 거요?"

노 씨의 얼굴이 다시 험악하게 변했다.

"다른 집을 알아보시오. 보름 말미를 주겠소."

아버지는 차가운 얼음처럼 억양의 변화도 없이 차분하게 말했다. 그것은 아버지가 애써 만든 얼굴이라는 걸 나는 알았다.

"에이 시발, 이것도 집이라고 유세를 떠네. 좋아! 나가지, 나간다고! 대신, 이사비용을 주시오!"

"뭐, 뭐요?"

아버지의 눈동자가 흔들렸다. 너무 어이가 없어서인지 어머니도 눈동자가 휘둥그레졌다. 월세도 매번 늦게 내거나 건너뛰거나 해서 보증금으로 받은 돈도 얼마 남아있지 않은 상태였다. 대청마루에서 듣던 김 선생도 헐헐 거리며 어이없는 웃음을 터트렸다.

아버지는 눈을 감고 한참 앉아 있다가 다시 입을 열었다.

"이사비용을 줄 테니 나가시오. 방을 알아보시오."

노 씨가 잠시 놀란 듯 아버지를 바라봤다. 그러고는 한마디 툭, 뱉고는 방을 나갔다.

"시발 나간다, 나가! 더러워서 나간다!"

하지만 그들은 이사를 나가지 않았다. 여전히 사흘이 멀다 하고 싸우며 이사비용만 받고 차일피일 미루다가 겨울을 넘겼다.

아버지가 그를 다시 불렀다. 이번엔 아버지의 얼굴에 노기가 어려 있었다.

"참으로 상종 못 할 사람이로세. 방 얻을 돈을 줄 테니 당장 나가시오."

아버지가 그렇게 노여운 표정을 짓는 것을 본 적이 없다. 아버지는 노 씨 앞에다 두툼한 돈 봉투를 내던졌다.

"이번에도 안 나가면 경찰을 부르겠소."

아버지의 의지는 단호해 보였다. 겨울이 지나고 연둣빛 잎새가 도톰하게 올라올 때쯤 노 씨네는 이사를 갔다. 그 날도 아버지는 술을 마셨다.

〈희망 새마을학교〉

학교가 꼴을 갖추고 학생들이 열 명쯤 모인 것은 한 해가 지나고 나서였다. 그 학생들 중에는 재섭이 아저씨도 끼어 있었다. 약간 벌게진 얼굴로 교무실로 들어서던 아저씨는 나를 보자 움찔하며 물러섰다.

"경아, 니가 여기 웬일이고?"

아버지 옆 의자에 앉은 나를 보고 아저씨가 놀란 것은 창피했기 때문일 거라고 생각했다.

"오늘 학교 개교기념일이에요."

내가 방긋 웃으며 그렇게 말하자 엉거주춤한 폼으로 우물우물 말을 했다.

"아저씨가 공부 하라 케서 왔다. 나는 한글도 잘 모리거등."

"아저씨는 잘하실 거예요. 저도 도와드릴게요."

나는 마치 내가 선생인 것처럼 아저씨에게 말했다.

사실 나는 학교 개교기념일이면 집에서 어머니를 도와드려야 마땅하다. 팽이 돌 듯하는 어머니의 일상을 뻔히 알면서 아버지 뒤를 졸졸 따라붙었다는 걸 어머니가 알면 나는 볼기짝에 불이 날 정도로 맞을 게 뻔하다. 그런데도 아버지 학교에 온 건 어떤 사람들이 와서 공부를 할 것이며 또 어떻게 가르치는지가 궁금해서였다.

학생들 중에는 시장에서 채소를 파는 아저씨도 있고 가게를 하는 아주머니도 있었다. 흰머리가 희끗희끗한 중년의 아주머니도

있고 중학교에 못 가서 공부하러 왔다는 민수 또래의 남자아이들
도 있었다. 그들은 모두 희망을 꿈꾸고 있었다. 나비가 훨훨 날 듯.

나는 아버지가 더없이 자랑스러웠다. 입학식 그날 아버지는 모
인 학생들에게 말했다.

"사람은 공부를 해야 합니다. 늦게 공부하는 것은 창피한 게 아
닙니다. 공부를 하지 않는 것이 창피한 것입니다. 여러분은 지금부
터 행복한 미래를 꿈꾸기 시작하는 것입니다."

아, 아버지.

나무판으로 만든 〈희망 새마을학교〉는 학교 앞 나무에 걸었다.
나는 마치 내가 그 학교 학생인 것처럼 매일 들렀다. 이제 막 영어
를 배우기 시작한 아주머니는 나를 보면 '굿모닝' 하며 인사를 건
넸다. 영어를 모르기는 나도 마찬가지라서 나도 조그만 목소리로
'굿모닝'이라고 말했다. 그러자 영어를 배우고 싶다는 생각이 들
었다.

"저도 영어 배우면 안 돼요?"

아버지에게 말했는데 영어를 가르치는 아버지 친구분이 대답했다.

"그래, 경아도 같이 공부해라. 곧 중학교 갈 거니까 예습하는 셈
치고 그러면 되겠네."

서울에 있는 중학교에 간다는 꿈을 키운 것도 그때였다.

나는 재섭이 아저씨와 함께 영어를 배웠다. 아저씨는 영 자신이
없는지 내 옆에 붙어 앉아 내 공책만 바라보았다. 거기서 배우는

영어라는 것이 아주 초급과정이지만 영어를 배운 적이 없는 나나 재섭이 아저씨에게는 어려웠다. 그러나 매일 한 단어씩이라도 익히는 재미가 꽤 즐거웠다.

학교가 끝나고 집에 오는 길에는 재섭이 아저씨가 타고 온 자전거 뒤에 앉아 왔다. 아저씨는 뒷좌석에 푹신한 방석을 깔아서 나를 앉게 했다. 나는 자전거 뒤에 앉아 아저씨 허리를 꽉 잡았다.

"무섭나?"

"예."

"그라모 꽉 잡아래이. 안 그라모 떨어진다."

아저씨는 나에게 자랑할 것이 그것뿐이라는 듯이 큰 소리로 그렇게 말하곤 자전거를 몰았다. 띠릉띠릉, 기분 좋은 아저씨가 자전거에 달린 조그만 벨을 울릴 때도 기분이 좋았다. 집으로 가는 길에 아저씨는 휘파람을 불었다. 기분이 한껏 좋아져서 노래를 흥얼거릴 때도 있었다. 가끔은 그 날 배운 영어단어를 소리 내어 말하기도 했다.

"민수, 그 자슥은 영어를 잘 할끼다. 그쟈?"

"민수 오빠도 중학생인데 많이 잘 하지는 않을 거여요."

"그라까? 내도 배우면 그노마랑 이야기할 수 있겠나?"

"그럼요."

"니는 안 에랩제?"

"저도 어려워요."

"니는 공부 잘한다 아이가."

"그거는 중학교 공부가 아니잖아요."

"그라마 희망 새마을학교에서 공부하모 고등학교도 갈 수 있나?"

"그럴 걸요."

나도 잘 모르는 일이긴 하지만 그렇게 대답했다. 아저씨는 신이
나서 페달을 더 열심히 밟았다. 바람을 가르고 씽씽 달리는 아저
씨. 난 아저씨의 휘파람 소리를 들으며 기분이 참 좋았다.

하지만 집에 도착할 즈음에는 재섭이 아저씨나 나나 풀이 푹 죽
었다. 어머니의 짜증 난 얼굴을 보아야 하기 때문이었다.

"무슨 년의 팔자가 이리도 박복하고. 아이고, 머슴까지 섬기고
사는 신세."

그럴 만도 하다고 여겼다.

어머니는 정말 일이 많았다. 재섭이 아저씨가 집으로 돌아온 후
에는 더 열심히 일하긴 하지만 어머니만 빼면 다 학생인 집에서 어
머니가 할 일이 얼마나 많은지는 우리 모두 알고 있기 때문이었다.

우선 민수와 우리들 식사를 챙기고, 도시락을 싸야 하고 닭 모
이 주는 일에 돼지 먹이 주는 일, 소 꼴 끓이는 일, 재 너머 밭에 김
매는 일까지 거의 어머니의 손길이 가지 않으면 안 되는 일들이 줄
줄이었다. 엄마가 재섭이 아저씨와 눈길도 마주치지 않고 방으로
휑 들어가면 아저씨는 마치 불에 덴 것처럼 돼지우리로 내달렸다.

어머니는 그렇게 화를 내고도 아침에는 언제 그랬냐 싶게 화가
풀려 있었다. 아버지의 손길이 어머니를 다독거렸을 것이라는 생

각을 하게 된 건 퍽 먼 훗날의 일이었지만 아무튼 아버지가 오시면 어머니는 수굿해졌다.

"당신이 고생하는 거 알지만 젊은 사람들 앞날도 생각해 줘야지 않겠소."

아버지는 언제나 어머니를 다독였다.

"이 집에서 나 빼고는 다 학생이네요."

빈정거리듯 내뱉는 어머니의 말은 어느새 풀기가 빠져 있곤 했다.

"허허, 사람. 다 복 짓는 일일세. 당신은 나중에 큰 복을 받을 것이오."

"그런 소리로 얼버무리지 말아요. 내가 이 집에 식모밖에 더 돼요?"

그렇게 말하며 눈을 흘기지만, 어머니 말투는 어느새 순해져 있었다.

"그렇게 자신을 비하하지 말아요. 당신은 이 집 안주인이오."

그렇게 말하면 어머니는 피식 웃었다. 그리고 붙이는 한 마디.

"나도 그 학교 다닐까요?"

"그러고 싶소? 하지만 당신까지 나오면 이 집은 누가 지키나?"

"왜 나만 집을 지켜야 해요?"

"당신은 이 집 안주인이잖소. 안주인이 턱 버티고 있어야 모든 일이 잘 돌아가는 법이거든."

"둘러대기는."

곱게 눈을 흘기며 아버지를 바라보는 어머니는 그제야 고운 여인이 되었다. 그러면 한 며칠 집안이 잠잠했다.

재섭이 아저씨나 민수도 학교 오가는 일 말고는 꾀를 부리지 않고 열심히 일했다. 그리고 어머니를 끔찍하게 여겼다.

마음은 서로 통하는 법. 어머니는 기분이 좋아지면 저녁 늦게 불을 켜고 공부하는 민수와 재섭이 아저씨 방에 넌지시 고구마를 삶아서 밀어 넣어주거나 과일을 깎아서 무덤덤한 얼굴로 가져다주기도 했다.

희망 새마을학교는 두 해가 지나자 학생 수가 부쩍 늘어나기 시작했다. 나는 어머니의 소원대로 서울에 있는 중학교에 입학해서 기차통학을 했으므로 학교 이야기는 재섭이 아재를 통해 들었다. 아저씨는 아침마다 자전거 뒤에 나를 태워 기차역까지 데려다 주었다.

학교에는 경사도 있다 했다. 고등학교 검정고시에 붙은 학생도 나왔다 했다. 그러나 학생 수가 늘어나자 경제적으로 힘든 일이 생기기 시작했다. 학비를 따로 받고 가르치는 학교가 아니어서 학교 운영하는 일이 가장 큰 문제였던 것 같다. 지역유지들이 얼마씩 기부를 하기도 하고 학생들이 나서서 십시일반으로 성의를 보이는 일도 있었지만, 그 정도로 해결될 문제가 아니라는 것은 그 누구도 알 수 있는 일이었다.

아버지의 한숨이 늘어나기 시작하고 쓸쓸한 눈빛으로 술 마시는 날이 늘어나던 어느 날, 아버지가 비상발언을 해서 또 어머니를 놀라게 했다.

"과수원을 팝시다."

과수원을 팔아 뭘 할 건지는 어머니도 익히 알고 있는 일이었다. 어머니는 아예 드러누워 버렸다.

"더 이상은 안 돼요. 처자식 다 죽이고 그러시구랴. 그리고 왜 번번이 당신만 어려운 일을 도맡아요? 다른 친구들은 노력봉사는 해도 돈 내는 일에는 다들 몸을 사리지 않아요?"

어머니도 나름대로 희망 새마을학교에 대한 일들을 알고 있었다.

"다른 친구들은 그럴 만한 형편이 안 되지 않소?"

"안 되기는요. 박 선생도 과수원이 있잖아요. 안 선생도 건물이 몇 채에요? 민 선생은 알부자라는 거 읍내가 다 아는 일이고요."

"거참, 다들 사정이 딱하다오."

"아무리 그래도 과수원은 못 팔아요. 이제 과수원 팔고 나면 우리는 알거지가 돼요."

어머니의 반대는 강경했다. 몇 날 며칠 밥도 안 먹고 밥도 안 하고 완전 맹렬한 시위였다. 우리는 굶주린 병아리들처럼 어머니 주변에서 어머니 눈치를 살폈다. 뱃속에서 꼬르륵 소리가 나도 참아야 했다. 시시때때로 불만을 터트리기는 했지만, 결국엔 아버지 의견에 밀려버리고 마는 어머니가 기어코 칼을 빼 든 것이었다.

이틀 동안 어머니가 머리 싸매고 직무유기를 하며 누워 있자 나는 어머니 손을 잡고 엉엉 울었다. 어머니가 내 손을 매몰차게 걷어냈다.

"울지 마라. 밥 몇 끼 안 먹는다고 안 죽는다. 에미 죽는 꼴 안 보려면 니 아부지 말려라."

아버지도 며칠째 사랑방에서 담배만 죽여대고 있었다. 너구리 굴이었다. 우리 집은 초상집 분위기였다.

사랑방 문은 닫힌 채 열리지 않았다. 보다 못한 재섭이 아저씨가 밥을 하고 머리를 싸매고 드러누워 있는 어머니를 위해 죽을 끓였다. 어머니는 죽을 입에도 대지 않았다. 불안해하던 재섭이 아저씨가 이번엔 사랑채 문을 두드렸다. 그래도 기척이 없었다. 재섭이 아저씨가 말했다.

"경아, 니가 드가 봐라."

나는 조심조심 방문을 열고 사랑채로 들어섰다. 아버지가 주검처럼 누워 있었다.

"아부지."

미동도 없이 누워 있던 아버지가 몸을 일으켰다. 원래 마른 아버지는 더 앙상했다. 눈물이 났다. 앙상한 아버지가 내 손을 잡으며 말했다.

"경아, 아버지 술 좀 사다 다오."

나는 아버지의 손을 붙잡고 얼른 대답했다.

"네, 아버지."

사랑채에서 나오자마자 나는 재섭이 아저씨를 찾았다.

"아저씨, 아부지 술 사러 가요."

그 상황에서 어머니보다 더 다급해 보였던 분이 아버지였다. 적어도 내 생각은 그랬다.

허둥지둥 막걸리를 사 오자 어머니가 기가 차다는 표정으로 나를 노려봤다.

"내가 세상을 헛살았다. 딸년 키워서 뭔 영화를 볼 거라고."

얼마나 서운했는지 어머니가 나를 보며 흐느꼈다. 그러나 어머니에게 미안한 일이긴 하지만 나는 그래도 아버지를 우선 살려야 했다.

부엌에서 잔을 찾고 김치 한 보시기 담아서 얼른 사랑채로 향했다. 아버지는 목이 몹시 마른 사람처럼 술잔을 연거푸 비웠다. 목젖을 타고 넘어가는 막걸리가 아버지의 눈물 같았다.

그런 일이 있은 후 아버지는 희망 새마을학교에 나가지 않았다. 수습할 수 없는 지경에까지 이른 희망 새마을학교는 전기가 끊기고 학생들의 발길도 끊겼다. 아버지의 절친한 친구분들도 어디론가 종적을 감추었다. 세상에 대한 아버지의 슬픔은 그때부터 싹이 트기 시작한 것 같다.

적막강산이라 했던가. 그즈음 우리 집이 그랬다.

나는 아버지 몰래 재섭이 아저씨와 자전거를 타고 학교에 가 봤다. 사람의 흔적이 사라진 교실은 먼지가 보얗게 쌓여 있고 그 위로 쥐들의 발자국이 어지러웠다. 그 사이사이, 거미줄도 보였다.

"집은 사람이 안 살면 그때부터 망가지는 기라. 사람 숨이 집을 살리는 기라.”

한숨을 삼키며 했던 재섭이 아저씨의 말이 오래도록 가슴에 남
았다.

과수원을 정리하던 날, 아버지는 재섭이 아저씨와 민수를 불렀다.

“내가 너희들을 더 이상 보살필 수가 없구나. 미안하다.”

재섭이 아저씨가 말했다.

“아입니더. 갈 곳 없는 놈을 살펴 주셔가 요만큼 잘 살았심더.”

“민수에게는 더 미안하구나.”

“아녀유, 지도 중핵교는 마쳤으이 뭐든 할 수 있어유.”

민수가 훌쩍대며 눈물을 닦았다.

아버지는 재섭이 아저씨에게도 민수에게도 술잔을 내밀었다.
이별의 술잔이었다.

그 와중에도 아버지는 재섭이 아저씨와 민수에게 얼마간의 돈
을 마련해 주었다. 어머니도 그것까지 말리지는 않았다.

“어디 가서든 잘 살아야 한다.”

아버지의 마지막 당부였다.

“걱정 마시소. 지가 민수 데리고 삽니더. 열심히 살 낍니더.”

재섭이 아저씨의 인사였다.

그다음 날 새벽, 재섭이 아저씨는 민수의 손을 잡고 떠나고, 우
리도 떠날 준비를 하기 시작했다. 그래도 그때까지는 서울로 이사
간다는 생각에 몹시 나쁘지는 않았다. 빚을 다 갚고 남은 돈으로

서울에 집을 살 수 있다는 사실만으로도.

하지만 아버지는 여전히 학교에 대한 미련을 버리지 못하고 그 언저리를 맴돌았다.

"이제 그만 잊으세요."

어머니가 아버지의 손을 잡고 애원하듯 말했지만, 아버지의 눈길은 저 너머에 가 있었다. 다행인 것은 아버지가 그즈음에서 마음을 내려놓으셨다는 일이다.

산동네 그 집은 고모의 도움으로 살 수 있었다는 걸 나중에 알게 됐다. 과수원을 정리하고 희망 새마을학교를 접고 올라온 서울에서 아버지가 또 다른 희망을 품기 시작했다는 사실을 다행이라 해야 하는지 불행이라 해야 하는지 판단할 수 없는 상황이었지만 그래도 아버지의 눈빛에 새로운 열망이 살아나기를 나는 빌었다. 그것이 살아있는 아버지를 볼 수 있는 일이기에.

〈부식이〉

아버지가 친구들과 벌인 〈사업〉은 별로 진전이 없었다. 하지만 눈빛은 여전히 빛이 났다. 알 수 없는 것은 어머니도 그 일에 끼어들었다는 사실이다. 처음엔 펄펄 뛰던 어머니가 공장을 짓는 현장에 다녀오고 나서 생각이 바뀐 것 같았다.

어머니는 유난히 부식이를 아꼈다. 어찌 보면 부식이 아니었으면 어머니가 그 일에 끼어들지 않았을지도 모른다.

부식이는 어느새 어머니의 전용 비서쯤 되었다. 공장을 짓는 곳까지 어머니를 태우고 가는 것도 부식이였고 시장에 가서 장을 봐도 무거운 것은 부식이가 자전거에다 싣고 날랐다.

미싱을 돌리던 어머니가 미싱을 깨끗하게 닦아서 넣어두고 하는 일은 놀랍게도 공장 짓는 데서 밥을 해주는 일이었다. 근처 식당에서 인부들이 밥을 사 먹는다는 이야기를 듣고 어머니가 나선 것이었다.

"비싼 밥을 왜 사 먹누? 내가 하면 절반 가격으로 먹일 수 있을 텐데."

그래서 시작한 것이 공장부지 한쪽에 차린 함바집이었다.

어머니는 부식이를 아들처럼 데리고 다녔다. 사실 경민이 오빠보다 두어 살 많을 뿐인 부식이 오빠는 아들과 다를 바가 없었다. 멀리 있는 무뚝뚝한 아들보다 곁에서 모든 심부름을 하며 살갑게 구는 부식이가 어머니도 좋은 모양이었다. 부식이는 우리 식구나 마찬가지였다.

그런데 그에 대해서 아는 것은 아무것도 없었다. 그가 말하는 나이와 충남 홍성이라는 고향 외에는 아는 게 없었다. 하지만 아버지에게 그런 건 상관없는 일이었다. 어머니도 부식이 만은 찰떡같이 믿는 것 같았다.

그는 나에게도 정성을 쏟았다. 아침마다 자전거에 나를 태워서 학교에 데려다주었다. 30분은 족히 걸어야 할 길을 자전거를 타면

10분도 안 걸렸다. 진짜 오빠 같다는 생각이 들었다.

김 선생과 같은 방을 쓰는 부식이는 김 선생의 마음까지도 얻었다. 방 청소도 알아서 깔끔하게 하고, 김 선생의 심부름도 잘하고 선생님, 선생님 하며 깍듯이 예를 차리는 데 기분 나빠 할 일이 없었다. 김 선생은 '이사'라는 말보다 '선생'이라는 호칭에 더 기분 좋아하는 것 같았다. 그런 김 선생을 보며 아버지도 만족스러운 표정을 지었다. 당신이 데려온 사람이니 그 믿음은 더 했다.

"내가 사람 보는 눈이 있다. 부식이 저놈, 아주 진국이야."

아버지는 그렇게 부식이를 보며 흡족해했다.

그 부식이가, 부자가 될 부식이가 아버지의 뒤통수를 친 일은 어쩜 예상되었던 일인지도 모른다. 어디서 어떻게 자란 사람인지도 모르고 데려온 사람이다. 믿을 구석이 없는 사람이라는 뜻이다. 그럼에도 불구하고 아버지는 부식이를 데려왔다. 어쩜 그 일은 처음부터 아버지가 감내해야 할 몫이었는지도 모를 일이었다.

"부식이 어디 보냈어요?"

며칠 부식이가 보이지 않자 어머니가 아버지에게 물었다.

"응, 물주머니하고 지방 갔어."

"왜요?"

"거래처 확보하러 갔지. 내일이면 올 거야."

머슴처럼 부리던 부식이가 보이지 않자 가장 불편한 건 어머니였다. 자질구레한 일거리조차 이제는 부식이가 없으면 불편하다고 느낄 만큼 부식이가 하는 일은 많았다. 수금하는 일이며 장 보는 일, 현장의 잡다한 일거리들까지 부식이 몫이었다.

지극히 성실한 부식이는 기계처럼 일했다. 일을 하느라 밤이 늦어서야 잠자리에 드는 부식이를 김 선생도 미더워했다. 말을 앞세우는 법 없이 묵묵히 일만 하는 부식이는 어찌 보면 속을 알 수 없는 사람 같아 보이기도 했다. 그래서 더 믿었는지 모르겠다.

"부식이가 와야 함바 장을 볼 텐데 왜 안 오지?"

사흘이 지나도록 오지 않는 가장 부식이를 기다리는 건 어머니였다. 아버지는 신문을 뒤적거리며 아무 말이 없었다.

"물주머니 아저씨는 오셨어요?"

어머니가 재차 물었다.

"아니. 연락이 안 돼서 점백이가 찾아본다고 어제 갔어."

"어디로요?"

"응, 부산으로 간다 했으니 수소문해보겠지."

사람에 대한 의심이라고는 전혀 없어 보이는 아버지는 표정의 흐트러짐 없이 태연하게 말했다. 어머니의 표정이 불안해진 건 그 말을 듣고 나서였다.

"이 사람들, 뭔 꿍꿍이 있는 거 아니에요?"

어머니의 눈썹이 사납게 올라붙고 목소리가 높아졌다.

"원, 사람도. 매사 그렇게 의심스러우면 땅 꺼질까 걱정은 안 하나?"

아버지가 허허허, 웃었고 그 순간 어머니가 그 자리에서 벌떡 일어나 밖으로 내달았다.

어떤 직감이 어머니를 그렇게 행동하게 만든 것 같았다.

아버지는 그 날, 나뭇잎이 떨어지기 시작하는 그 가을날, 하루 종일 집에 있었다. 그다음 일들이 물주머니 아저씨가 와야 해결될 상황이었던 것 같다. 그 사흘 동안 김 선생도 고향에나 다녀온다고 집을 비웠다.

모처럼 한가로운 날, 아버지는 목욕을 다녀와서 코를 골며 낮잠을 주무셨고 오후에는 여유로운 표정으로 책을 보았고 언제나 기이한 느낌을 주는 키 낮은 소나무를 바라보며 막걸리 한 병을 기분 좋게 마셨다.

하얗게 질린 얼굴로 어머니가 집으로 돌아온 건 오후 3시쯤이었다. 어머니는 집으로 들어서자마자 마루에 털썩 주저앉아 아버지를 향해 소리쳤다.

"그놈들이 날랐답니다. 다 들어먹고 날랐대요."

아버지가 큰소리로 어머니를 나무랐다.

"어허, 이 사람. 어디서 뭔 소리를 듣고 또 이러시오?"

"내가 오전 내내 다 돌아다니면서 알아봤어요. 임 목수 빼고는 다 한 통속입디다. 심지어 건물도 저당 잡혀서 튀었답니다."

"이 사람이……."

아버지는 무슨 소리인지 도통 이해가 안 되는 표정으로 어머니를 바라보고 있었다. 그때 목수 아저씨가 들어섰다.

"제수씨하고 물주머니 집에 갔다 오는 길일세. 애들만 있더군. 나흘째 밥도 못 먹었다 해서 자장면 사 먹이고 오는 길일세."

"제, 제수씨는?"

평온하던 아버지의 목소리가 떨리고 있었다.

"알고 보니 진즉에 헤어졌다네. 그동안 물주머니 혼자 애들을 돌보았다는구만."

"허어……."

아버지는 전에 없이 불안한 표정으로 안절부절못하고 있었다. 목수 아저씨가 마루에 걸터앉아 후회 섞인 말을 뱉으며 담배를 태워 물었다.

"사람을 믿는 게 아니었어."

아저씨가 피워 문 담배를 멀거니 바라보던 아버지가 담배를 빼앗다시피 해서 입에 물었다. 폐부 깊숙이까지 연기를 흡입하고 내뱉던 아버지가 밭은 기침을 쏟아내며 비틀거렸다.

"그래도 그 사람들 이야기는 들어봐야지."

아버지는 여전히 사람에 대한 믿음을 저버리고 싶지 않은 듯했다.

"단념하게. 그 사람들 나타나지 않을 걸세."

목수 아저씨가 체념 어린 목소리로 아버지를 달랬다.

"그래도…… 그럴 리가……."

아버지는 여전히 믿지 않았다. 아니, 믿고 싶지 않았던 것 같다.

담배 한 대를 그렇게 들이키고 난 아버지는 아무런 말없이 일어나 혼이 빠진 사람처럼 대문 밖으로 걸어나갔다. 목수 아저씨가 허겁지겁 아버지를 따라 나갔다.

마치, 추운 겨울날 찬물을 뒤집어쓴 것처럼 온몸이 얼어붙은 듯한 그 사건은 내게도 큰 상처가 되었다.

나는 그 가을, 등록금을 내지 못해서 학교에 가지 못 했다. 등록금을 낼 돈도 없었을 뿐 아니라 어머니도, 아버지도, 등록금 따위에 신경 쓸 겨를이 없었다는 말이 맞을 것 같다.

그 날 이후의 일은 마치 옛날 영화를 되돌린 것처럼, 희망 새마을학교가 문을 닫은 것처럼 그렇게 진행되었다. 임 씨 아저씨의 땅만 건사했을 뿐, 나머지 기계며 공장이며 모든 것이 사라졌다. 그뿐만이 아니었다. 아버지가 어머니 몰래 우리 집을 담보로 거액의 대출을 냈다는 사실이 드러나 우리를 또 한 번 경악하게 만들었다. 아, 참 대단한 아버지였다. 참 허술한 아버지였다. 대출금 이자도 몇 달씩 밀린 상태라고 은행에서 나온 사람이 통고하듯 말했다.

"대출금을 갚지 못하면 이 집을 차압할 수밖에 없습니다."

어머니는 아버지에게 더 이상 대들 힘도 없는지 멍하니 아버지를 바라보다가 아무 말도 없이 집을 나갔다. 홧김에 영화나 한 편 보고 혼자서 울다가 돌아오시려니 하고 긍정적으로 생각했던 내 생각은 어둠이 깊어지자 절망으로 바뀌었다.

밤새 불을 켜두고 대문을 서성여도 어머니는 돌아오지 않았다.

그 이튿날도, 그 이튿날도 어머니는 돌아오지 않았다. 나는 아버지 몰래 극장 앞에 가서 서성거리기도 했다. 혹시 어머니가 눈물을 훔치며 극장에서 나오지나 않을까 하여. 그러다 나를 발견하면 비빔냉면이나 먹으러 가자 하지는 않을까 하여……. 그조차 나의 상상일 뿐이었다.

아버지는 한숨도 아닌, 울음도 아닌 이상한 소리를 내며 막걸리만 들이켰다.

경미가 밤마다 울었고 나는 이를 악물며 오빠를 원망했다. 오빠가 이럴 때는 집안을 추스르는 일에 앞장서야 하는 거 아닌가 하는 생각도 해보았다. 하지만 차분히 생각해 보면 어릴 때부터 집을 떠나 있었던 오빠는 우리 식구가 아니었다.

어머니가 없는 집은 폐가 같았다. 세 든 사람들도 힐끗힐끗 눈치를 볼 뿐이었다. 나는 학교도 가지 않는 긴 시간을 골목을 서성거리는 일로 허비했다. 불안한 생각도 덮쳤다.

"아버지, 엄마가 혹시……."

나는 차마 뒷말을 잇지 못했다.

"돌아올 게다. 화가 나서 속을 삭이느라 어딜 간 게야."

아버지는 취한 중에도 어머니가 돌아오실 것을 믿었지만 나는 믿을 수 없었다. 아무리 화가 나도 집을 나간 적은 없던 어머니였다. 나는 갑자기 세상이 무서워졌고 아버지가 미워졌고 어머니가 불쌍했다. 왜 아버지는 번번이 사람들에게 당하는 걸까? 왜 아버지의 꿈은 번번이 망가지고 마는 걸까?

밤마다 악몽을 꾸었다. 낭떠러지로 떨어지는 꿈, 길거리에 내버려지는 꿈, 깊은 물 속에서 허우적거리는 꿈.

나는 경미를 안고 울었다.

〈추자 언니〉

그 어려웠던 시기에 나를 위로해 준 사람이 있었다. 어머니가 없는 동안 내 시간은 텅 비어 있었다. 그 시간 동안, 보이지 않던 것들이 보이기 시작했고 보이던 것은 사라졌다. 가까웠던 사람들이 사라지고, 보이지 않던 사람들이 눈에 들어왔다. 그중에 가장 확실하게 다가온 건 추자 언니였다.

학교 다닐 땐 그 언니의 이름이 뭔지도 몰랐다. 그 언니의 나이도 몰랐다. 넙데데한 얼굴에 큰 눈만 생각나는, 청국장 할머니의 손녀 추자 언니. 큰 얼굴에 비해 비쩍 마른 몸 때문에 어딘가 기형적으로 보이던 언니였다.

어머니가 사라진 집은 현실 밖의 세상 같았다. 한낮의 햇살이 숙인 새하얀 마당을 하염없이 바라보고 있을 때, 언니의 손길이 다가왔다.

"이거 좀 먹어봐."

김치부침개였다. 고소한 냄새와 함께 따뜻한 김이 오르는 김치부침개를 보자 어머니 생각이 더 간절해 눈물이 핑 돌았다.

"돌아오실 거야, 너무 걱정하지 마."

언니의 위로에 눈물이 쏟아졌다. 나는 그동안 그 언니를 바라본 적이 없었다. 그 언니와 이야기를 나눈 적도 별로 없었다. 나는 학교 다니기 바빴고 언니는 나와 마주칠 시간이 별로 없었다. 가끔 일요일 같은 때 툇마루에 오도카니 앉아서 해바라기를 하고 있는 모습을 보았을 뿐이다. 사실 마주쳐도 별로 할 얘기가 없어서 어색하게 웃고 지나치곤 했던 그 언니가 나를 위로하고 있었다.

"나는 엄마가 죽은 후에 많이 울었어. 내가 아픈 게 엄마 탓이라고 생각해서 엄마에게 못되게 굴었거든, 그게 후회가 되어서 많이 울었어."

처음 듣는 이야기였다.

그 이야기를 하면서 그 언니의 커다란 눈망울에 금세 눈물이 차올랐다.

"너는 어머니를 이해해 드려야 해. 얼마나 힘드시겠니. 아버지도 그렇고."

저간의 사정을 다 아는 언니는 세상을 많이 살아본 아주 너그러운 여인처럼 보였다.

나는 고개를 끄덕이며 언니가 내민 김치부침개를 뜯어 먹었다. 사랑방에서는 아버지의 기침 소리가 쿨럭쿨럭 쏟아져 나왔다.

"아저씨가 많이 불편하신 것 같아. 죽이라도 좀 쑤어드려야겠다."

언니의 다정한 음성이 천사의 음성같이 느껴졌다. 나는 고개를 끄덕이며 몸을 일으켰다. 나는 어머니가 사라진 충격에만 빠져서 아버지를 잠시 잊고 있었다. 아니, 미운 마음에 잊고 싶었다는 게 솔직한 마음이었다.

"너도 몸이 아파 보여. 너는 쉬어라. 내가 할게."

비쩍 마른 언니가 일어서는 나를 앉히며 말했다. '너는 쉬어라'라는 말이 울렁울렁 울리며 내 머릿속에 닿았다. 참 편안한 생각이 들었다.

언니는 불편한 다리를 절룩이며 우리 부엌으로 들어갔다. 어디에 무엇이 놓여 있는지도 모르는 남의 집 부엌에서 덜그럭덜그럭 뭔가를 찾아서 뭔가를 만들려고 애쓰는 언니의 행동이 고맙기 그지없었다.

아버지에게 지극정성이었던 문간방 새댁이 있었다면 언니가 할 말을 먼저 했을지도 모른다. 하지만 문간방 새댁은 둘째 아이를 임신해서 친정으로 내려갔고 그 너른 집에는 우리를 따뜻하게 보듬어줄 아무도 없었다. 그런 때에 친하게 지내지도 않았던 언니가 우리를 다독인 것이 나는 더없이 고마웠다.

나는 새삼스럽게 동생 경미를 생각했다. 내가 챙겨야 할 동생이 있다는 사실.

늙은 할머니가 시장에서 청국장 장사를 하는데도 맨날 집에서 빈둥빈둥 놀던 언니가 나를 도우려 하다니.

내 기억에 언니는 늘 혼자였다.

"나는 할머니가 시장에 가시면 할 일이 없어. 그래서 늘 혼자 지낸단다."

언젠가 지나가는 내게 혼잣말처럼 하던 언니는 아무도 동무를
해 주는 사람이 없어서 늘 공동 수돗가에 나와 앉아 있었다. 빼빼
마른 언니는 다리만 불편한 게 아니라 희소병까지 앓고 있어서
기운도 못 쓰고 여름에도 목을 가린 긴 옷을 입고 지낸다고 했다.

내 기억에 언니는 내가 학교 갔다 오는 시간이면 공동 수돗가
옆 양지바른 공터에 쭈그리고 앉아 혼자 노래를 부르고 있었다.

저 푸른 초원 위에 그림 같은 집을 짓고
싸우랑허는 우리 님과 한평생 살고 싶어.

언니의 노래는 늘 '싸우랑허는'에서 목소리가 높아졌다. 가난한
사람들이 뿔뿔이 돈을 벌러 간 한낮의 공동 수돗가는 언니의 무대
였다. 가끔 연탄 집 아저씨가 언니 흉내를 내며 연탄 구루마를 밀
고 다니는 것 외에 언니의 노래를 듣고 따라 부르는 이는 순옥이란
아이 말고는 별로 없었다. 언니는 내가 공동 수돗가를 지날 때면
먼저 인사를 했다.

"안녕, 학교 갔다 오니?"

나는 그 언니가 왠지 무서워서 그냥 고개만 까딱하고 지나쳤다.
참 건방지고 얄미운 년이라고 생각했을 것이다. 하지만 그건 그 언
니가 싫어서는 아니었다. 뼈가 다 드러나도록 마른 언니가 무서웠
을 뿐이다. 그런 언니가…….

나는 갑자기 언니에게 친근감을 느꼈다. 심심하기도 하고 불안하기도 한 차에 언니는 내게 활력을 찾게 해주는 존재가 되었다. 언니는 그 날 이후 아버지를 위해 죽을 쑤어드리기도 하고 김치 볶음밥을 볶아와 경미와 나에게 먹으라고 내밀기도 했다. 외로웠던 추자 언니는 때를 만난 듯이 우리 집을 들락거리면서 내게 말을 붙였다.

"나랑 놀자. 내가 재미있는 영화 이야기도 해 주고 고구마도 삶아 줄게."

영화 이야기에는 솔깃했다. 어머니가 없는 상황에서 언니가 들려주는 이야기는 그나마 나를 기분 좋게 해주었다. 하지만 그 언니의 친절이 내 마음의 빈 곳을 채워주지는 못했다. 나는 견디기 힘든 현실을 이겨낼 방법을 찾기 위해 골똘하게 생각했다. 가출을 할까?

순간, 경미가 눈에 밟혔다. 아버지의 한숨 소리도 들려오는 듯했다. 그럼에도 불구하고 집은 더 이상 내가 있을 곳이 못 된다는 생각이 들었다. 서로에게 짐이 될 것이 뻔한 상황에서 내가 바라볼 곳은 아무 데도 없었다.

내가 언니에 대한 기억을 좋은 쪽으로 쌓아가던 어느 날, 순옥이가 찾아왔다. 아무도 없을 때였다. 머리를 보글보글 볶아서 나이가 조금 더 들어 보이는 순옥이는 입술에 루주까지 바르고 나타났다. 나는 아버지가 남긴 술을 마시고 좀 취해 있을 때였다.

"추자 언니는?"

"가게 갔어."

나는 화장을 한 순옥이가 너무 낯설어서 그 애를 빤히 바라보며 짧게 대답했다.

"경아야, 너 등록금 못 내서 학교 그만뒀다며?"

그 애가 껌을 소리 내어 씹으며 건들거렸다.

"누가 그래?"

나는 발끈했다.

"추자 언니가 그러던데?"

추자 언니의 입을 비틀어주고 싶었다. 언니에 대한 좋은 이미지가 뒤틀어졌다.

"니네 아부지 하던 일도 망했다며?"

"야!!!"

나는 좀 취했고 화가 나 있었고 추자 언니의 싼 입을 꿰매고 싶었고, 눈치 없이 종알거리는 순옥이를 때리고 싶었다. 그래서 더 크게 소리를 질렀다.

"너, 그러지 말고 취직해라. 내가 소개해줄게."

순옥은 진정하라는 듯이 아주 염려스러운 얼굴로 내 손을 잡았다. 나는 송충이를 털어내듯 순옥이의 손을 털어냈다.

"화를 낼 게 아니라 내 말을 들어봐. 니네 엄마도 너무 고생했잖아. 니가 도와야 하지 않겠어? 내 밑에 시다가 하나 필요한데 너 그거 할래? 우리 공장에서 사람 뽑는다 했거든."

나는 진지하기 짝이 없는 순옥이의 표정을 살피며 피식 웃었다.

"내 밑에 들어와서 일하면 다른 애들 밑에 있는 것보다 나을 거고……."

나는 순옥이의 말이 끝나기도 전에 그 애의 뺨을 후려쳤다. 술기운이 작용한 탓이기도 했다. 순옥이 제 뺨을 감싸며 소리 질렀다.

"아니 도와주겠다는데 왜 성질을 내고 지랄이야?"

"나가! 나가!"

나는 악에 받쳐 소리를 질렀다.

"이런 미친년! 쥐뿔도 없는 주제에 성질은. 저나 나나 없는 집에 태어난 주제에 자존심은. 가난을 면하려면 돈을 벌어야지. 돈이 없으면 다 헛거야!"

나는 순옥이가 일어서서 나가는 걸 보고 마루에 있던 목침을 내던졌다.

"아얏!"

순옥이의 비명이 터지며 고꾸라졌다. 머리를 감싸 쥐고 절절매는 순옥이를 보고 나는 통쾌했다. 하지만 마음과는 달리 눈물이 났다. 도망가듯 달아나는 순옥이를 보면서 나는 통곡하듯 울음을 터드렸다.

"경아야, 나 남자친구 생겼다."

어느 날, 추자 언니가 고구마를 삶아 들고 나를 찾았다.

"그래?"

지난번 순옥이에게 내 말을 한 것 때문에 감정이 상해 있던 나는 시큰둥하게 대꾸했다.

나는 여기저기 말을 옮기는 사람이 제일 싫었다. 안달이 난 언니가 내 팔을 흔들며 다시 말했다.

"나, 남자친구 생겼다고."

별 관심을 보이지 않는 내가 서운했는지 언니는 잔뜩 들뜬 목소리로 재차 말했다.

"남자 친구?"

나는 여전히 시큰둥한 채 건성 말을 받았다.

"응. 군인인데 상병이래."

언니의 얼굴에 화색이 돌았다. 밉기는 하지만 그래도 이야기를 들어주어야 할 것 같았다. 그래도 이즈음 언니만큼 나를 위로해주는 이도 없기 때문이었다.

"어떻게 알았어?"

"라디오 방송 듣다가 알았어. 상고 나와서 은행 다니다가 군대 간 남잔데 아주 잘 생겼어."

"만났어?"

"아니. 사진만 봤어. 볼래?"

언니는 늘 끼고 다니는 노트 갈피에서 조그만 사진 한 장을 꺼내서 나에게 내밀었다. 남자는 조금 통통한 얼굴에 안경을 끼고 있었다. 잘 생겼다는 생각은 들지 않았다. 은행 다니는 남자라서 그런지 좀 깐깐해 보이기도 했다.

"좋아해?"

"그럼, 나를 보고 싶다고, 만나자고 난리야."

"만날 거야?"

"아니."

그 순간 언니의 얼굴에 짙은 그늘이 졌다. 측은한 생각이 들었다.

"왜 안 만나? 만나 봐.

"응, 내가 다리도 심하게 저는 절름발이에다가 아프다는 걸 알면 안 좋아할 거니까……. 그냥 편지만 주고받으려고."

언니의 얼굴에 그늘이 지더니 이내 고개를 푹 숙이고 한숨을 쏟았다.

"그래도 만나보지……."

나도 자신 없게 말했다. 만나도 어쩜 상처만 받을지 모른다는 생각이 들었기 때문이다. 모든 인간관계는 이기적이거나 상대적이니까.

언니가 고개를 저으며 쓸쓸하게 웃었다. 나도 언니의 말을 알아듣는 것처럼 고개를 끄덕여주었다. 하지만 내가 언니를 위해 해 줄 수 있는 것은 아무것도 없었다. 누구의 인생이라도 마찬가지다. 타인의 인생에 대해 우리가 해 줄 수 있는 것은 아무것도 없다. 굳이 할 수 있는 게 있다면 동정뿐이다.

"이거 좀 먹어."

언니는 고구마가 담긴 그릇을 내 앞으로 내밀었다. 김이 모락모

락 나는 걸 보니 군침이 확 돌았다. 언니는 또 뭔가 이야기가 하고 싶어 찾아온 것이다.

언니는 네게 무슨 이야기가 하고 싶으면 고구마를 삶아 들고 나타났다. 어머니가 없는 동안 언니는 물 만난 물고기처럼 나를 찾았다.

"맛있겠다."

나는 찐 고구마 하나를 집어 들었다.

"먹어가면서 책도 봐라. 뭐 보는데?"

언니는 아주 다정한 눈빛으로 친동생을 챙기듯이 다정하게 말했다.

"빨강머리 앤이라는 책."

"음, 그런 책이 있구나. 나도 책은 많이 읽은 편인데 그런 거는 모르겠네."

언니는 넌지시 내가 펼쳐놓은 책을 살펴봤다. 나는 그 책을 놓기가 아쉬운 듯 책을 만지작거렸다. 언니의 등장으로 책 읽기는 그른 것 같은 느낌을 받았기 때문이었다.

"어떤 내용이야?"

"어려운 상황에서도 절망하지 않고 굳세게 헤쳐 나가는 여자아이 이야기."

"그래? 주인공이 아주 멋진 아이구나. 나도 이야기 하나 해줄까?"

언니는 갈 생각이 없는 듯 마루에 엉덩이를 붙이고 앉아 밍그적거렸다. 나는 책을 덮고 언니 앞으로 다가앉았다.

"아주 슬픈 사랑 이야기야."

언니의 눈이 초롱초롱 빛나기 시작했다.

"사랑 이야기?"

솔깃했다. 사랑이라는 말이 살랑살랑 부는 봄바람처럼 부드럽게 들렸다.

"응. 이루지 못한 사랑 이야기."

언니의 두 눈이 촉촉해지더니 한참 고개를 숙이고 앉아 있다가 입을 열었다.

"어떤 여자가 군인 아저씨를 사랑했어. 둘은 펜팔로 알게 돼서 편지를 주고받았지. 그러다 사랑의 감정이 싹트게 됐어. 그런데 둘은 한 번도 만난 적이 없이 일 년 동안 편지만 주고받았어. 어느날, 휴가를 나오게 된 군인이 여자에게 만나자고 했어. 하지만 여자는 만나주지 않았어. 왜 그러냐고 하니깐 여자는 사랑을 지키고 싶어서라고 말했어. 군인은 여자를 보고 싶은 마음에 주소를 들고 그 여자를 찾아갔어. 그런데도 그 여자는 군인을 만나지 않았어. 집에 있으면서도 없다고 거짓말을 했던 거지."

거기까지 말한 추자 언니는 잠시 숨을 고르는 듯 크게 숨을 내쉬었다. 긴 머리칼을 뒤로 넘기고 나를 한참 바라보았다.

언니는 이야기를 재미나게 하는 재주는 있는 것 같았다. 언니가 이야기하는 동안 빨려 들어가는 듯한 기분도 들었다.

"왜 그랬을까? 남자는 실망하여 군대로 돌아가서 다시 편지를 썼어. 그대를 보러 갔다가 그냥 돌아왔소. 어디를 간 것이오? 내가 분명 찾아간다고 말을 했는데 왜 나를 피하는 것이오, 하면서 절절한 마음을 전했지. 여자도 사랑스러운 문장으로 미안하다고 했지. 피치 못할 사정이 있어 그리되었노라고 하면서 언젠가는 만나는 날이 있기를 바란다고 했어. 남자는 밤마다 그 여자 꿈을 꾸었어. 너무나도 보고 싶어서 여자에게 면회를 와 달라고 부탁했어. 하지만 여자는 오지 않았어. 절절하게 사랑한다면서 왜 가지 않았을까?"

언니는 내 눈을 들여다보며 물었다.

"글쎄, 무슨 비밀이 있나?"

내 짐작을 못 들은 척하고 언니는 다시 이야기를 이어나갔다.

"남자는 이제 여자를 만나지 않으면 미쳐 버릴 것 같아서 다시 그 여자네 집으로 찾아갔어. 대문을 두드리자 몸이 불편한 아가씨가 나왔어. 자신의 신분을 이야기하고 애인을 찾아 왔소, 라고 하자 남자를 뚫어질 듯이 바라보던 여자가 말했어. 동생은 미국으로 공부하러 갔어요 하더래. 애인의 배신에 남자가 얼마나 어이없었겠어. 남자는 여자의 주소를 달라고 했지만 떠난 여자를 찾지 말라고 몸이 불편한 여자가 말했어. 잊으라고. 남자는 그럴 수 없다고 목숨만큼 사랑한 여자를 어찌 잊느냐고 물었어. 여자가 아주 조용하게 말했어. 정말로 동생을 사랑하신다면 그렇게 떠난 사연이 있으려니 하는 생각은 안 하세요? 라고 물었어."

나는 점점 언니의 이야기에 빨려 들어가기 시작했다. 언니는 감정까지 살려서 목소리에 물기도 돌았다. 아, 애절한 사랑. 그 여자는 왜 사랑하면서도 남자를 만나지 않는 걸까. 순간, 내게 들려주는 슬픈 사랑의 이야기는 언니의 이야기일 수 있겠구나 하는 생각이 들었다.

불쌍한 언니. 상대로부터 받을 상처가 두려워서 숨어있는 언니는 사랑조차 저 멀리 두고 바라보고만 있구나…….

그때였다.

"애를 붙잡고 뭔 이야기를 하는 게냐?"

어머니의 차가운 목소리가 들렸다. 추자 언니가 이야기를 이어 하려다가 움찔했다. 놀란 건 언니뿐이 아니었다. 나도 어머니의 모습을 보고 귀신을 본 듯 놀랐다.

"엄마!"

눈물이 핑 돌았다.

"추자, 넌 네 방으로 가거라. 그런 쓸데없는 얘길 왜 하는 거냐? 어서 가거라. 경아는 공부해야 한다."

어머니는 아무런 일이 없었던 듯이 마당으로 들어서며 내게는 눈길도 주지 않은 채 언니를 나무랐다. 추자 언니는 아무 말 없이 일어나서 어머니에게 고개를 숙이고는 방으로 돌아갔다. 치마 밑으로 보이는 앙상한 다리가 가여웠다. 어머니가 추자 언니를 야단친 거는 아니지만, 언니는 야단맞은 것보다 더 혼이 난 표정으로 돌아갔다. 어머니의 한 마디가 그렇게 차갑게 느껴졌던 모양이었다.

어머니는 언니가 간 후에 오히려 나를 심하게 꾸짖었다.

"공부하는 애가 뭔 사랑 타령을 듣고 있어? 그게 무슨 도움이 된 다고. 아무것도 안 하는 추자가 심심해서 하는 이야기를 귀 기울여 들을 일이 뭐야? 아무짝에도 쓸데없는 이야기를!"

나는 고구마를 얻어먹은 탓에 괜히 언니에게 미안했다. 그래서 기회가 되면 언니에게 미안하다고 말하고 싶었다. 그리고 슬쩍 그 이야기의 결말이 듣고 싶어졌다. 사랑하는 그들은 어떻게 되었을 까 하고.

그런 마음은 어머니에 대한 반항이었다. 학교도 가지 못하는 처 지에 무슨 공부를 하라고 하시는 건지.

나는 어머니의 눈을 피해 다시 책을 펼쳤다.

"발딱 일어나!"

"왜요?"

"학교 가자. 밀린 등록금 내서 다시 공부해야지."

나는 내 귀를 의심했다. 어머니가 낚아채듯 내 손을 잡고 학교 로 갔다.

어머니는 선생님들을 만나 손이 발이 되게 빌고 선처를 구했다. 하지만 나는 그런 어머니를 보면서 기쁘지 않았다. 오히려 학교에 다시 다니게 됐다는 것이 너무 자존심 상했다. 차라리 가출을 하는 것이 낫겠다는 생각마저 들었다. 이미 학교에 가고 싶은 생각은 사 라졌다. 간다간다 하면서 애 셋 낳는다는 말처럼, 나는 매일 가출 을 꿈꾸면서도 실제로 감행할 용기는 없었다. 건성으로 학교를 왔다 갔다 했지만, 학교에 가기 싫어 결석을 하는 날도 많았다. 밥만 축내면서 어머니의 눈치나 보아야 하는 나날이 몹시도 힘겨웠다.

나는 책 속으로 숨었다. 손에 잡히는 대로 책을 읽었다. 책 속 세상에 빠져 나는 행복해지려 애썼다.

어머니는 아무 일도 없었던 듯이 집으로 돌아왔다. 아버지는 사랑방 문을 열고 꿈결인 듯 어머니를 바라보다 이내 문을 다시 닫았다. 돌아온 어머니는 어딘가 다른 사람이 되어 있는 것처럼 보였다. 눈빛이 아주 단단해져 있었고 전처럼 많은 말을 하지도 않았다.

여느 날처럼 밥을 하고 반찬을 만들어 밥상을 차려 사랑채로 들여갔다. 아버지는 막걸리 냄새가 진동한 채로 밥을 두어 술 잡수셨다. 그것이 무언의 화해라는 걸 느낄 수 있었다.

어머니는 다음날부터 바빠지기 시작했다.

"밥해 놨으니까 밥 차려 먹어라."

내게만 그런 말을 하고 혼이 빠진 사람처럼 집을 빠져나갔다. 돌아온 어머니는 전보다 더 차가웠다. 아버지는 방구들을 진 사람처럼 방안에서 꼼짝도 안 하셨다. 나는 혼자 쪽방에 들어가 소리죽여 울었다.

어머니는 그다음 날부터 새벽에 나가 매일 밤늦게 돌아오셨다. 저녁에는 얼마나 앓는 소리를 해대는지 곁에 있기가 민망할 지경이었다.

며칠을 살펴보니 어머니는 그즈음 식당에 취직했는데 일요일 빼고는 파김치가 되도록 일을 하고 왔다. 나는 조금씩 더 구체적으로 가출을 꿈꾸었지만, 구체적으로 생각할수록 갈 곳은 생각나지 않았다.

그 겨울엔 유독 눈이 많았다. 자고 나면 하얗게 변한 세상이 아무것도 보이지 않는 내 미래 같다고 생각했다. 나는 아버지 몰래, 아버지가 마시다 남긴 술을 홀짝거리기 시작했다. 기분이 좋아졌다. 술이라는 게 이런 기분에 마시는 거구나 하면서 아버지를 조금 더 이해할 수 있다고 생각했다. 하지만 그건 나의 착각일 뿐, 나는 아버지를 전혀 이해하지 않고 있었다. 여전한 원망과 서운함이 내 머리에 꽉 들어박혀 있는데 무슨 이해!!

나는 애써 내 마음을 다독이기 위해 책상 위에다 시 한 편을 적어 붙여 놓았다.

삶이 그대를 속일지라도 노여워하거나 슬퍼하지 말라.
절망의 날을 참고 견디면
기쁨의 날이 반드시 찾아오리니
마음은 미래에 살고
현재는 언제나 슬픈 법….

푸시킨의 시를 나는 액면 그대로 이해하며 슬플 때마다 외웠다.
그즈음 나의 낙은 푸시킨의 시를 외우는 일과 추자 언니를 만나는 시간들이었다.

언니는 처음 왔을 때보다 몸은 더 쇠약해졌지만, 눈빛은 그 어느 때보다 맑았다. 나는 어머니가 일을 나가고 나면 추자 언니를 불렀다. 언니에게서 나던 고약한 청국장 냄새도 어느새 고약하게 느껴지지 않았다. 답답한 마음을 언니에게게만은 드러내고 하소연했다.

"나도 돈을 벌러 다닐까?"

"그런 생각하지 마. 돈을 버는 게 그리 쉬운 일이 아니야."

언니는 어른처럼 말했다.

"순옥이는 돈을 잘 번다던데?"

"아서라. 너, 걔네들이 무슨 일 하는지 모르지?"

"공장 다닌다던데?"

"처음엔 그랬지. 근데 요즘은 좀 이상해."

"그럼?"

세상에 쉬운 돈벌이는 없어. 걔네들이 말이야…… 뭔 일을 하냐 하면…….

언니는 아주 중요한 비밀을 이야기하는 것처럼 주변을 살피며 목소리를 낮추었다.

"무슨 일을 하는데 그래?"

"아니다, 됐다. 그건 나중에 알게 될 거고. 내 짐작이 틀리기를 바란다. 우선 알아둘 것은 걔네들이 이젠 집에 안 온다는 거야."

언니는 운을 떼다 말았다.

"왜 집엘 안 와?"

"한 달에 한 번 쉰대. 그래서 못 온대. 시끄러운 애들 안 오니 조용하고 좋지 뭐."

언니는 애써 그 애들에 대한 좋은 기억을 찾으려는 듯 그렇게 말했다. 나는 그 말이 무얼 뜻하는지 그때까지도 몰랐다.

〈순옥이, 옥순이〉

언니와 어울리는 건 순옥이와 옥순이 정도였다. 이층집 옆집에 사는 순옥이와 옥순이는 쌍둥이였는데 그 애들만 언니랑 놀았다. 순옥이는 특히, 언니의 '싸우랑허는'을 아주 비슷하게 흉내 냈다.

어머니는 내가 순옥이와 옥순이랑 노는 것은 절대 안 된다고 못 박았다. 왜 안 되느냐 하면 걔네들은 근본이 없는 상스러운 아이들이란 것 때문이었다.

사실 따지고 보면 아이들은 부모의 거울이다. 그런 면에서 보면 걔네들 부모가 상스럽긴 했다. 욕을 함부로 하는 거나, 날마다 머리를 쥐어뜯으며 싸우는 거나, 술에 취해 동네방네 소리를 지르며 휘청거리고 다니는 걸 보면 분명 점잖은 사람들은 아니었다.

순옥이와 옥순이가 공장에 취직했다고 걔네 엄마가 떠들고 다니기 시작한 건 작년 가을 무렵이었다. 돈도 못 버는 주정뱅이 아버지 대신 둘이서 돈을 벌어오니 좋아 죽겠다고, 자식 잘 키웠다고 자랑질을 하고, 둘이 한 조가 되어 같이 다니니 더없이 좋다고 걔

110

네 엄마가 말했다. 그 아줌마가 콩나물처럼 키만 커서 멋대가리라
곤 없다고 말하는 어머니는 그 아줌마 말이라면 괜히 입을 비죽거
리고 눈길을 돌렸다. 나도 처음부터 그 애들에게 관심이 없었다.
추자 언니를 찾아오는 걔네들을 몇 번 보기는 했어도 말을 섞거나
어울리지는 않았다. 왠지 우리 집을 드나드는 그 애들이 싫었다.

"상종할 종자가 못 돼."

엄마가 그렇게 말하는 데는 나름대로 이유가 있다는 걸 그때는
몰랐다.

공장에 다니기 시작한 순옥이와 옥순이는 밤늦게까지 일을 하
고 숨죽은 파김치 꼴로 돌아오곤 했다. 걔들이 공장에 다니기 전에
는 하도 싸워서 '쌈닭'이라는 별명까지 있었다. 그런데 이상한 것
은 싸우면서도 시시덕대는 것이었다. 머리채를 잡고 싸우다가도
금세 웃으며 이야기를 하고, 그러다 뭔가 심사가 뒤틀리면 또 서로
쥐어뜯으며 싸우는 애들이었다.

공동 수돗가에 물을 길러 와서도 그렇게 싸웠다. 하지만 어쩐
일인지 그런 일들이 둘의 사이를 더 끈끈하게 보이게 했다. 그게
쌍둥이들이 가진 특징인지도 몰랐다.

시골에서 중학교에 다니다 말았다는 그 애들은 구구단도 제대
로 못 외고 글씨도 엉망이었지만 신기하게도 물건값 계산은 똑 부
러지게 잘했다.

그런 애들이 부모 앞에서는 아주 순하게 굴었다. 기본적으로 그

애들은 저희들이 돈을 벌어서 부모를 봉양하는 것은 당연한 일이라고 여기는 것 같았다. 아주 착한 애들이었다. 앞뒤 생각 없이, 대책 없이 착한 애들이었다.

그런데 그 봉양이라는 것이 어디까지인지 고개를 갸웃거리게 하는 사건이 생겼다. 추자 언니도 어느 순간부터 그 애들을 욕하기 시작했다. 아니 그 애들 엄마를 욕한다는 게 더 정확한 표현일 것이다.

그럴 때는 어머니와 비슷했다.

"그 애들 하고 놀지 마. 너까지 물들라."

"뭘 물들어?"

"그런 게 있어."

추자 언니는 나보다 뭔가 더 깊숙이 아는 듯했으나 그 이상은 말하지 않았다.

순옥이가 직장을 옮겼다는 말을 들은 건 한 달쯤 지나서였다. 처음엔 순옥이만 옮겼다가 옥순이까지 같이 옮겼다고 했다.

갑자기 무슨 수가 생겼는지 옷이며 구두며 번쩍거리는 금목걸이까지 건 순옥이 엄마는 요즘 부잣집 마나님처럼 군다고 했다.

어머니의 심사가 뒤틀린 것은 그쯤이었다. 건드리기만 하면 터질 것 같은 어머니가 드디어 순옥이 엄마와 머리를 끄집고 싸우는 일이 벌어졌다. 순옥이 엄마가 하릴없이 동네를 돌다가 우리 집에 와서 어머니에게 말을 건 일이 사단이 됐다. 위로라고 한 말이 어머니의 심기를 불편하게 한 것이었다.

"아이구, 이 집 사장님은 요즘 일이 잘 안 풀린다면서요?"

말을 할 줄 모르는 걸까, 아님 일부러 약을 올리려고 작정을 한 것인가 싶게 순옥이 엄마의 어투는 분명 거슬렸다. 마당에서 비질을 하고 있던 어머니의 눈꼬리가 탁 올라붙었지만 애써 참는 눈치였다.

"많이 어려우신가 보다. 우리 애들한테 경아 취직자리 부탁해볼까요?"

그 순간, 어머니가 빗자루를 들고 순옥이 엄마에게로 돌진했다. 빗자루로 사정없이 순옥이 엄마를 후려친 어머니는 다짜고짜 순옥이 엄마의 머리채를 휘어잡았다.

"이 여편네가 지껄이면 다 말인 줄 아나! 어디다 그딴 소리를 해?"

무방비이던 순옥이 엄마가 머리를 끄집힌 채로 비명을 질렀다. 그런데도 어머니는 손을 놓지 않았다. 추자 언니가 절룩거리는 다리로 달려와 어머니를 말리려 했지만 어림없는 일이었다.

"딸년 팔아서 호사하니 뵈는 게 없나? 그러고도 주둥이에 밥이 들어가냐? 부끄러운 줄 알아라! 어디다 내 딸을 갖다 붙여?"

"아구구구, 사람 잡네. 내가 뭘 어쨌다고 이래요?"

순옥이 엄마는 어머니에게 잡힌 머리칼을 빼내느라 안간힘을 쓰고 있었다. 이 층 여자가 내려와 어머니를 말렸다.

"순옥이 엄마가 잘못 했구먼. 어디 할 말이 없어 그런 말을……."

이층집 여자는 분명 위에서 보고 있었던 게 틀림없었다. 그 아줌마는 그게 병인 것 같았다. 그걸 알고 행랑채 과부 아줌마는 그 즈음 밖으로 나돌았다.

"아이구, 요새는 돈이 양반이우. 뭐 잘난 것도 없드만 잘난 척은!"

순옥이 엄마도 보통은 아니었다. 눈을 세모꼴로 세워서 어머니를 노려보다가 안 되겠다 싶었는지 슬금슬금 뒷걸음질 쳤다. 마침 우리 집으로 연탄배달을 오던 연탄 집 여자가 뭔 일인지도 모르고 집안으로 들어섰다.

"연탄 배달 왔어요."

거기다 대고 어머니가 악다구니를 했다.

"미친 것이 어디다 대고 말 같지 않은 말을 지껄여? 감히 어디다 대고 취직 운운하는 거야?"

나는 눈물이 날 만큼 어머니가 고마웠다.

이즈음, 연탄을 매일 몇 장씩 사다 때던 순옥이네가 형편이 좋아진 것은 맞는 것 같았다. 우리 집에 연탄배달을 온 연탄 집 여자도 침이 마르도록 그 애들 칭찬을 했다.

"순옥이 엄마는 남편 복은 없어도 자식 복은 있나 봐요. 애들이 그렇게 착하대요. 직장을 옮겼는데 돈도 잘 벌어오고 지 엄마 금목걸이도 해줬대요. 외국인 상대로 장사를 하는 데라는데 월급도 많이 준대요."

그런 소리를 들어야 하는 내 마음은 몹시 불편했다. 그런 말을 들으면 나도 어딘가로 돈을 벌러 나가야 할 것 같았다. 이미 내 마음은 학교를 떠나 있었다. 공부하고 싶은 마음도 없이 치른 기말시험은 전에 없이 바닥이었다.

"거, 말 같지 않은 말 하지 말고 연탄이나 잘 재요. 지난번에도 삐뚜루 재놔서 몇 장 깨졌단 말이오."

어머니는 콧등으로도 들은 척하지 않았다. 오히려 연탄 집 아줌마가 무안할 만큼 큰소리를 쳤다. 그러자 연탄 집 아줌마도 지지 않고 대꾸했다.

"이번엔 연탄을 왜 50장밖에 안 들여놔요? 요즘 형편이 어려워지셨나?"

몇백 장씩 들여놓던 우리 집에 한 달도 못 땔 연탄 50장!

동네에 떠도는 소문을 연탄 집 여자가 모를 리 없었다. 대놓고 이야기는 못 하지만 속으로는 우리를 깔보기 시작한 것이었다. 그런데 어머니는 오히려 기세가 등등해서 그 말을 속사포처럼 되받았다.

"이 산동네를 떠나 이사 갈 거요. 이사 갈 텐데 뭐하러 연탄을 많이 들여요? 새 동네 가서 들여야지."

그 말에 샐쭉해진 여자가 순옥이네 이야기를 또 물어댔다.

"아, 그래요? 순옥이네도 곧 이사 갈지 몰라요. 그런데도 연탄을 200장이나 주문했어요. 좀 전에 배달하러 우리 아저씨가 갔어요."

"머리가 나쁘면 몸이 고생을 한다더니, 이사 간다면서 왜 연탄을 들여놔? 생각을 하고 사는 건지, 원."

어머니는 눈을 내리깐 채 따박따박 지지 않고 대꾸했다.

"순옥이네는 애들이 저 밑 동네에 집을 사준다고 해요. 그래도 연탄은 우리 집 연탄을 사 주기로 했어요."

"왜 연탄 배달이 요즘 시원찮은 모양일세. 언제는 외상 안 준다고 얼굴색을 바꾸더니만. 딸들이 돈을 잘 벌어 온다니까 눈 녹은 봄날일세. 부모가 돼가지고 어린 자식 팔아 사는 집에 들어가고 싶을까."

어머니의 말에는 가시들이 촘촘했다. 연탄 집 여자에게 되쏘는 눈빛에도 가시가 박혀 있었다. 연탄 집 여자가 콧등에 연탄재를 묻힌 채 풀이 죽어 돌아간 후에 어머니는 대문에 소금을 뿌렸다.

"터진 주둥이라고 말은 잘하네. 딸년 팔아 팔자 고치는 일이 부끄러운 줄도 모르고!"

어머니는 가난했지만 당당했다. 어디서 무슨 소리를 들었는지 모르지만, 전보다 더 당당하게 순옥이 엄마를 무시했다. 딸년 팔아 팔자 고치는 일이 무언지 어렴풋이 알 것 같았다.

다시 봄이 오기까지 시간은 무척 더뎠다. 나는 겨우 고등학교를 졸업했고 대학은 포기해야 했다. 절망의 시간을 책 읽는 일로 허비했고 푸시킨의 시를 외웠고 책 읽는 내내 헛꿈을 꾸곤 했다.

어머니는 여전히 아무 말 없이 일을 나갔고 내게 어떤 언약도 하지 않았다. 형편이 어렵다는 청국장 할머니네만 빼고, 월세가 들어오던 집을 전세로 바꾸고도 어머니는 내게 아무런 말이 없었다. 나는 그것이 몹시 서운했다.

세상에, 혹은 사람에게 낙망해서 기운을 잃은 아버지는 매일 술만 마셔대다가 어느 날 어머니처럼 말없이 집을 나갔다. 어쩜 예상하던 일일 수도 있었다.

최악의 상황인데도 별로 심각하게 느껴지지 않았다. 고통도 연이어 일어나면 그 충격이 둔감해지는 법이다.

어머니도 아버지를 찾지 않았다. 마치 무언의 약속이라도 돼 있는 사람들처럼 서로에 대해 아무런 말도 하지 않았다. 나는 극도로 예민해져 갔지만 그럴수록 이상하게도 차분해졌다. 막연하게 아버지가 고모네 집으로 피신 가 있을지도 모른다는 생각이 들었다.

살금살금 봄이 왔다. 고운 햇살이 퍼지던 봄날, 우리는 여전히 산동네에 살고 있었다. 기지개 켜는 아이처럼 얼었던 공동 수도의 물이 졸졸 흐르고 삭막하던 산동네 여기저기에도 가난한 꽃들이 피었다. 아버지는 여전히 소식이 없는데도 어머니는 걱정도 안 했다.

집을 팔아 봤자 전세금을 빼고 나면 남는 돈도 없을 것 같았다. 산동네를 떠나기 전, 추자 언니에 대한 서운한 마음이 따뜻하게 돌아서서 다행이라면 다행이었다. 언니의 사랑을 보아버린 탓이다.

어느 날, 바깥에 나갔던 언니가 기겁을 해서 들어서며 나를 이끌었다.

"경아야, 조금 있다 어떤 남자가 올 거야. 나를 찾으면 이사 갔다고 해 줘."

어리둥절한 나에게 신신당부하고는 언니는 연탄 창고로 들어가 숨어버렸다. 언니의 말대로 잠시 후 어떤 남자가 대문으로 들어섰다.

"여기 방추자 씨 집입니까?"

나는 그 남자를 본 적이 있다. 사진 속의 남자였다.

"방추자 씨 이사 갔어요."

나는 언니의 부탁대로 그렇게 대답했다.

"어디로, 언제 이사를 갔어요?"

남자의 목소리가 조금 떨렸다.

"그거는 몰라요. 어디로 갔는지."

나는 능청스럽게 말했다. 남자가 곤혹스러운 표정으로 한숨을 쉬며 인상을 찌푸렸다. 창고 속에서, 언니가 숨을 죽이며 내다보고 있을 거라는 생각에 나는 더 크게 말했다.

"그런데 누구세요? 그 언니를 왜 찾으시는데요?"

나는 확인을 하고 싶었다. 그래서 언니가 부탁하지도 않은 말을 했다.

"내 애인입니다. 그런데 도통 만나주지를 않아요."

"애인인데 왜 안 만나줘요?"

내 말에 남자가 나를 빤히 바라보며 다시 물었다.

"여기 사는 거 맞죠? 지금 거짓말하는 거죠?"

나는 속으로 뜨끔했다. 하지만 거기에 말려들 나도 아니다.

"일주일 됐어요, 이사 간 지."

아마도 언니의 슬픈 사랑은 내가 한 거짓말 때문에 어그러진 것인지도 모른다.

남자는 고개를 푹 수그린 채 돌아섰다. 순진한 남자, 허약한 남자였다. 남자가 돌아간 후에도 언니가 나오지 않아 창고로 가 봤더니 언니는 그곳에서 소리죽여 울고 있었다. 나까지 가슴이 아파서 견디기 힘들었다. 사는 건 누구에게나 힘든 일이었다.

〈산동네를 벗어나다〉

여름이 시작되기 전 우리는 산동네를 벗어났다. 순옥이네도 그 산동네를 벗어나 아랫동네에 번듯한 양옥집으로 이사를 갔다. 순옥이 남자 친구가 집을 사주었다고 침을 튀겨가며 자랑을 해댔는데 정작 이삿날 나타난 남자는 '조지'라는 흑인이었다. 팔짱을 끼고 나타나서는 말끝마다 조지, 조지, 하니까 어감이 이상해서 동네 사람들이 킥킥대고 웃었다. 또 처음 보는 외국인이라 그런지 힐끔거리며 수군댔다. 연탄 배달을 하는 사람보다 더 시커메서 마치 얼굴에 동그란 연탄 하나를 얹어 놓은 듯했다. 키가 작은 순옥이는 그 남자를 한참이나 올려다봤다. 팔짱을 낀 게 아니라 매달려 있는 형국이었다. 그래도 뭐가 그렇게 좋은지 시시덕거렸다.

옥순이의 남자친구도 왔는데 그는 백인이었다. 흑인 옆에 있어서 그런지 더 하얘 보이는 남자는 무척 어려 보였다. 남자는 틈이 날 때마다 옥순이를 꺼안고 입을 맞추었다. 옥순이도 싫지 않은지

히죽히죽 웃었다. 그런 애정 표현을 지켜보던 순옥이 엄마는 처음에 약간 어색하게 웃었지만, 곧 아무렇지도 않은 듯이 행동했다.

어머니가 고개를 내저으며 또 욕을 했다.

"인간의 탈을 쓰고 저게 할 짓이야? 저걸 자랑이라고 해? 쓰레기만도 못한 년."

어머니는 아주 대놓고 순옥이 엄마를 욕했다. 그러고는 마치 순옥이네 집과 상종하기 싫어 이사를 간다는 듯이 그 집을 떠났다.

나에게 그 산동네 집은 좋은 기억이 별로 없는 집이었다. 2년 남짓 행복했던 기억만 남았다.

새로 이사한 집은 그 산동네에서 아주 멀리 떨어진 시골이었다. 집을 팔고 나서 어머니는 내 기대를 깡그리 지워버렸다.

"니 오빠 박사과정 끝날 때까지 너는 공부할 생각 말아라. 작년에 니 오빠 미국 들어갔다."

"작년 겨울이라면?"

나는 기억을 더듬기 시작했다. 아버지가, 마지막 남은 재산인 집을 들어먹었고 우리가 거리로 나앉게 된 그 상황에 오빠는 유학을 갔다? 물론, 많은 부분의 경비를 고모가 댔겠지만 그래도 그 상황에 유학을 가는 오빠를 이해할 수 없었다. 어머니가 사라진 동안 오빠 유학 뒷바라지를 했나 하는 생각도 들었었다. 어이가 없었다. 화가 나서 미칠 것만 같았다.

어머니도 사람에 대한 맹종은 아버지와 다를 바 없었다. 월세를

전세로 돌린 돈도 오빠 유학을 돕기 위해? 그럼 어머니의 비밀통장
도 오빠 유학 자금에 보탰으렸다? 화가 나 미칠 지경이었다. 그래
서 억지를 쓰듯 어머니에게 안 해야 할 말을 하고 말았다.

"엄마, 나도 대학 갈래요."

마루를 닦던 어머니가 나를 돌아보았다.

"뭐라고?"

"나도 대학 보내주세요."

내 딴에는 어머니에게 반항을 하는 것이었고 사실 대학교 가고
싶은 마음도 있었다. 하지만 그 말을 한데는 반항의 목적이 더 컸다.

나를 한참이나 바라보던 어머니가 갑자기 걸레를 내던지고 내
머리를 움켜잡았다.

"이년아, 너는 니 생각만 하냐? 니 어미 등골 휘는 거는 안 보
여? 집안 꼴 돌아가는 거 몰라서 그런 소리를 해? 하는 짓이 꼭 지
애비야!"

나는 어머니가 그런 식으로 무식하게 나올 줄은 꿈에도 몰랐다.

어머니는 이성을 잃은 사람처럼 닥치는 대로 소리 지르고 나를
두들겨 팼다. 그동안 애써 억눌러온 감정을 나에게 다 퍼부을 듯이
내 등짝을 후려치며 화를 냈다.

뒷날 생각해 보니 나도 참 철없긴 했다.

어머니는 내 머리칼을 한 움큼이나 되게 쥐어뜯고 나서 말했다.

"대학이 니 이름이냐? 이 상황에 너 공부시켜 달라는 말이 나와?"

어머니의 음성에 물기가 축축했다. 그러나 나도 화가 나서 미칠

것만 같았다.

"오빠는 되고 나는 왜 안 되는데? 왜 나만 공부 못하게 하는데?"

순 억지였다. 화가 나서 억지를 쓴 것이었다. 아무리 그래도 내가 어머니를 이길 수는 없었다. 나의 행동에 놀란 어머니가 눈물을 쏟는 걸 보고 나는 곧 무릎을 꿇고 어머니에게 잘못 했다고 빌었다. 나는 아무것도, 아무 짓도 할 수 없는 무능력자였다.

산동네를 떠난 후 우리는 시골로 돌아왔다. 그조차 내 학업을 포기하고 난 후의 결정이었다. 학교도 안 다니는데 굳이 서울에 있어야 할 이유가 없었다. 아버지의 건강도 좋지 않았고 돈 없이 살기가 힘든 도시는 우리 형편에 맞지 않았다. 산동네에서 있었던 일이 아버지 인생에 마지막으로 자신의 꿈을 펼치는 기회였다면, 나는 그 산동네에서 내 꿈을 접어야 했던 불행한 시절이었다. 하지만 나는 아버지를 원망하지 않는다. 그래도 그곳은 사람에 대한 순결하고 따뜻한 아버지의 기대가 살아 있던 곳이었기 때문이다. 모든 걸 잃고서 담뱃가게 앞에서 '희망을 주시오' 하고 말하던 아버지의 슬픈 눈망울이 다시 희망으로 차오르기를 기대하던 곳이기 때문이다.

물론 어머니에 대한 기억도 따뜻하다. 이상만 드높아서 현실을 몰랐던 아버지를 끝까지 지켜내려 애쓴 어머니.

잠깐이라도 어머니에 대한 원망이나 서운함이 있었다면 그것은 단순히 내가 공부를 못 했다는 것 때문만은 아니다. 자신의 존재보다 더 소중한 큰아들에 대한 기대가 너무 컸다는 것이 서운했을 뿐이다.

지나고 생각하면 어머니와 아버지를 통해 배운 인생의 교훈이 그 어떤 공부보다도 더 큰 것이었음을 고백한다.

이사한 시골에서 나는 서울에서 잊었던 것을 찾았다. 사람에 대한 맑은 그리움도 다시 찾았다. 기차가 지나가는 마을의 희망, 그것을 다시 품게 된 것이다.

나도 새벽마다 지나는 기차 소리가 좋아서 일찍 잠을 깼다. 아버지는 여전히 일찍 일어나 신문을 보시고 밤늦게까지 불을 켜놓고 책을 보셨고, 비가 오는 날은 빗소리를 안주 삼아 낮술을 드셨으며, 어머니는 또 무언가 일거리를 찾기 시작했다. 어머니는 강한 분이니까, 어떤 상황에서도 가정을 지켜내실 분이니까, 그러니까 아버지가 건재했다. 나는 그것이 무엇보다 다행스러웠다.

절대로 절망만 찾아오지 않는 세상의 이치. 또 희망만이 인간을 행복하게 하지 않는다는 진리. 우리는 모든 것을 잃어버린 후에도 희망을 찾는 방법을 알아가게 되었다. 그것의 증명처럼, 어느 날 아버지가 살아온 삶이 헛된 삶이 아니었다는 사실을 확인하게 된 일이 있었다.

"저, 민숩니다."

불쑥 찾아온 민수의 출현은 아버지의 인생을 빛나게 했다.

"아저씨 덕에 희망을 잃지 않고 열심히 살았습니다. 고맙습니다. 제가 잘 살고 있다는 것을 꼭 보여드리고 싶어서 아저씨 사시는 곳을 물어물어 찾았습니다. 저, 그동안 재섭이 형이랑 아이스케

키 장사 하면서 공부해서 경찰 공무원이 되었습니다. 형이 큰 도움을 주었지요. 형은 가게를 비울 수가 없어서 오지 못 했습니다. 다음에 꼭 같이 오겠습니다."

그렇게 말하는 민수는 말투도 절도가 있었다. 사투리도 쓰지 않았다. 약간 작은 듯 보였던 키도 오히려 단단한 젊은이처럼 여겨졌다.

자신감 넘치는 얼굴로 반짝반짝하는 경찰관 제복을 입고 있는 민수는 단단하고 멋져 보였다. 아버지 앞에 무릎을 꿇고 엎드려 절하는 모습에 진심이 묻어났다. 아버지의 얼굴에 차오르는 희망이 넘실넘실 강물처럼 넘쳤다.

"암, 암, 잘 살 줄 알았다. 겨울에도 꽃은 피는 법이다. 장하다, 민수야."

모처럼 듣는 아버지의 밝은 음성이 그동안의 우울을 다 씻어내는 듯했다.

"산동네도 찾아갔는데……. 그간 사정 이야기를 다 들었습니다. 그 사람들……."

여전히 무릎을 꿇은 채로 민수는 그들을 찾아내 요절낼 듯한 눈빛으로 아버지를 바라봤다.

"되었다. 그것도 한때의 악몽일 뿐이다. 되었어. 그 사람들도 그리 살 수밖에 없는 사정이 있을 게야."

"아닙니다. 그 사람들 꼭 잡아서 사회정의를 실현해야 합니다."

민수는 경찰답게 말했다.

"허허, 사회 정의 실현이라……."

아버지는 민수를 신기루 바라보듯이 바라보았다. 입가에 어린 미소가 참 따뜻했다.

"제가 꼭 잡겠습니다."

민수의 눈빛은 여전히 단호했다.

"허허, 그래. 그보다 나는 네가 이렇게 찾아와줘서 그동안 세상에 품었던 서운한 마음이 다 사라지는구나. 끝까지 지켜야 할 것은 사람이다. 고맙다. 정말 고맙다."

아버지는 경민이 오빠가 온대도 그리 반가워하지 않을 것이다. 민수의 손을 잡고 연신 고개를 끄덕거리는 아버지의 얼굴에 모처럼 편안한 미소가 피어올랐다. 부엌에서 있는 솜씨 다 발휘해서 음식을 만들고 있는 어머니의 얼굴에도 모처럼 편안한 미소가 고였다.

어머니에게서 느껴지던 전투적 눈빛도 시골로 이사 온 후로는 사라졌다.

민수는 그날 밤, 아버지와 밤새도록 이야기를 하며 술잔을 나누었다. 비가 촉촉하게 내렸고, 빗소리는 밤새 친구가 되어주었다.

지금 생각하면 나는 아버지를 미워했던 게 아니었다. 어쩜 사람을 믿었던 아버지의 인생을 부러워하고 있는 건지도 모른다는 생각이 들었다.

어머니를 미워했던 것은 더더욱 아니었다. 아버지가 꿈꾼, 사람에 대한 기대를 저버리지 못한 채 매번 이끌려 들어가 온갖 고생을 겪어야 했던 어머니의 희생이 가여웠다.

산동네의 기억도 반드시 나빴던 것만은 아니었다. 나름대로 다들 제 인생을 앓고 있던 사람들에 대한 연민이 생긴 것도 그 산동네를 떠난 후였다. 특별히 연민을 느꼈던 것은 병약한 추자 언니와 불쌍한 순옥이 자매였다. 하지만 그조차 스쳐 지나가는 인생의 한 장면일 뿐이다.

푸르스름한 새벽공기를 가르고 산을 돌아 나타나는 기차가 마을 앞을 지날 때 내지르는 기적 소리는 다시 찾은 행복이었다. 내 잠뿐만이 아니라 어머니와 재섭이 아저씨의 잠까지 깨웠던, 기적 소리. 그건 자명 소리와 같았다. 부스스한 머리를 매만지고 하품을 베물며 어머니가 일어나면 나도 덩달아 일어났다. 벽을 더듬어 어머니가 전깃불을 켜면 어둠에 갇혀 있던 사물들이 보얗게 일어서던 기억……. 그 그리운 기억이 현재가 됐다.

"겨울에도 꽃은 피는 법이다."

이명처럼 울리던 아버지의 음성을 기억하고 나는 간간이 푸시킨의 시를 외웠다.

오후 2시에서
4시 사이

나이 먹는다는 걸 실감하는 기분은 유쾌하지 않다. 그걸 확인하는 순간, 인생은 잿빛이 되어버린다.

오늘도 그랬다. 누구에게도 이야기하지 않았지만 사실 무척 자존심이 상한다. 어느새 이렇게 되었나 싶어서.

하루 종일 있어 봤자 입 뗄 일이 없는 일상은 꽤 오래되었다. 가까이 살던 딸애마저 멀리 이사 간 후 그녀의 집을 찾는 이는 거의 없다. 모두 뿔뿔이 흩어져 사는 터라 독거노인 같은 생각이 들 때가 있다. 아직 '노인'이라는 단어가 낯설어 애써 중년임을 고집하지만, 시간을 잡아맬 수는 없다.

아침마다 다짐한다. 오늘부터는 운동을 해야지. 운동만큼 건강을 지키는 게 좋은 게 없다는 말을 수없이 들어왔다. 그러나 의지박약인지 게을러서 그러는 건지 번번이 실패다.

그녀가 가장 잘하는 짓은 'TV 앞에 코 박기'이다. 게으른 데다 의지박약!

인정한다. 하지만 운동부족으로 올지도 모르는 건강상의 적신

호는 인정하기 싫다. 생각이 거기까지 미치면 그녀는 마지못해 무거운 몸을 일으킨다.

무료한 오후 시간을 죽이는 데는 쇼핑만큼 좋은 게 없다. 햇살이 소파까지 침범할 즈음 그녀는 외출을 감행한다. 백화점 행!

모처럼 화장도 정성껏 하고 집을 나섰다. 시원한 공간에 친절한 점원들, 소비심리를 자극하는 화려한 물건들이 지갑을 노리는 공간이라 해도 기꺼이 지갑을 열고 싶어지는 게 백화점이란 공간이다.

뱃속이 허전했지만 견딜 만하다. 아침밥은 아주 조금 먹었다. 잡곡밥 반 공기에 김치와 김, 멸치조림이 다였다. 과식은 금물이라는 생각에 그리 한 것이다. 과일이라도 좀 먹을까 생각했지만, 칼로리 계산을 하면 고개를 젓게 된다.

허전한 뱃속을 달래며 밖으로 나왔다. 점심을 조금 일찍 먹고 차 한잔 하고 가볍게 장을 보아 올 계획이었다. 하지만 백화점에 도착했을 때부터 일이 어그러지기 시작했다.

싹둑! 무엇을 잘라냈는지, 그 순간 그녀의 느낌은 그랬다. 아무것도 생각나지 않고 그 누구도 떠오르지 않았다. 마치 종이를 날선 가위로 싹둑, 잘라낸 듯이 그녀는 세상의 중심에서 귀퉁이로 밀려났다.

"사만이천 삼백 원입니다."

계산대 앞이었다.

그녀는 아주 여유로운 미소를 지으며 휴대폰에 끼워둔 카드를 꺼내려고 가방을 열었다. 그런데 휴대폰이 보이지 않았다. 잠시 전의 일들이 하얗게 빛이 바랜 듯 기억이 나지 않았다.

"카드가, 아니 휴대폰이 없어졌어요."

그녀는 당황했다.

조금 전까지 아주 우아한 듯이 백화점 매장을 돌았다. 옷도 입어보고 가방도 들어보고 반짝이는 귀금속에 넋을 빼앗기기도 하면서. 그러다 식료품 매장으로 내려가 생각나는 대로 이것저것 담았다. 혼자 사는 살림이라 크게 장을 볼 일도 없었다. 과일 몇 개, 고기 조금, 뭐 그런 것들을 조금 샀을 뿐이다. 그런데 카드를 넣어둔 휴대폰이 없어진 것이다.

"고객님, 잘 찾아보세요."

가방을 뒤지고 있는 그녀에게 친절한 백화점 직원이 말했다.

어디서 잃어버렸을까?

방금 전까지만 해도 백화점 매장을 돌며 무료한 오후를 죽이고 있었을 뿐, 휴대폰을 꺼낸 적은 없었다.

문득, 가방 매장이 떠올랐다. 가방에 대한 갈증은 늘 채워지지 않는 것이어서 백화점에 들를 때마다 가방매장을 그냥 지나치지 못했다. 빨간 샤넬 핸드백에 눈을 고정하고 있을 때 직원이 다가와 상냥하게 말했다.

"한 번 들어보세요."

달콤한 유혹의 목소리에 여유로운 미소를 보내고 가방을 들어

봤던가, 기억이 확실하지 않다. 거기 어디서쯤 휴대폰을 떨어트렸을까……. 기억은 거기에 머물렀다.

"가방에 안 넣으신 건 아닌가요?"

상냥한 미소를 잃지 않은 백화점 여직원은 여전히 친절하게 말했다. 그녀는 순간, 숨이 가빠왔다. 가벼운 현기증도 느껴졌다.

"조, 조금 전까지 드, 들고 있었던 것 같은데……."

그녀는 변명처럼 더듬거리며 말했다. 가방을 다 뒤졌지만, 휴대폰은 없었다. 혹시 충동적으로 구매하고 싶은 생각에 사로잡혀 가방매장에서 신용카드가 꽂혀 있는 휴대폰을 꺼냈던 것일까?

한동안 그녀는 정신없이 가방을 사 날랐다. 그 가방을 사지 않으면 물건을 넣을 곳이 없기라도 한 듯이 갈증을 느끼며 가방을 샀다. 하지만 이즈음에는 애써 참아내는 중이었다.

"어디서 잃어버리신 것 같습니까?"

여직원은 여전히 친절했다. 하지만 그녀는 아무 대답도 하지 못했다. 어디서 잃어버렸는지도 생각이 나지 않았다. 어디까지 들고 있었는지도 기억나지 않았다. 머릿속이 백지처럼 하얗게 탈색됐다.

"모르겠어요, 어디서 잃어버렸는지. 기억이 안 나요."

여직원은 딱하다는 듯이 그녀를 바라보다가 분실신고를 돕겠다며 그녀를 안내데스크로 데려갔다. 그녀를 안내데스크 직원에게 인계한 여직원은 상냥한 미소만 남기고 사라졌다. 데스크 직원 역시 친절했다. 그런데도 그녀는 허둥댔다. 안내방송이 나가고 한참이 지나도 아무 연락이 없었다. 입안이 바짝바짝 마르기 시작했다. 여직원이 물었다.

"찾으면 연락드릴 테니 집 전화번호를 알려주세요."

"집? 집 전화번호…… 그것도 기억이 안 나요."

그녀는 거의 울상이었다.

"집 전화가 없으신가요?"

"있어요. 그런데 갑자기 번호가 생각나지 않아요."

"당황하지 마시고요, 천천히 생각하세요."

그래, 천천히…… 천천히……. 나는 지금 당황한 상황이니까.

자신을 달래며 그녀는 정말 천천히 생각을 되짚어갔다. 하지만 정말 끔찍하게도 집 번호조차 생각나지 않았다. 방전된 느낌이었다. 휴대폰을 주로 쓰다 보니 집 전화는 그냥 장식품처럼 거실장 위에 얹혀 있을 뿐이고 집 전화로 통화하는 일도 거의 없었다.

"그럼, 남편분이나 자제분 전화라도……."

안내원은 아주 조심스러운 음성으로 물었지만, 그녀는 그조차 대답할 수 없었다. 거의 쓰러질 지경이었다.

"아무것도, 정말 아무것도 생각이 안 나요."

그녀는 그냥 그 자리에 주저앉고 말았다. 당황한 직원이 달려와 그녀를 일으켜 세우고 가까운 휴게실로 안내했다. 다리가 벌벌 떨렸다.

"천천히 생각하세요, 여기서 쉬시다 생각나시면 알려주세요."

눈앞에 별들이 아롱거렸다. 소리들이 아득해져 갔다. 하지만 그녀는 이를 악물었다. 남편 번호? 이미 지운 지 오래다. 당연히 기억이 안 난다. 아들 번호? 역시 기억이 안 난다. 단축키로 저장해놓은 터라 번호를 외우지 못하는 탓이다. 남편 1번, 아들 2번……

이미 저세상으로 간 남편을 불러올 수도 없고, 외국에 있는 아들에게도 연락할 수도 없다. 딸에게도 연락할 방법을 모르겠다. 자주 통화는 하지만 딸애의 번호도 단축키 3번으로 등록돼 있을 뿐이다. 간편하다는 생각으로 그리 단축해 저장한 것이 이럴 때는 답답하기 짝이 없다. 딸애는 3번일 뿐이다. 가족의 전화번호도 기억할 수 없으니 그 외 누구의 번호를 기억할 수 있으랴. 이 얼굴, 저 얼굴 떠오르지만, 번호로 기억나는 이는 하나도 없다. 한순간, 이렇게 하얗게 머리가 비워질 수 있다니! 세상과 이어져 있던 끈이 싹둑 잘려나간 기분이다.

자신을 자책하며 얼마를 그러고 있었을까. 직원이 다가와 다시 조심스럽게 물었다.

"혹시 휴대폰에 카드를 끼워 놓으셨으면 분실신고를 하는 게 낫지 않을까요?"

그녀는 그제야 자신의 휴대폰에 끼워져 있는 세 개의 카드가 생각났다. 신용카드, 체크카드, 백화점 카드. 그녀는 여직원에게 카드분실신고를 도와 달라고 애원하듯 말했다.

"주민등록번호는 외우세요?"

여직원의 조심스러우나 비웃는 듯한 말에 화가 났지만, 화를 낼 수도 없다. 작은 알전구가 켜지듯 생년월일과 주소, 비밀번호들이 기억났다. 그건 늘 외우고 있었기 때문에 가능한 일이었다.

백화점 분실물센터에는 결국 연락받을 전화번호도 남기지 못했다. 겨우 여직원의 도움을 받아 카드 분실신고만 했을 뿐이다. 고개를 떨어트린 채 집으로 돌아왔다.

빈집은 그 어느 때보다 썰렁했다. 벙어리처럼 입을 다문 전화기는 정물처럼 늘 있는 그 자리에 놓여 있었다. 꼭 그녀 자신의 모습을 보고 있는 것 같았다. 소통할 수 없는 소통의 수단이 그것이다. 수많은 사람들의 얼굴은 기억하나 그들과 통화할 수 있는 번호는 하나도 기억하지 못한다.

TV를 켠다. 홈쇼핑 호스트의 목소리. 숨어 있던 복병들처럼 소리들이 달려 나온다. 목소리 톤이 밝고 높다. 마치 그래야 하는 것처럼. 아니, 그래야 하지, 그들은.

"자, 시간이 빨리 가고 있네요. 오늘 같은 기회는 다시없습니다. 이제 건강 100세 시댑니다. 백 세까지 건강하게 살아야 해요. 그러자면 좋은 음식 먹고 운동하고 밝은 마음으로 사셔야 합니다. 오늘은 아마씨를 소개합니다. 아마씨는 식이섬유가 많은 걸로 알려져 있죠. 아마씨의 영양성분을 비교해 보겠습니다. 식이섬유를 먼저 살펴보면 바나나의 1,050퍼센트, 사과의 1,137퍼센트, 귀리의 257퍼센트, 트랜스지방 제로, 콜레스테롤 제로, 당류 제로! 또 칼슘이 멸치의 약 173퍼센트 많고 우유의 225퍼센트가 됩니다. 그뿐입니까, 마그네슘은 바나나의 1,451퍼센트나 많습니다. 철분은 우유의 약 19,000배나 됩니다. 오메가3도 많아요. 연어의 300배, 고등어의 1,545배, 호두보다 1,137배, 참깨의 6,000배가 많습니다. 식물성 에스트로겐 함양도 석류의 44,000배에 달합니다. 이거, 기적의 씨앗입니다. 우리가 꼭 먹어야 할 10대 식품에 올라있는 아마씨입니다. 오늘은 특별히 파격적인 가격에 열 봉을 드리겠습니다.

감각도 없는 수치들이 마치 생명의 숫자이기라도 한 듯이 눈앞에 아른거렸다. 그녀는 당장 아마씨를 사야 할 것 같았다. 저렇게 좋은 성분이 많은 것을 꼭 먹어야 한다, 그녀는 조바심이 나서 동동거리다가 TV 화면을 보며 전화번호를 꾹꾹 눌렀다. 그러다가 마지막에 결제할 카드가 없다는 사실을 기억해냈다. 한숨이 나왔다. 깜빡깜빡. 혼자 사는 집에서 그녀는 자신의 형체가 사라져 가는 느낌이 들었다. 머리부터 사라져 가는 느낌. 마치 형체도 없는 괴물이 야금야금 육체를 먹어대는 기분이었다. 사라진다는 것은 그녀에게 죽음과 동의어였다. 순간, 몇 해 전 치매를 앓다 돌아가신 어머니가 생각났다. 두려움이 엄습했다.

"엄마, 귀찮아도 꼭 칼로리 따져서 식사하시고 운동하세요."

딸아이의 전화는 늘 잔소리로 시작해서 잔소리로 끝났다. 말로는 어미를 위하느라고 그러는 거라지만 그녀에게는 귀찮은 잔소리일 뿐이다. 그러던 것이 남편이 갑자기 저세상으로 가고 난 후부터는 두려움이 몰려왔다. 딸아이가 이사만 가지 않았대도 그럭저럭

운동도 하고 식사조절도 했을 것이다. 매사 꽁알꽁알 떠들어대는 딸아이의 성화에 그녀는 몸을 일으키곤 했다.

"엄마는 움직이기 싫어해서 더 걱정이야. 외할머니가 당뇨로 돌아가셨으면 조심하고 관리를 해야지, 뭘 믿고 그렇게 몸을 학대해요?"

학대. 맞다. 갑작스러운 이 건망증과 순간적인 기억상실은 자신의 몸을 학대한 결과일 수도 있다. 하지만 칼로리를 따지고 혈당수치를 따지면 먹을 게 별로 없다. 사과 1/4 쪽, 밥 1/2공기, 두부 반 모, 생선 반 토막. 김치도 염분이 많다고 몇 쪽만 먹으랬다. 절제의 연속.

지난달에는 당화혈색소 수치가 8을 넘었다. 의사가 고개를 절레절레 저었다.

"6 이하가 되어야 안심입니다. 혈당 조절 안 하시면 나중에 더 고생하시게 됩니다."

의사는 경고하듯 준엄한 목소리로 말했다.

'알지요, 알고말고요. 이웃집 아저씨도 당뇨 때문에 발가락을 잘랐고, 아는 형님도 당뇨합병증으로 신장 투석을 하고 있어요. 그 위험을 왜 모르겠어요. 하지만 잘 안 됩니다. 의지박약인 모양입니다. 몸이 말을 안 들어요. 머리 따로 몸 따로 놀아요.'

하고 싶은 말들이 입속 가득 굴러다녔지만, 그녀는 한 마디도 뱉을 수 없었다. 하지만 병원을 나오면 결심을 한다. 의사 말대로 해야지. 약도 꼬박꼬박 먹고, 식단 조절하고, 과일도 조금만 먹고,

밀가루 음식 먹지 않고, 외식하지 않고, 운동하고……. 그렇게 다짐을 한다. 허나, 작심삼일.

어머니는 마지막에 그녀의 이름조차 잊었다.

"엄마, 나 누구야?"

"몰라."

"엄마 딸, 한경자. 경자야, 불러봐."

"경, 자."

자신 없는 표정으로 그녀의 이름을 우물거리던 엄마는 그 일 이후 몇 달이 지나고 나서는 그녀를 '아줌마'라고 불렀다.

TV를 껐다. 빈집의 고요가 서늘하다. 아무도 없는 집. 무덤이나 다를 바 없다. 소통의 수단은 널려 있지만 소통할 그 무엇도 없는!

휴대폰을 잃어버렸을 뿐인데 모든 것이 정지되어 버렸다. 휴대폰을 잃어버렸다는 것은 그녀와 세상과의 연결고리가 통째로 사라져버린 거나 다름없었다.

무덤 속에 홀로 누워 있다. 어머니의 얼굴이 끈끈이주걱처럼 달라붙었다.

"엄마, 왜 이래? 왜 이렇게 기억을 잃어버려?"

자꾸 기억을 잃어가는 어머니가 안타까워 소리 지르던 기억이 아프게 떠오른다. 그럴 때 어머니는 그냥 아무 의미 없이 히죽히죽 웃고만 있었다. 모전여전? 슬프게도 인정을 하고 만다. 모든 것이 유전이다. 이 또한 서글픈 유전의 징조이다.

그녀는 자신도 모르게 흐르는 눈물을 닦아낸다. 싹둑, 끊겨져버린 수많은 숫자들이 너울너울 흘러나와 춤을 추기 시작한다.

"안 돼. 이래선 안 돼."

그녀는 혼자 중얼거리며 숫자들을 더듬기 시작한다.

"아들 번호가…… 010-7234…… 아니지. 7024…… 아니 3247인가?"

11개의 숫자를 조립하는 일이 너무도 아득하고 절망스럽다. 그녀는 숫자 조합을 멈추지 않는다. 끊긴 기억을 복원해내기 위한 안간힘이다.

"기억해야 해. 다시, 기억해보자. 음, 7324……."

7과 3과 2와 4는 자꾸 되돌고 있다. 그 번호의 조합이 맞기는 한 건지. 서랍을 뒤져 혹시나 수첩에 적어둔 건 없나 살펴보아도 그런 기록조차 없다. 아득하다. 그녀는 이불을 뒤집어쓰고 울기 시작한다. 눈물이 하염없이 흐른다. 아무도 없는 빈집에서 홀로 울고 있는 늙은 여자……. 자신이 생각해도 한심하고 딱하다. 죽음은 이렇게 슬금슬금 정신을 갉아먹고 육체를 갉아먹는가 보다. 다행히도 딸아이가 사는 이웃 도시의 아파트 이름은 기억이 났지만, 딸애에게 지청구를 들어가며 기억을 복원하고 싶지는 않다. 버티어 봐야지. 그런데 무엇으로 버텨? 아무것도 기억이 나지 않는데.

갑자기 배가 고프다. 허기가 견딜 수 없을 만큼 온몸을 휘감는다. 저혈당 증세 같다. 아침에 먹은 것이 소홀했다. 아니 고만큼만 먹고 견디려 했다. 그런데 갑작스러운 일로 당황해서 충격을 먹었다. 의사는 스트레스를 조심하라고 했다. 어질어질 현기증이 돌았다. 입안이 바싹 말라서 쩍쩍 갈라질 것만 같다. 그녀는 무어라도 먹을 량으로 주방으로 간다. 밥솥은 비어 있고 식은 밥도 없다. 배는 고파 미치겠는데 먹을 게 없다니!

그녀는 물을 벌컥벌컥 들이켠다. 빈속에 물만 가득 차서 뱃속에서 꿀렁꿀렁 물소리가 날 것만 같다. 허기가 폭풍처럼 몸을 휘감는다. 주방의 서랍을 다 뒤져서 유통기한이 지난 라면 하나를 찾아낸다. 잠시 망설이다 냄비에 물을 얹고 라면 봉지를 뜯는다. 먹지 않고는 곧 고꾸라질 것만 같다. 물 끓는 소리가 님의 목소리인 듯싶고 코끝에 닿는 라면 냄새가 천상의 음식냄새인 듯싶다. 라면이 끓는 동안 그녀는 잠시 망설였지만 라면이 다 끓었을 때는 이성을 잃고 흡입한다. 고불고불한 면이 뱃속으로 들어가자 비로소 배가 불러온다. 후회가 남았지만 이미 늦은 일. 포만감을 이기지 못해 눈을 감는다. 아니 절로 눈이 감긴다. 까무룩하게 잠이 쏟아진다. 불가항력! 몸이 죽는다. 정신도 함께 죽는다. 잠시 동안 그녀는 죽는 것이다.

그녀는 울다 잠이 들었다.

탕탕탕!!

문소리가 요란하다. 눈을 떠 보니 아직 해가 있다. 잠시 쇼크가 왔던 모양이다. 거실의 커다란 유리창 밖으로 몸을 떠는 나무들이 보인다. 이제는 곧 옷을 벗을…… 늦은 가을이다.

"엄마, 문 열어!"

딸애의 목소리다. 반가운 마음에 벌떡 일어났다가 갑자기 그 애가 왜 왔을까 싶으니 몸이 움츠러든다. 하지만 몸은 얼른 문을 딴다.

"웬일이냐?"

아무런 일도 없었던 듯이 시치미를 떼고 눈가를 훔친다. 눈물 마른 자국에서 소금기가 느껴진다.

"왜 전화를 안 받아요?"

딸애의 목소리가 새되다.

"전화는 왜 했는데?"

받아치는 그녀의 말투도 곱지 않다.

"지난밤 꿈이 하도 사나워서 어제 오후 내내 전화를 했는데 왜 안 받아요?"

어제? 어제라니? 그럼 밤새 죽었다 깼다는 말인가?

그녀는 잠시 혼란스러웠다. 종종, 그런 일이 있기는 했다. 과식을 했거나, 술을 마셨을 때 혼절하듯 주검이 되었던 일들……. 하지만 딸애한테는 말하고 싶지 않았다. 그 이후의 폭풍을 견딜 자신이 없기 때문이었다.

슬쩍 밖을 내다보며 어둠이 빨리 왔으면 좋겠다는 생각을 했다. 환한 빛 앞에서 딸애 보기가 민망하다. 할 말이 없다. 바른말을 해야 하나, 아님 거짓말을 해야 하나. 망설이다 보니 딸애 앞에서 구겨질 자존심에 슬쩍 화가 난다.

"젊은 애가 늙은이처럼 꿈 타령은. 안 받을 수도 있지, 뭣 땜에 전화질이야?"

방귀 뀐 놈이 성낸다고, 그녀는 딸아이 앞에서 방어막을 친다. 거실로 올라선 딸아이가 집안을 살핀다. 또 무슨 잔소리를 하려고.

"엄마, 전화기 어디 있어?"

"왜?"

딸애의 질문에 반문하면서도, 번번이 전화를 안 받는 어미의 전화를 찾는 딸애의 관심이 오늘따라 불편하다.

미주알고주알 간섭하는 딸아이가 이웃 도시로 이사를 갔을 때는 정말 시원했다. 간섭에서 헤어나는 일은 시원하지만, 말조차 나눌 사람이 없다는 것에는 섭섭한 마음이 들었었다.

"제발 바깥으로 좀 나다녀요. 요즘 얼마나 좋아요. 주민센터 같은 데 가면 배울 것도 많고 사람들도 만날 수 있잖아요. 제발 좀 어울리며 살아요."

딸은 매사 소극적인 어미를 두고 떠나는 마음이 편하지 않은지 이사를 가면서도 걱정 어린 잔소리를 해댔다.

"알았다, 알았어. 너나 가서 잘 살아."

사람들과 어울리기 싫어하는 제 어미의 성품을 아는지라 걱정하는 건데 그녀는 그조차 고까워하였다.

"전화 어디 있냐고?"

딸아이의 집요한 말이 귓전에서 부서진다.

"전화는 왜?"

그녀는 딴 곳을 쳐다보며 건성 대꾸한다.

"엄마, 전화기 또 어디다 뒀는지 모르는 거지?"

한두 번이 아닌, 어미의 전화기 분실사건들이 딸아이의 머릿속에 입력된 것이다. 그녀는 딸의 시선을 피하며 TV 리모컨을 켠다. 와르르 쏟아지는 말들이 웃음과 함께 낭자하다. 역시 건강 프로다. 요즘은 건강 프로 아니면 요리 프로가 대세다. 잘 먹고 건강 챙기는 일이 인생의 목표인 듯하다. 몸을 위한 인생이다.

"건강을 위해서는 걷기만큼 좋은 운동이 없습니다. 하루에 만 보만 걸으면 건강하게 오래 사실 수 있습니다."

인상 좋은 의사가 나와서 또 건강 이야기를 한다.

"전화기 어디 있냐고!"

영주의 목소리가 점점 커진다.

"배고프지 않냐? 뭣 좀 해줄까?"

짐짓 딴청이다.

"엄마, 저녁은 먹었어?"

어제 늦은 오후에 라면 하나 먹고 죽었다 깬 것밖엔 기억이 없다. 혈당이 하늘처럼 솟구쳤을 것이고 그로 인해 쇼크가 왔을 것이다. 하지만 그렇게 말할 수는 없다.

"나도 저녁 전이다. 뭣 좀 해 먹을까?"

일부러 상냥하고 부드러운 목소리로 딸애를 향해 말한다.

속은 깔끄럽다.

영주는 대답도 않은 채 이 방 저 방 뒤지고 다닌다. 그녀의 휴대폰을 찾으려는 것이다. 때때로, 침대 위에서, 화장실에서, 옷방 구석에서, 소파 아래에서 찾아낸 어미의 휴대폰을 떠올리고 있으리라.

"이 방은 왜 이래?"

작은 방에서 딸애의 목소리가 울린다.

"왜? 어쨌기에?"

"이불은 왜 다 꺼내 놨어?"

"이불?"

그녀는 주방으로 들어서다 말고 작은 방으로 향한다. 작은 방에는 아들이 쓰다 남겨둔 물건들이 있다. 책상과 침대, 그리고 보던 책들…….

가끔씩 아들 생각이 나면 그 방에 들어가 침대에 누워도 보고, 책상에도 앉아 보고, 보던 책을 만져보기도 한다. 또 가끔은 아들이 오기라도 하는 듯 이부자리를 갈기도 한다.

방에 붙은 작은 창고에는 쓰지 않은 이불과 잡동사니를 넣어두었다. 그런데 그 방에 이불이 나와 있다고? 아차, 이불을 바꾸려고 들어갔다가 무얼 하러 들어갔는지 까먹고 그냥 나온 게로구나.

가끔 그렇게 깜박깜박한다. 웃으면 웃을 일이고, 슬프다고 생각하면 슬픈 일이다.

그녀는 작은 방으로 다가가 딸애의 눈치를 살핀다. 딸애의 손에 그녀의 휴대폰이 들려 있다.

"이게 어디서 나왔니?"

그녀는 도둑을 잡기라도 한 듯이 딸애의 손에서 휴대폰을 낚아챈다. 어이없는 얼굴로 그녀를 바라보는 영주의 눈에 눈물이 글썽인다.

"엄마, 정말 왜 이래?"

목소리에도 물기가 축축하다. 딸애의 얼굴을 볼 자신이 없어 슬그머니 눈길을 피하고 주방으로 걸음을 옮긴다.

"밥 먹자."

말은 그렇게 하는데 목소리가 갈라진다. 눈물도 삐죽 흘러나온다. 도대체 왜 이러는 건지. 휴대폰을 열어 아들의 번호를 확인한다.

아, 7324로구나. 딸애 모르게 안도의 한숨을 내쉰다.

"엄마, 제발 건강 좀 챙기세요. 나, 엄마 때문에 불안해 죽겠어요."

주방으로 돌아와 슬그머니 그녀의 허리를 껴안는 딸애의 목소리가 너무나도 축축하다.

"알았다. 이젠 정말 운동 열심히 할게. 매일 만 보씩 걸을게."

"또 작심삼일일 거면서."

눈물을 훔치는 딸애의 목소리가 불퉁하다.

"아니다. 이제는 나도 살아야겠다."

그녀의 결심은 꽤 단단해 보였다.

딸애에게 백화점 사건을 말할 수는 없지만, 깜북 죽었다 깬 일을 말할 수는 없지만, 어제 있었던 일들은 그녀에게도 큰 충격이었다.

운동화를 샀다. 트레이닝 바지도 샀다. 햇볕을 가릴 챙 넓은 모자도 샀다. 물을 넣고 간단한 간식을 넣을 작은 배낭도 하나 샀다. 물론 딸애와 함께한 쇼핑이었다.

남편이, 해외로 보름간 출장을 가서 한가해진 딸애는 그날로 친정에 눌러앉았다. 명분은 어미를 보살피겠다는 거였다. 아직 아이가 없어서 가능한 일일 것이다.

결혼한 지 2년이 지났지만, 태기가 없다. 그녀 역시도 결혼 3년 만에 아이를 가졌으니 그리 염려할 일은 아니지 싶다. 딸은 대개 엄마를 닮으니까. 그러나 그 사실 앞에서 그녀는 다시 소스라쳤다. 딸은 엄마를 닮는다? 불현듯, 엄마 생각이 났다. 당뇨와 치매로 고생하시다 생을 마감한 어머니……. 그 길을 따라갈 수는 없다.

뻔히 알고도 게을렀던 자신이 그녀는 새삼스럽게 몸서리쳐졌다. 어쩜 딸애도 대를 잇는 슬픈 유전의 고리를 끊어내고 싶어서 그녀를 그리 닦달하는지 모른다. 그리 생각하니 영주의 마음이 기특하게 느껴져 가슴이 뭉클했다. 아무것도 기댈 것 없는 집은 무덤과 다를 바 없다는 것을 딸애가 이사 간 후 절감했다.

"엄마, 오늘은 병원 갔다가 한 시간만 걷자."

곰살맞은 딸애가 더없이 어여뻤다. 마음속 자리에는 아들의 자리가 더 큰데, 곁에서 그녀를 챙기는 건 딸애다. 그 사실이 미안해서 말소리가 더욱 부드러워졌다.

"그래, 오늘은 공원에 가서 너랑 걸으면 기분이 좋겠다."

"귀찮겠지만 병원부터 다녀오구요. 오늘부터 일기를 써요. 운동 일기도 좋고, 혈당 일기도 좋고."

또 잔소리가 폭풍이다. 병원에 가면 의사의 지청구를 들을 것이고, 병원을 나와서는 딸애의 지청구를 들을 것이고. 그래도 기분은 좋다.

의사는 모처럼 나타난 그녀를 보고 반가워했다.

"약 타러 오실 때가 지났는데 안 오셔서 걱정했어요. 그런데 오늘은 따님과 오셨군요. 역시 따님이 좋죠?"

몇 번 병원에 동행한 적이 있는 딸애를 보고 의사는 흐뭇한 미소를 지었다. 딸애는 의사에게 바짝 붙어서 이것저것 건강에 유의할 점을 확인하듯 일러주기를 부탁했다. 제 어미에게 주지시키기 위해서라는 걸 그녀도 모를 리 없었다.

"운동을 하세요. 걷기가 가장 좋은 운동이에요. 오후 2시부터 4시 사이가 좋아요. 일조량도 많고 기온도 따뜻하구요. 햇볕을 많이 쬐어 주어야 우울증 예방도 되구요."

의사의 말에 그녀는 건성 끄덕끄덕했다. 우울증……. 어쩜 그녀는 이미 그것을 앓고 있는지도 모른다. 그럼에도 불구하고 무심했다.

하지만 백화점 사건 이후 정신이 번쩍 들었다. 휴대폰은 백화점에서 잃어버린 것이 아니었다. 문득 아들 생각이 나서 이부자리를 갈다가 이불 사이에 휴대폰을 떨어뜨린 것이었다. 그것을 까맣게 모른 채 허둥지둥 외출을 했고 엉뚱하게 다른 곳을 찾아 헤맸다. 그보다 더 큰 충격은 기억할 수 있는 번호가 하나도 없다는 사실이었다. 그녀의 몸뚱이도, 아니 머릿속도 텅 비어 있었다.

그녀는 공원을 돌면서 슬그머니 딸의 손을 잡았다. 따듯한 딸의 손이 부드럽고 포근했다.

"영주야, 나 만보기 하나 사 다우."

그녀는 칭얼대듯 딸에게 말했다.

"만보기? 그게 필요해요?"

"그래. 운동하게."

"그거, 휴대폰에 앱 하나만 깔면 돼요. 만보기보다 그게 더 정확해요. 칼로리 소모도 다 나오고 몇 킬로 걸었는지도 다 나와요."

딸애는 휴대폰을 코앞에다 갖다 대며 설명할 기세다.

"아이구, 나는 그런 거 모른다. 휴대폰은 전화만 받으면 되는 거다. 그러니 만보기 하나 사줘."

"너무 무리하시는 거 아니에요? 만 보를 걸으려면 엄마 걸음으로 두 시간은 걸어야 할 텐데?"

모처럼 부탁하는 어미가 신기한 듯 영주는 그녀를 뚫어질 듯 바라봤다.

"차츰 늘여보지 뭐. 손자는 보고 죽어야 하지 않겠니?"

그 말에, 딸의 얼굴에 환한 미소가 차올랐다. 조금 의심쩍은 구석이 없지 않아 있어 보였지만 여태껏 본 적 없는 만족한 웃음이었다. 그녀 역시 여태껏 느끼지 못했던 상쾌한 기분으로 걸음을 옮겼다.

"오늘은 한 시간만 걷기에요. 갑자기 많이 걸으면 무리일 수 있어요."

"니가 내 전속간호사로구나."

그녀는 기분이 좋아져서 발걸음에 힘을 실었다. 하늘 높이 뜬 태양의 빛이 아낌없이 쏟아져 내렸다. 부족하면 우울증을 유발한다는, 행복 호르몬 세로토닌이 듬뿍, 몸속으로 스며드는 것 같았다. 그녀는 딸애가 있는 동안 가볍고 흔쾌하고 즐거웠다.

보름이 지나자 걷는 일이 어느 정도 일상이 되었다. 매일 걷는 시간을 적었고 혈당수치를 기록했다. 먹는 음식의 목록을 적었고 대략의 양도 적었다. 그건 딸애가 있기에 가능한 일이었다. 딸애는 아침에 일어나면 그녀의 혈당부터 체크하고 당뇨에 좋은 음식과 멀리해야 할 음식을 신경 썼다.

오메가 3가 들어 있는 고등어를 즐겨 요리했고, 피를 맑게 하는 청혈식품들을 밥상에 올려놓았다. 미역무침, 양파볶음, 시금치와 기름기 없는 살코기 조금. 딸애는 기억력에 좋은 음식에도 신경을 썼다. 건망증, 치매에 좋은 음식에도 관심을 가졌다. 견과류인 호두를 늘 먹게 했고 사과와 홍삼도 잊지 않고 챙겼다. 호두에는 몸에 좋은 지방과 단백질 항산화 물질이 풍부하다고 꼭 잊지 말고 먹어야 한다고 당부했다. 그러면서 일침을 놓았다.

"나는 엄마가 할머니한테 하듯이 그렇게 못 해요. 그러니 알아서 몸 챙기시라고요."

딸애가 그렇게 말하는 것은 할머니의 병수발을 하던 그녀를 떠올려서일 것이다. 말년에 당신의 몸조차 가누지 못하고 남의 손을 빌려야 했던 할머니의 일을 제 어미가 겪을까 봐 미리 단속하는 것 같았다. 눈물 나도록 고마운 일이었다. 이 세상 누가 그녀를 그리 살뜰하게 챙겨주겠는가.

그녀는 새삼 딸애가 귀하고 기특했다.

사위가 귀국한다는 전화를 받던 날, 딸애는 제 집으로 돌아가면서 걱정스런 눈빛으로 그녀를 바라봤다. 마치 물가에 아이들 두고 떠나는 어미의 눈빛 같았다.

"엄마, 약 꼭 챙겨 드시고 매일 운동해야 해요. 휴대폰 꼭꼭 챙겨가지고 다니고."

"잔소리 좀 그만 해라. 너 말하는 꼴이 딱 니 할머니 살아계실 때 내가 하는 말 같다."

"걱정돼서 그래요."

그 말도 그녀가 어머니에게 한 말이었다. 그녀는 마치 시간을 되돌려 딸 나이로 돌아간 듯한 착각이 들었다. 딸애가 그녀이고, 그녀가 어머니이고.

그녀는 딸애의 등을 밀어 보내면서도 마음 한구석이 횅하니 비는 듯했다. 저 아이를 다시 보려면 이를 악물고 운동을 해야 한다. 그녀는 두 주먹을 움켜쥐고 다짐했다.

하지만 딸애가 가고 난 후 그녀는 다시 사그라지는 불빛마냥 풀이 죽었다. 다정한 사람의 온기가 빠져나간 집은 다시 썰렁해졌다. 남편이 세상을 버렸을 때도 그런 증세가 나타났었다. 부부의 정이 돈독했던 것도 아닌데 그랬다. 밥맛이 없어졌고 게을러졌고 다시 우울해졌다.

어머니도 우울증을 심하게 앓았다. 어머니에게서 그 우울증을 걷어내기 위해 그녀도 애썼지만 그리 효과가 나지는 않았다.

돌아가시기 일주일 전, 어머니는 창문을 열라고 했다. 그러더니 찬 공기를 쐬시고는 밖으로 나가자고 했다. 그때 어머니는 감기를 앓고 있었고 심하게 야위어 있었다. 겨울이었고 바람이 차가웠다.

"안 돼요. 바깥이 너무 추워요."

"언제는 운동하라며?"

서운한 어머니가 그렇게 반응했을 때 그녀는 차갑게 어머니를 막았다.

"감기 걸리면 더 큰일이에요. 그렇게 운동하라 할 때 하셨으면 이렇게까지 되지 않았잖아요."

어머니에게 그렇게 매몰찬 말을 뱉었다.

그즈음 어머니는 보행조차 어려워지신 터였다. 누군들, 그렇게까지 되고 싶었으랴, 누군들 죽음의 문턱까지 가고 싶었으랴!

목에 걸린 가시처럼 어머니의 얼굴이 턱턱 숨을 막히게 했다. 그녀는 어머니의 얼굴을 지우려 고개를 흔들었다. 어쩜 그때, 어머니를 밖으로 모셔야 했는지 모른다. 감기에 걸리더라도, 그 날이 마지막이 될지라도 따뜻한 햇볕을 느끼게 해 드렸어야 했는지 모른다.

그날은 유난히 햇살이 좋았다. 어머니를 모시고 시외 드라이브라도 했어야 했다. 그래야 행복한 어머니의 얼굴을 마음속에 간직할 수 있었을 것이다. 외출을 막는 그녀의 얼굴을 한참 올려다보다가 어머니가 한숨을 내쉬며 밖을 내다보았다. 찬란하기까지 한 햇살을 바라보던 그 간절한 눈빛!

"나는 햇빛이 쐬고 싶다. 어딘가로 훨훨 가고 싶다."

어머니의 음성이 곁에서인 듯 우렁우렁 울렸다. 가느스름하게 눈을 뜨고 간절한 눈빛으로 하늘을 쳐다보던 어머니가 아직 가슴에 남아 있다. 그날 이후 어디론가 훨훨 떠나신 어머니⋯⋯.

천국에 가셨을 것이라는 말로 자기를 위안하고 싶지 않다. 다만 가신 곳이 그 어디라도 편안하시기만을 빌 뿐이다.

그녀는 벌떡 일어섰다. 어머니 때부터 있던 괘종시계가 두 번을 댕댕 울었다. 그와 함께 휴대폰이 울었다.

"여보세요."

운동화를 신으며 통화를 한다.

"택배 기산데요. 집에 계십니까?"

그녀가 일른 대답한다.

"집에 없어요. 무슨 택배인지 몰라도 경비실에 맡겨주세요."

"네, 이영주 씨가 보낸 건데요."

딸이 무얼 보냈을까? 어미의 건강을 위해 뭔가를 보냈을 것이다. 반가운 마음에 택배를 먼저 받고 싶지만 택배 기사를 기다리다

보면 또 주저앉고 말 것이다. 마음먹었을 때 실행해야 한다.

"나가야 하니 경비실에 맡겨주세요."

오후 두 시다. 두 시간을 족히 걸어야 만 보를 걷는다. 그건 보름 동안 딸과 걸어서 얻은 결과다.

이제 딸애는 떠나고 없고 그녀 혼자 남았다. 어머니만 마음속에 시커멓게 들어앉아 있다. 그 어머니의 잔영을 지워내려면 부지런히 걷는 수밖에 없다.

이제는 의사의 말을 맹신한다. 머릿속에는 의사의 말만 가득하다.

"걸어라, 걸어라! 오후 두 시부터 네 시까지."

그녀는 기분이 좋아져서 혼잣말을 중얼거리며 발걸음에 힘을 실었다. 햇빛이 아낌없이 쏟아져 내렸다. 그녀는 손차양을 만들어 눈부신 하늘을 본다. 부족하면 우울증을 유발한다는, 행복 호르몬 세로토닌이 몸속으로 듬뿍 스며드는 것 같았다.

달의 행로

行路

바람이 몹시 불었다. 눈까지 뒤섞여 부는 바람은 얼핏 안개가 낀 듯한 느낌도 들었다. 산 중턱에 그녀를 내려두고 도망치듯 사라진 버스는 이제 그 형체조차 보이지 않았다.

은산리……. 정연은 입속으로 그 지명을 가만히 중얼거렸다.

목덜미를 훑는 차가운 눈바람은 오래 묵은 기억을 일깨웠다. 잊으려 했던, 애써 잊으려 했던 그 아릿한 슬픔에 대한 기억.

정연은 주머니 속의 편지봉투를 꺼내 다시 살펴보았다. 서툰 글씨로 쓴 산간벽지의 우편번호, 그 낯선 숫자들을 벗겨내는 일이 암호풀이처럼 느껴졌다.

이 낯선 산골까지 온 것은 순전히 편지 한 통 때문이었다.

이곳에 도착하자마자 우체국으로 갔고 우체국에서 겨우 알아낸 것은 그곳 지명이 은산리 아니면 은호리일 거라는 사실 정도였다. 소인이 찍힌 끝부분이 흐려서 우편번호를 정확히 알 수는 없지만, 끝 번호 하나만 빼고 그만큼 지역이 좁혀진 것만도 다행이라고 생각했다.

편지에는 주소도 없었다. 그저, 〈강원도에서〉라고만 적혀 있었다.

주소도 적혀 있지 않은 봉투를 들고 사람을 찾으러 나섰다고 말하자 우체국 직원은 손사래를 치며 어림없다는 듯 말렸다.

"헛걸음하지 말고 돌아가세요."

하지만 정연은 돌아설 수 없었다. 7년 동안 가슴 저 밑바닥에서 빚덩어리 같은 존재로 정연을 자유롭지 못하게 했던 그녀가 불쑥 소식을 전해 온 것은 어쩜 자신을 찾아달라는 메시지인지도 모른다는 생각이 들었기 때문이었다.

그 편지를 받은 것은 일주일 전이었다. 발신인도 적혀 있지 않은 그 편지는 그녀의 연구실 책상 위에 놓여 있었다. 낯설지 않은 글씨를 보고 정연의 가슴이 쿵, 내려앉았다. 편지를 읽는 손이 가늘게 떨렸다.

"언니. 그동안 잘 있었어? 참 오랜만이다. 나는 잘 지내. 문득 식구들 안부도 궁금하고 너무 소식을 끊고 지냈다 싶어서 편지하는 거야. 언니는 원하던 교수가 되어서 좋겠다. 교수 생활은 어때?"

천연덕스럽게, 아무 일도 없는 듯 편지를 하는 그 마음은 뭘까?

몇 년 만인가. 그녀가 정연에게 연락한 것이 얼마 만인지 헤아려지지도 않았다.

그녀가 살고 있는 곳은 강원도 어디쯤일까? 어떻게 마음이 변해서 편지를 했을까? 잘 있느냐고? 원하던 교수생활은 어떠냐고?

그녀는 여전히 정연의 일상을 비꼬듯 묻고 있었다. 그리고는 추신처럼 제 걱정은 말라고 적었다. 걱정을 말라고? 사라진 지 7년 만에 덜렁 편지 한 장 해 놓고 걱정 말라고?

정연은 그녀에 대한 원망과 연민으로 잠을 잘 수 없었다. 밤을 하얗게 새운 채 우선 급한 일을 마무리하고 속초행 버스를 탔다. 거기서부터 뒤져볼 생각이었다.

아직 겨울은 아닌데 차창을 스치는 바깥 풍경은 가을과 겨울이 공존하고 있었다. 강원도라 가능한 일일 것이었다.

풍경으로 스쳐 지나는 산들이 때로는 하얗고 때로는 울긋불긋 했다.

일찍 눈이 내린 산골은 이미 하얗게 변해 있었다. 낯선 도시의 알싸한 공기가 코끝에서 매웠다. 허방을 디딘 듯한 불안감으로 터미널에 내렸지만 어디로 가야 할지 갈피를 잡을 수 없었다. 불나방처럼 어지러운 불빛을 따라 걷다가 붉은 글씨로 쓰인 〈모텔〉로 들어섰다. 우선은 어디에라도 몸을 뉘어야 할 것 같았다.

낯선 여관방의 얇은 유리창 저편에서는 갈기를 세운 바람이 밤새도록 웅웅거리고 있었다. 엉킨 실타래 같은 바람 소리, 밤새 가슴을 휘젓던 바람 소리는 이곳에서도 여전했다. 마치 그런 바람이 안 불면 강원도 산골이 아니라는 듯이 눈이 실린 바람은 차고 매웠다.

사람 그림자도 보이지 않는 산길을 혼자 나선 것은 분명 무모한 행동이었다. 그러나 그렇게 나서지 않으면 안 될 것 같은 절박감이 정연을 휩쌌다.

버스에서 내려 걷기 시작한 후로 눈이 내리기 시작했고 하염없이 내리는 눈은 금세 발목까지 차올랐다. 하지만 발길을 돌릴 수는 없었다. 어차피 속초로 나가는 차는 한 시간에 한 대만 있다니까 고개를 넘어간 버스가 오기 전까지는 돌아갈 수도 없었다.

깊게 우거진 산림에서 쩌엉, 쩡, 산울림이 울려 왔다. 무거운 눈을 이고 있던 나무에서 툭, 툭, 눈 떨어지는 소리도 들렸다. 그녀의 발자국 소리가 유난히 크게 들렸다.

뽀드득, 뽀드득. 소리 없이 내려 쌓인 눈이 그녀의 무게로 인해 납작하게 눌려지며 그런 소리를 냈다. 돌아보니, 눈 속에 그녀의 작은 발자국만 선명하게 드러나 있을 뿐, 온통 하얀 세계에 갇힌 기분이었다. 앞을 보아도, 뒤를 보아도, 보이는 건 하얀 눈뿐이었다.

이마에서 땀방울이 솟았다. 더 이상 앞으로 나갈 수 없을 것 같았다. 그녀는 자신이 걸어온 길을 물끄러미 되돌아보았다. 혼자서 이를 악물고 휘저어 온 자신의 행로와 닮았다는 생각이 들었다.

아무도 없는 빈 길. 거기 고독한 정연의 발자국만 선명했다.

발걸음을 옮길수록 눈은 깊었다. 버스에서 내리면 30분 내에 찾을 수 있으리라는 이장 집은커녕, 사람 사는 흔적도 보이지 않았다.

그녀는 마음을 다잡고 다시 걷기 시작했다. 이왕 떠나온 길, 어떤 흔적이라도 찾아야 한다는 강박관념이 그녀를 움직이게 했다.

깊게 쌓인 눈 때문에 이미 부츠는 다 젖었다. 발이 시려 오기 시작했다.

'아, 내가 무엇을 할 수 있을까.'

정연은 낭패감에 당혹스러웠다. 가끔, 살면서 맞닥뜨려지는 어려운 일들 앞에서 느끼던 열패감과 비슷한 감정이었다.

울고 싶었다. 손발이 얼어오고 빈 구멍이 나버린 것 같은 가슴도 시려 오기 시작했다. 절박한 외로움에 누군가, 곁에 있기라도 했으면 싶었다. 한때는 다정했던 지호의 얼굴 위로 인규의 얼굴이 겹쳤다. 정연은 세차게 고개를 저었다.

시계를 보니 두어 시간을 걸은 셈이었다. 길도 모르는 채 눈 속을 헤매듯 걷는 길이긴 하나 햇살은 따사로웠다. 그러나 바람은 여전히 차갑고 매웠다. 어디선가 푸르르, 산새들의 날갯짓 소리가 들려왔다.

그때였다. 바람 소리에 얼핏, 사람의 말소리가 묻어 들려 왔다. 바람 소리를 잘못 들은 건 아닌가 하였으나 그건 분명 바람 소리는 아니었다.

그녀는 하얀 눈밭 위를 살폈다. 소나무와 전나무가 빼곡하게 들어찬 시야는 어디가 길인지조차도 잘 분간되지 않았다.

정연은 다시 두 눈을 크게 뜨고 앞을 살폈다. 하얀 눈 무덤 같던, 저만치의 눈길 위에 무언가 꼬물꼬물 형체가 나타났다. 사람이었다. 그것도 사십 대의 건장한 남자 둘.

그들의 모습은 점점 커져 이제는 저만치에서 걸어오는 게 보였다.

그들은 설피를 신고 등에는 등짐 같은 걸 메고 있었다. 두런두런 이야기를 나누며 오는 그들의 모습에선 사람의 따스함이 담뿍 배어 있었다.

무심히 걸어오던 그들이 정연을 발견하고는 눈이 휘둥그레졌다. 그들의 걸음이 빨라졌다. 가까이 온 그들은 먼저 온통 젖은 정연의 신발을 보았다.

"아니, 그런 차림으로 어딜 가는 거요?"

그들의 말은 물음이 아니라 힐책이었다.

"은산리를 찾아가는 중입니다."

"은산리? 거길 왜요? 우리가 거기서 오는 길이오만."

"사람을 찾으려구요."

그러자 그들의 시선이 맞부딪치며 혀 차는 소리를 냈다.

"정신이 있소 없소? 죽을라고 환장을 했으믄 모르겠지만, 그 차림으로 은산리를 찾아가요? 남편이 은산리 있답디까?"

그들은 정연이 바람난 남편을 찾으러 나온 아낙네인 줄 아는 모양이었다.

그래, 이 눈 속에 사람을 찾아 나서는 절실함에는 그런 연유도 있겠지.

"아니 남편이 아니고……."

"남편이든 아니든, 아서요. 그냥 돌아 가슈. 길이 막혀서 우리도 산속으로 돌아오는 거요. 괜히 길도 모르는 사람이 가다가 길 잃고 눈 속에 빠져 죽지 말고. 벌써 벌벌 떨고 있잖소."

그들은 정연의 말을 들을 필요도 없다는 듯이 손사래를 치며 그녀를 돌려세웠다.

"이장님 집이 멀지 않다고 했어요."

정연은 끝까지 가 볼 심산이었다.

"누가 그럽디까? 이장님 아랫마을에 집 지어서 나간 지가 벌써 몇 핸데요. 지금은 이장도 아니오. 어서 돌아서시오."

수염이 덥수룩한 사내가 두툼한 손으로 정연을 밀었다. 그의 말을 들으니 더 이상 앞으로 나갈 자신이 없어졌다.

얼어붙은 듯한 발이 아까부터 감각도 없었다. 온몸이 와들와들 떨렸다.

"산을 타는 사람들도 이런 겨울엔 잘 안 오는데 대체 무슨 일이요. 젊은 여자가 그런 차림으로 오다니. 은산리는 길을 잘 아는 사람들도 가끔씩 길을 잃어버린다오. 자, 어서 돌아갑시다. 눈이 얼마나 왔는지나 알아요? 찾는 사람이 은산리에 있다면 봄까지는 꼼짝도 못 하고 계속 있을 테니 날이 풀리면 다시 오슈. 자, 자, 어서 갑시다. 차 올 시간이 다 됐소."

정연은 그들이 이끄는 대로 오던 길을 되짚어 걷기 시작했다. 알 수 없는 눈물이 소리 없이 흘렀다.

정혜가 맨 처음 집을 나간 건 고등학교 1학년 때였다. 아버지가 열차 사고로 몸져누운 직후였다.

다행히 생명에는 지장이 없다 했으나 아버지는 아무 일도 하지 못하는 그런 사람이 되고 말았다.

집안 형편으로 보아선 정연이 그녀가 하던 공부를 그만두어야 했다. 그녀 밑으로 남동생이 있었고, 정혜가 있었고, 상심에 빠진 어머니가 있었다. 아버지는 열심히 일을 했지만 모아놓은 재산은 아무것도 없었다. 살고 있는 철도관사를 나가게 되면 생활대책조차 막막한 터였다. 어머니는 무언으로, 정연이 학교를 그만두고 힘을 보태 주었으면 했다.

"니 동생이 둘이다. 머스매는 대학을 시켜야 되지 않겠느냐. 정혜도 고등학교는 졸업을 시켜야 취직이라도 하지."

하지만 그녀는 그럴 수 없었다. 여자라고 해서, 맏딸이라고 해서 희생해야 할 이유는 없다고 생각했다. 대학교 3학년, 아쉬운 대로 과외그룹이라도 짜서 돈을 벌 수 있었고, 대학을 휴학하고 취직을 해도 좋을 시기였다. 그러나 정연은 그러고 싶지 않았다. 아버지가 무능력하면 어머니가 그 짐을 져야 한다고 생각했다. 왜 어머니는 늘 무능한지. 어머니는 왜 아버지에게 징징거리기만 하는지.

아버지의 직업은 좋게 말해서 철도 공무원이었다. 흔히 말하는 간수, 철도 건널목지기.

정연은 아버지가 간수라는 사실이 늘 부끄러웠다.

어릴 적 학교를 오갈 때도 아버지가 지키는 건널목을 빙빙 돌아다녔다.

아지랑이가 피는 봄철이면 아버지는 긴 선로를 내다보며 기차가 오는지를 살폈다. 그런 때, 아버지의 등은 어느 때보다 굽어 보였다. 아물아물, 아지랑이가 피어오르는 선로로 다가오는 큰 기차는 아버지를 더욱 작아 보이게 했다.

아버지는, 연배의 다른 사람들보다 더 늙어 보였다. 그런 아버지를 보고 있노라면 아지랑이 속으로 아버지가 사라져버릴 것만 같은 생각이 들 때도 있었다.

정연의 대답을 기다리던 어머니가 용기를 낸 건 그나마 다행한 일이라 할 수 있었다.

있는 돈을 다 끌어모으고 얼마간의 빚을 내서 조그만 부식가게를 열었다. 하지만 어머니가 꾸려 가는 작은 가게로는 먹고 사는 일도 쉽지 않았다. 어머니는 자식들을 위해 이를 악물고 일어선 듯이 보였지만 허수아비 같았다.

"언니는 꼭 대학 공부를 해야 돼? 내년에 오빠가 대학가야 하는데?"

정수가 고3. 부담이 되지 않는 건 아니었다. 그러나 아무리 곰곰이 생각해 보아도 스스로의 인생을 포기할 수 없다는 생각이 들었다.

아버지에게서 더 이상 학비 보조를 바랄 수 없게 되자 홀로서기 위해 돈벌이를 찾아 헤맸다. 공부를 하면서 할 수 있는 일이어야 했기에 쉽지 않았다. 틈틈이 출판사의 번역물도 가져다 밤새워 하고, 고등학교 그룹과외도 했다. 그렇게 한 학기가 지났을 무렵 정수에게서 정혜가 가출했다는 얘기를 들었다.

어머니가 정혜를 찾아 나서고, 이리저리 수소문했지만, 그녀를 찾을 수 없었다.

삼 개월 후에 편지가 왔다. 자리를 잡아서 돈을 부칠 수 있게 되었다고, 좋은 회사에 취직을 했으니 걱정하지 말라고. 어머니는 다소 안심을 하는 것 같아 보였다.

"그래, 꼭 좋은 학교를 나와야 돈을 잘 버는 것도 아니더라. 사람이 배우는 게 다가 아냐."

정연을 바라보는 어머니의 말투가 깔끄럽기 그지없었다.

정혜의 편지를 들고 흡족해하던 어머니는 몇 달 후부터 그녀가 보내오는 돈을 보면서 안심하는 눈빛이 되었다.

"굽은 나무가 선산 지킨다더니."

그녀를 흘겨보면서, 어머니는 그렇게 말했다.

정혜에게서는 꼬박꼬박 돈이 왔다. 아버지의 퇴직 후에도 정수의 학비를 걱정하지 않아도 좋을 만큼 그녀의 송금은 꾸준했고 또그 금액도 적지 않았다. 좋은 회사에 취직을 했다더니 버는 돈을한 푼도 안 쓰고 다 보내는 것 같았다. 하지만 정연의 머릿속에는정혜에 대한 의심이 지워지지 않았다.

정연을 바라보는 어머니의 시선은 날로 껄끄러웠다. 먼지만 날리던 가게는 쥐꼬리만 한 전세 보증금까지 날려 먹고 문을 닫았다. 대신 어머니는 근처의 공장에 일용공으로 취직했다. 말이 좋아 취직이지 오만 잡일을 도맡아야 하는 잡역부였다.

힘에 겨운 어머니의 짜증은 날로 더해졌다.

"에구, 내 팔자야. 서방 복이 없으면 자식 복도 없다더니 옛말 그른 거 하나도 없네."

일에 지친 어머니는 허리를 두드리며 짜증을 부려댔다. 일요일마다 내려가는 집에서 그런 어머니를 바라보는 일이 점점 힘들었다.

"엄마, 조금만 참으세요. 제가 졸업하고 취직을 하면……."

그렇게 말을 꺼내면 그 말이 끝나기도 전에 속사포 같은 어머니의 말이 정연의 가슴을 찔렀다.

"니 동생은 고등학교 안 나오고도 돈만 잘 벌더라."

어머니가 있는 집은 이미 집이 아니었다. 기댈 언덕도 없고 위로받을 사람도 없으며 쉴 곳도 없는 사막 같은 곳이었다.

정연은 집에 드나드는 일을 삼갔다. 대학을 졸업할 때까지 정연은 집에 가지 않을 생각이었다. 그래서 정신없이 공부하고 학비를 버는 일로 시간을 채웠다. 늘 잠이 모자랐고, 피곤했고, 허기졌다. 그런데도 어머니가 보고 싶지 않았고 집에 가고 싶지도 않았다. 물론 어머니도 와보지 않았다. 집과의 연결은 가끔씩 술에 취해 그녀의 자취방을 찾는 정수가 유일했다.

"정혜가 다녀갔어. 적금 탔다고, 엄마 반지를 맞춰 주고 갔어."

혹은,

"아버지 한약을 지어 왔어. 내 양복도 한 벌 해 주구."

그런 말들이었다. 정수의 말끝엔 자조적인 색채가 짙었다. 여동생의 희생으로 대학을 다닌다는 자책감이 그를 괴롭히고 있는 것 같았다.

그러다 정수는 대학 2학년을 마치고 도망치듯 군대로 가버렸다.

졸업하던 날, 정연은 고향 집으로 내려갔다. 어머니는 썩 반갑지는 않으나, 그래도 혼자서 대학공부를 마친 딸아이가 대견한 듯 입가에 흡족한 미소를 지으며 말했다.

"고생했다. 이젠 대학도 졸업했으니 취직을 해서 니 동생을 불러올려라."

그녀는 아무 말도 하지 않았다. 언뜻 정수가 하던 말이 떠올랐다.

"아무래도 회사 다니는 것 같지가 않아. 하고 다니는 것도 그렇구. 아버지 생신 때 온다구 했으니 누나가 말 좀 해 봐."

비가 새는 부엌에 쪼그리고 앉아 전을 부치면서, 정연은 소리로만 들려오는 어머니를 바라보고 있었다.

어머니는 마루에 앉아 아버지 생신이라고 오신 고모들에게 정혜의 칭찬을 늘어지게 해댔다.

"걔가 조금만 참으면 집도 사 준답디다."

"올케는 좋겠수. 늘그막에 딸자식 호강도 하고. 그나저나 정연이는 어찌할거유?"

"뭘 어째요?"

"나이도 있고, 대학도 졸업했으니 결혼을 시켜야 할 텐데."

작은고모의 말에 지호의 얼굴이 언뜻 스쳤다. 졸업하면 결혼하자던, 더는 기다릴 수 없다던.

"벌써 뭔 결혼은. 이제 졸업했으니 취직해서 제 동생 뒷바라지 좀 해야지. 정수가 군대 갔다 오면 복학해야 할 것 아니우. 애 아버지는 저러고 누웠으니……."

고모들을 바라보는 어머니의 목소리는 여전히 깔끄러웠다.

"혼수도 변변히 못해 보낼 텐데 일찍이나 보내지."

큰고모의 목소리는 자못 걱정스러웠다. 하지만 그 말이 어머니의 마음을 움직이지 않을 걸 정연은 알았다.

정연은 어머니가 좋아하는 동태전을 부치고, 아버지가 좋아하는 배추전을 부치면서 한숨을 삼켰다.

구질구질한 봄비가 천장에서 툭툭, 계속 떨어지고 있었다.

그날, 정혜는 오지 않았다.

은산리에 갔다 온 일이 무리였는지 밤새 끙끙 앓았다. 오전 내내 힘들어하다가 오후에야 몸을 일으켰다. 다리가 퉁퉁 부어 있었다. 정연은 다시 우체국에 가 보아야겠다고 생각했다. 정확하게 은산면에 몇 개의 부락이 있는지 알아서 은산이 아닌 다른 곳에 있을지도 모르는 정혜를 찾아보아야겠다는 생각 때문이었다.

우체국 직원은 그녀를 기억해내고 조금 친절해졌다. 우편번호가 찍힌 봉투를 다시 들여다보며 그는 안타깝다는 듯이 말했다.

"우편번호만 정확해도 수월하겠는데…… 도대체 누굴 찾는 거요?"

"……."

"누굴 찾는지 모르지만 포기하는 게 좋을 거요. 사는 데도 모르면서 이 겨울에 무슨 수로……."

그 사람의 말을 듣고 보니 그럴듯했다. 정혜가 다니다던 직장만
알 수 있어도…….

그런 생각을 하다 정연은 또 한 번 깊은 한숨을 쉬었다.

정혜에 대해서 알고 있는 건 아무것도 없었다. 동생이라면서,
낯선 곳에서 무엇을 하고 사는지도 몰랐던 것이 새삼 부끄러웠다.
아무리 제 멋대로 집을 나간 아이라지만 식구 모두가 그녀의 거처
조차 모르고 있었다.

얼굴이 벌겋게 달아올랐다. 언젠가 어머니가 정혜에게 주소라
도 가르쳐 달라고 했지만, 그때마다 정혜는 '내가 자주 연락하고
오면 됐지, 엄마가 나 사는 집에 올 일은 없잖아.' 라고 얼버무리곤
했다. 물론 그녀의 성격으로 보아 엄마가 따라나선다고 선뜻 제 부
끄러움을 드러낼 아이도 아니었다.

정연은 우체국을 나와 망연히 서 있었다. 어디로 가야 그 애의
행방을 알 수 있을까.

그러다 무작정 시외버스 터미널로 향했다.

버스터미널에는 떠나는 사람과 깃들려는 사람들이 터미널 주위에
서 서성이고 있었다. 그녀는 작정도 없이 매표구 앞으로 다가섰다.

"아줌마, 껌 사세요."

사람들 틈을 비집고 들어온 여자아이가 불쑥 껌 한 통을 내밀었
다. 조그맣고 새까만 얼굴이 많이 피곤해 보였다.

"하나만 팔아 주세요."

정연은 주머니를 뒤져 천 원짜리를 하나 꺼냈다. 아이는 눈치 빠르게 껌 한 통을 내밀었다. 아이의 손등이 바알갛게 얼어 있었다. 저 아이의 부모는 뭘 하는 사람이기에……

측은한 눈길로 아이를 살폈다.

"엄마가 아파요. 그래서 내가 껌을 파는 거예요. 병원비 벌려구요."

아이는 나이에 어울리지 않은 슬픈 얼굴로, 묻지도 않는 말을 했다.

"어머니가 많이 아프시니?"

아이가 정연을 핼끔 올려다보았다. 웬 관심이냐는, 경계의 눈빛이었다.

"아줌마도 아픈 사람을 찾아왔는데 걱정이 되어서 물어보는 거란다."

정연은 아주 조심스럽게 말했다. 그러자 아이의 조그만 얼굴이 환하게 펴졌다.

"울 엄만 술병이 났나 봐요. 맨날 보건소에 가서 약을 타 먹는데도 맨날 아프대요."

아이는 아주 걱정스러운 얼굴로 말하며 조그맣게 한숨을 내뱉었다. 나이답지 않은 어른스러움이 느껴졌다.

"보건소?"

"예. 우리 엄만 돈이 없다고 맨날 보건소에 다녀요. 빨리 돈 벌어서 울 엄마 큰 병원 데리고 갈 거예요."

아이는 너무 얘기가 길었다는 듯 껌을 챙겨 들고 휙 돌아섰다. 정연은 바알갛게 얼었던 아이의 손등을 생각하며 사람들 속으로 사라지는 아이를 물끄러미 쳐다보았다.

보건소, 보건소……

어쩌면 그곳에 가면 정연의 주소지라도 알 수 있을지 모르겠다는 생각이 들었다. 그러나 보건소를 찾기엔 너무 늦은 시간이었다. 그보다는 우편번호가 비슷한 동네를 한 군데라도 더 찾아보아야 한다.

정연은 사람들 속에서 멍하니 서 있던 자신을 추슬렀다.

은호리. 정연은 아까 우체국에서 보아두었던 동리를 떠올렸다.

"거긴 옛날에 호랑이가 많았던 곳으로 유명해요. 동네도 험하고. 지금은 작은 광산이 하나 있어요."

우체국 직원이 일러주던 은호리에 대한 정보의 전부였다.

그곳엘 가 보자. 저녁 내내 그 마을을 뒤지면 무슨 소득이 있을지 몰라.

마음을 정한 정연은 매표구에 대고 말했다.

"은호리 한 장 주세요."

눈을 내리깐 채 표를 내미는 아가씨의 얼굴에 피곤이 잔뜩 묻어 있다.

"빨리 가세요. 막차예요."

매표구 아가씨의 말이 아니더라도 정연은 마음이 몹시 조급했다.

정연은 마른 침을 삼키며 서둘러 버스에 올랐다. 목젖이 따끔한

게 침을 삼키기 어려웠다. 몸살이 오려는 조짐 같았다. 정연은 촉수 흐린 버스 내의 불빛을 바라보다 등받이에 몸을 기댄 채 눈을 감았다.

직직거리는 라디오에선 이미자의 노래가 늘적하니 흘렀다.

대학을 졸업하고 교사발령을 받은 그 이듬해, 정연은 결혼했다.

늘, 그림자처럼 그녀의 행동을 지켜봐 오고 힘들 때마다 위안이 되어주었던 지호를 더 이상은 내칠 수 없다는 생각에서였다. 아니 그보다는 어딘가 편안히 마음을 얹어 깃들고 싶다는 생각이 더 강했는지도 몰랐다.

어머니는 식장에서도 내내 못마땅한 얼굴로 웃지 않았다. 이제 대학을 졸업했으니 동생들 뒷바라지를 할 만하다 싶던 차에 덜컥 결혼을 하겠다고 나섰으니 고울 리 없을 터였다.

휴가를 내어 정수가 참석하고, 소식을 들은 정혜도 와서 축하를 해주었다. 그들의 축하가 온전한 것이라고는 생각지 않았지만 정연의 생각은 따로 있었다. 지치고 황량하리만치 윤기 없는 마음을 결혼이라는 따스한 결집으로 촉촉하게 하고 싶었다. 늘 여자가 공부하는 일을 못마땅하게 생각하는 주위의 눈길에서부터 벗어나 착실하고 믿음직한 남편의 그늘에서 당당히 시작하고 싶었다.

"결혼한다고 아무것도 부담 가질 건 없어. 당신, 하고 싶은 거 다 해. 대학원 공부를 시작해도 좋고."

지호는 신혼여행에서 돌아와, 아직도 다스려지지 않은 정연의 학구열을 다독여주었다. 그런 지호가 한없이 고마웠다.

그러나 말처럼 그런 일이 쉽지는 않았다. 도심에서 떨어진 작은 중학교에 교편을 잡기는 했지만, 결혼이란 것이 처음 생각했던 만큼의 자유를 보장해주지는 않았다. 그는 집안의 맏이였고 그녀만큼이나 집안에서 요구가 많은 위치였다. 주말마다 시댁엘 가야 했고, 집안 대소사에 얼굴을 내밀어야 했다. 편안한 둥지를 생각했던 정연의 생각은 물거품이었다.

차츰 불화가 생겼다. 혼자 있을 때보다 두 배, 세 배의 일을 해내야 하는 결혼의 굴레가 정연에게는 너무 힘들었다. 그녀가 아이를 갖지 않는 것도 불화의 불씨가 됐다.

처음부터 며느릿감으로 탐탁지 않았다는 이유로, 지호의 어머니는 사사건건 정연을 못마땅하게 여겼다.

"그러게, 너무 없는 집안에서 여잘 데려오면 안 돼."

아들을 앞혀 두고, 쌀쌀하게 내뱉는 시어머니의 말을 들은 이후로 정연의 가슴엔 결혼이 무겁게 내려앉았다.

늘 정연의 편을 들던 지호도 결혼 이듬해 정연이 대학원을 고집하면서부터 마음이 돌아앉기 시작했다.

"거, 공부 그만큼 하면 된 거 아냐? 박사학위를 딸 것도 아니고……. 그러지 말고 아이나 하나 낳으라구."

지호는 대수롭지 않게 말했다.

"아이나 하나 낳으라구요? 그러면 내 공부는 포기해야 하잖아요."

"그게 대수야? 여자가 결혼을 했으면 아이를 낳아야 해. 모든 여자들이 다 하는 일을 무슨 특별한 일이나 하는 양 그러지 말라구."

"당신이 그 옛날의 지호씨 맞아요? 그렇다고 아이를 낳으면 당
신이 반반 육아를 담당해 줄 것도 아니잖아요."

정연은 변한 지호가 낯설어 꼬박꼬박 대꾸했다.

"집어치워! 당신도 옛날의 윤정연이 아니야. 아이는 여자가 키
우는 거야. 어머니도 그랬구 다른 여자들도 그래. 뭐 대단한 일을
한다구 그 난리야? 당신이 공부해서 이 세상 여자들이 달라지는 게
뭐 있어? 당신이 얼마나 피곤한 여자인지 진즉에 알았다면……."

결혼의 핑크빛 로망이 몇 개월까지 가는가. 지호의 말줄임표에
는 진한 후회가 담겨 있었다. 정연 역시 마찬가지였다. 결혼은 결
코 인생의 편안한 휴식처가 아니었다. 그 어느 곳보다도 부단한 노
력과 희생이 따르는 곳이었다.

직업을 핑계 삼아 지호는 늘 바빴다. 종합무역상사 영업부 직원
이라는, 바쁜 직업상의 이유도 있었겠지만 지호는 결혼 일 년이 지
나면서부터는 아예 드러내놓고 외박을 하기 시작했다.

처음엔 그래도 이런저런 이유가 있었다. 그러나 어느 날부터인
가는 들으나 마나 한, 빤안히 속 들여다뵈는 거짓말조차도 하지 않
았다. 정연 또한 묻지 않았다.

"나, 해외발령 받았어. 곧 떠나게 될 거야."

그가 그렇게 말했을 때, 정연의 몸에는 태기가 있었다. 그러나
그런 일로 그의 발목을 붙잡는다는 일이 내키지 않았다.

후에, 어머니는 그 일을 놓고 매몰찬 계집이라고 정연을 나무랐다.

"어쩜 뱃속에 그 남자의 애를 가지고 있으면서 그리 태연하게 보낼 수 있는 거냐. 독한 것."

하지만 한번 저질러진 일은 쉽게 매듭이 지어지지 않았다. 그가 떠난 후에도 그들은 여전히 부부라는 미명하에 묶여 있었다.

아이를 매개로, 지호의 마음이 돌아오리라는 기대는 안 했지만, 출산소식을 들은 지호의 마음은 많이 풀린 것 같았다.

일 년의 해외발령이 끝난 후 그는 아무 일도 없었던 듯이 돌아왔다. 하지만 여전히 그녀가 다시 시작한 공부에는 못마땅한 눈길을 보냈다.

"거, 그만두면 안 돼? 내가 처자식 먹여 살릴 만큼은 벌잖아."

"당신이 못 먹여 살려 그러는 거 아닌 거, 당신이 더 잘 알잖아요."

"아이는 누가 키우구?"

아이 문제만 거론되면 그녀는 할 말이 없었다. 출산 휴가를 얻는다 해도 그건 임시방편이었다. 어머니가 키워 주시면 얼마나 좋을까. 입 속에서 맴도는 그 말을 내뱉지도 못 한 채, 정연은 고물거리는 생명을 바라보았다.

"잔말 말고 이참에 학교도 그만 둬."

그의 목소리는 많이 누그러져 있었다. 마지막 아량을 베푸는 주인의 너그러움이 잔뜩 담긴 그런 목소리였다.

"이제 와서 그만둘 수 없어요."

"뭐야? 그만둘 수 없다구?"

"그래요, 어렵게 시작한 공부, 이제 와서 그만둘 수 없어요. 조금만 참으면 모든 게 좋아질 거예요."

"그럼 아이를 누구한테 맡기겠다는 거야?"

지호의 목소리가 높아졌다.

"생각해 보겠어요."

어른들이 하는 말로, 그와는 살이 낀 것 같았다. 늘 만나기만 하면 이런저런 문제로 다투게 되었다. 차라리 떨어져 있는 게 더 나았다.

출산 휴가 두 달을 채우고 정연은 다시 학교로 나갔다. 아이는 수더분한 아주머니를 구해 맡겨두고서였다.

아이들을 가르치는 틈틈이 시간을 쪼개서 대학원 과제도 해야 했다. 어지럼증이 생기기 시작한 건 그때부터였다.

"당신이라는 여자, 정말 지독하군."

친정과의 서먹한 사이를 알기에 친정어머니에게 맡기자는 말은 차마 못 하고, 누군지도 모르는 남에게 자신의 핏줄을 맡기는 게 지호로서는 용납할 수 없었던 모양이었다.

그러던 어느 날, 일을 마치고 집으로 돌아와 보니 아이가 없었다. 덜컥 가슴이 내려앉았다.

"아저씨가 아까 낮에 오셔서 데려갔어요."

겨우 백일을 넘긴 아기였다. 그런 아기를! 지호는 어린 것을 남의 손에 맡길 수 없다며 아기를 시댁으로 데려가 버린 것이었다.

그리곤 그 저녁부터 집으로 오지 않았다.

정연은 시어머니의 마뜩잖은 눈을 의식하며 시댁 마루로 들어섰다.

"아예, 갈라서든지 공부를 그만두든지 해라. 홀아비도 아니고, 허구한 날 이래서야 낸들 챙피해서 살겠냐."

시댁의 부엌일을 보는 수원 댁이 아이를 어르고 있었다.

"어머님, 일 년만 지나면 모든 게 좋아질 수 있어요. 일 년만 맡아주세요."

"아니, 얘가 이젠 아이를 아예 떠맡기려 하네. 이 아이를 참말로 네가 낳기는 한 거니?"

일 년. 길기만 한 일 년, 그 일 년 동안 정연은 아이를 포기했다. 일 년만 포기할 생각이었다.

그러나 그 일 년은 생각보다 길었다.

은호리에 닿았을 때는 어둑하니, 어둠이 내리고 있었다. 광산촌이 있다더니, 버스에서 내려선 그 길부터 시꺼먼 석탄재가 날았다. 쌓인 눈이 군데군데 녹아 있는 풍경이 마치, 화장이 얼룩진 창부 같았다. 사람들이 서둘러 제 갈 길로 가버린 버스정류장은 을씨년스럽기 그지없었다.

정연은 차의 시동을 끄고 내리는 기사에게 이장 집을 물었다.

"이장 집이라……. 누굴 찾아 왔소?"

버스 기사가 정연의 아래위를 훑었다.

"사람을 좀 찾으려구요."

정연은 버스 기사의 호기심이 부담스러웠지만 입을 다물고 있을 수는 없었다.

"나도 그 집으루 가는데. 날 따라오슈."

그는 앞서 걸었다. 얼기설기 판자로 지어 만든 허술한 국밥집 앞에서 그는 멈추었다. 실내로 들어서자 흐린 불빛 아래 왁자지껄한 한 무리의 사람들이 보였다. 김이 설설 피어오르는 국밥을 놓고 얼굴이 까만 탄재로 얼룩진 광부들이 술을 마시고 있었다. 정연이 들어서자 모두의 눈길이 한곳으로 쏠렸다.

"이장님요, 손님 왔어요."

운전기사는 한구석에 비어 있는 식탁에 앉으며 정연에게 앉으라는 손짓을 했다.

"손님이라이? 눈데?"

주방으로 보이는 곳에서, 때에 전 휘장을 들치고 늙수그레한 사내가 나타났다. 정연은 엉거주춤 고개를 숙여 보였다.

"나는 국밥 한 그릇 주고요, 이 손님은 잡수실라는가 모르겠네."

운전기사는 내내 정연의 아래위를 힐끔거렸다. 호기심이 가득한 눈길이었다. 아니 그뿐만이 아니라, 실내에 있는 모든 사람들의 눈길이 다 그랬다.

정연은 한시라도 빨리 그 자리를 피하고 싶었다. 그러나 이장이라는 사람은 운전기사가 시킨 국밥을 말아 들고서야 다시 얼굴을 내밀었다.

"무신 일로 내를 찾십니꺼? 우선 앉으시소."

경상도 억양이 강한 말투의 이장은 다리를 약간 절고 있었다. 정연은 이장이 권하는 나무의자에 엉덩이를 걸쳤다.

"예, 사람을 좀 찾을까 하구요."

"사람을요? 누굴 찾습니꺼?"

"저어…… 삼십 초반의 여자를 찾는데요."

"사진 있습니꺼?"

"예."

정연은 사진 한 장을 이장 앞에 내밀었다. 벌써 오래전에 찍은 정혜 사진이었다.

"어디서 많이 본 얼굴인데…… 가만있자……."

흐린 불빛 아래서 이장은 잔뜩 눈살을 찌푸리며 사진을 살폈다. 운전기사와 시꺼면 얼굴의 광부들이 우르르 몰려들어 정혜의 사진을 살폈다. 얼굴이 화끈거렸다.

"혹 그 여자를 보신 적이 있나요?"

"사진이 좀 오래되어서 그렇긴 하지만 그 여자가 틀림없구면."

이장의 말에, 모여 섰던 사내들이 하나둘 고개를 끄덕이기 시작했다.

"누군데?"

"아, 왜 은호골 초입에 있는 너와집 있잖아. 거기 예쁘장하게 생긴 술집 여자가 하나 와 있잖아."

"아하, 산골에 들어와 요양한다던?"

정연은 천박한 호기심으로 번질거리는 그들의 시선을 빨리 벗어나고 싶었다.

아, 정혜가 여기에 와 있다니. 시꺼먼 탄재를 마시며 삶을 꾸려 가는 그들이, 함부로 말할 수 있는 처지에 놓여 이 촌구석에 와 있다니.

울컥 목이 메면서 눈자위가 젖어 왔다.

"오늘은 어두워서 못 갈 테니 내일 아침 일찍 올라가시구려."

축축한 정연의 눈자위를 바라보던 이장은 뜨거운 국밥을 한 그릇 내 왔다. 김이 설설 피어오르는 국밥 위로 눈물이 뚝뚝 떨어졌다. 고개 숙인 정연의 뒤에서 광부들의 허기진 웃음이 들려 왔다.

정연은 국밥값을 탁자 위에 올려놓고 그곳을 빠져나왔다. 조금만 더 있으면 울음이 터져 버릴 것 같아서였다.

"그리 조금만 내려가면 여관이 있을 거요, 잘 쉬고 내일 아침 6시에 버스정류장 있는 데로 나오시오. 광산으로 가는 차가 있을 게요."

눈을 섞은 찬바람에 이장의 목소리가 섞여들었다.

바람은 골목을 훑고 지나갔다. 버스정류장 주변에는 술집과 식당의 불빛들이 마을의 어둠을 밝히고 있었다. 홍등이 켜진 술집에서는 여자의 간드러진 웃음소리가 염치없이 비어져 나왔다. 흐려진 시야 저만치로 여관이 보였다.

'망할 것, 기껏 돈을 번다는 게……'

그렇게 제 인생을 놓아버린 정혜가 원망스러웠다.

옆방의 교성이 그대로 들려오는 허술한 여관방에 누워서도 정연은 잠을 이룰 수 없었다. 한숨만 터져 나왔다.

창밖으로 돋아 오른 차가운 초승달이 오늘따라 더욱 초라해 보였다.

정혜의 타락을 처음 눈치챈 것은 정수의 언질 때문이었지만 정작 그런 정혜와 맞닥트린 것은 성민이를 낳고 얼마지 않아서였다.

어머니와 함께 들어선 정혜의 모습은 눈살이 찌푸려질 만큼 천박하고 요란했다. 어쩌면 일부러 그러고 온 건 아닌가 하는 생각이 들 정도였다.

"넌 차림새가 그게 뭐냐?"

정연이 나무라자 정혜의 눈꼬리가 치켜 올라갔다.

"왜? 어째서? 내가 이러고 나타나니까 창피해? 공부 많이 하신 우리 언니 고결한 인품에 누가 되나?"

"무슨 말을 그렇게 하니? 난 좀 조신하게 하고 다니라는 거지."

"조신? 요조숙녀가 아닌데 어찌 조신할 수 있어? 대학교수를 목표로 공부하시는 언니한테나 조신이란 말이 어울리지."

어찌 된 일인지 정혜는 잔뜩 비틀어져 있었다. 보나 마나 어머니의 푸념으로, 정혜의 비위가 뒤틀렸을 것이다.

어머니는 정혜만 보면 태엽 풀린 인형처럼 할 말, 안 할 말 가리지 않고 떠들어댔다.

어머니는 말없이 아이를 내려다보고 있었다.

"박 서방은 뭐래냐?"

아이를 어쩌고 공부를 계속하겠냐는 말이었다.

정연은 아무 말도 할 수 없었다. 말없이 아이를 안았다.

"엄만, 뭘 걱정해요? 제 자식 제가 알아서 키우겠지."

그 무렵, 집 칸도 없이 살던 정연의 친정집은 정혜의 도움으로 자그마한 집 한 채를 마련하였다. 골골하시던 아버지도 수술을 하고 건강을 많이 회복한 상태였다. 정수가 아직 대학을 마치지는 못했지만 그 고생도 일 년만 하면 끝날 것이었다. 정혜의 기세는 등등했다.

정연은 정혜 앞에서 죄인의 꼴이었다. 말끝마다 '우리 정혜'를 외는 어머니 앞에서 정연의 마음은 더욱 불편했다. 맏딸이라는 부담이 늘 가슴께에 얹혀 있었다. 하지만 맏딸 노릇도 못 하면서 어머니께 아이를 부탁할 수는 없었다.

"애를 어찌 키울 거냐?"

"걱정 마세요. 어찌 되겠죠."

어머니에게 해 드린 것이 없으니 어머니에게 부탁할 수도 없는 노릇, 그래서 그렇게 말했을 뿐이었다.

그런데 속사포 같은 정혜의 말이 정연의 귓전에 쏟아졌다.

"말하는 싸가지 좀 봐. 엄마는 걱정이 되어서 말하는데 걱정 말라고? 많이 배운 여자들은 말투가 그래?"

매사 시비조였다. 정혜는 한동안 정연의 집에 머물렀는데 요란한 차림으로 사사건건 시비를 거는 정혜를 지호도 곱게 보지 않았다.

지호의 눈길에 묘한 경멸이 깃들어 있었다. 정혜는 안온해 보이는 정연의 가정을 흩으려 놓으러 온 훼방꾼 같았다.

"정혜야. 이제 그만 집으로 들어오지 그러니."

말하지 않아도 미루어 짐작할 수 있는 정혜의 일상을 떠올리며 진작부터 친척들 입을 통해 떠도는 소문을 잠재울 량으로 그렇게 말했을 때 정혜는 앙칼지게 대들었다.

"왜? 술집 작부 출신의 동생이 있어 출세하는 데 지장 있어?"

뒤틀릴 대로 뒤틀린 정혜의 심성을 어떻게 바로 할까.

정연은 무슨 말로든 정혜를 다스릴 수 없음을 알고 입을 다물었다. 어머니는 질금질금 눈물을 짜고 있었다.

"왜 이제 와서 그러세요? 그 애가 돈 벌어 올 땐 좋아라 하시더니."

정연의 말에도 가시가 돋아 있었다.

"내가 그렇게 버는 돈인지 알았냐?"

어머니는 변명하듯 우물우물했다.

"모르긴요, 배운 것도 없는 젊은 여자가 객지에 나가 돈을 많이 번다면 알만한 일 아녜요? 어머니는 그걸 그동안 묵인하셨잖아요. 어머니가 정혜를 망친 거라구요."

그러자 어머니의 태도가 돌변했다.

"그러는 니 년은? 동생이 돈 벌러 갈 때, 니 년은 뭘 했냐? 써먹을 데도 없어 보이는 공부한다고 집구석을 나간 년이, 주둥이가 열 개라도 할 말이 없겠구만."

어머니의 눈꼬리가 바싹 올라붙으면서 거친 욕설이 터져 나오자 정연은 다시 입을 다물었다. 이야기가 통하지 않았다.

"다른 집 딸년들은 너보다 못 배워도 부모 봉양하면서 다 잘 살더라."

그렇게 퍼부은 뒤 횡허케 치맛말기를 말아 쥐고 어머니는 가 버렸다. 소원한 가족과의 사이는 늘 그만큼의 거리로 정연에게 놓여 있었다.

밤새 정혜의 환영에 시달리다 새벽녘에 눈을 뜬 정연은 창문 밖이 환한 것에 놀라 문을 열었다. 함박눈이 펑펑 쏟아지고 있었다. 차가운 기운이 스미는 창가에 서서 정연은 몸을 움츠렸다. 입가가 부풀어 물집이 생긴 것이, 아리고 쓰렸다. 몹시 피곤했다. 온몸이 물에 젖은 솜뭉치 같았다. 몸을 뒤척여 잠을 더 청했지만 피곤한 몸뚱이와는 다르게 정신은 아주 맑았다.

벽에 걸린 괘종시계가 여섯 번을 치기 무섭게 정연은 밖으로 나왔다. 밤새 내린 눈으로 광산촌은 하얗게 덮여 있었다. 버스정류장 옆으로 시동을 걸어둔 낡은 트럭이 보였다. 광부인 듯한 젊은이 둘이 가득 실린 갱목을 밧줄로 단단히 묶고 있었다.

"마침 오시누만. 이보게 김 군, 이 아주머니 은호리 영감님 댁 앞에까지 좀 모셔다 주게. 아주머니, 이 사람이 데려다줄 겁니다."

허연 입김을 뿜으며 눈 위를 서성대고 있던 이장이 정연에게 알은 체를 했다. 이장의 말에 김 군이라는 청년이 힐끗 돌아보았다.

"타쇼!"

운전대를 잡은 청년이 소리쳤다.

정연은 덜덜거리는 트럭에 올라탔다. 텁수룩한 머리가 청년의 목선을 길게 덮고 있었다.

창밖에서 이장이 손을 흔들고 있었다. 인정스러워 보였다. 백미러로 이장의 모습이 멀어져가자 청년이 딱하다는 듯 말했다.

"저 양반, 광산에서 일하다 다리 하나를 잃었어요. 다들 죽는다고 했죠. 자세히 보면 얼굴에도 흉이 많아요. 마누라는 도망가고 지금은 하나 있는 아들 공부시키는 낙으로 살아요."

"네에……."

차는 몹시 덜덜거렸다. 울퉁불퉁하게 휘인 산길을 그는 거칠게 달렸다.

"나만 보면 공부하라고 야단이죠."

그러고 보니 청년의 얼굴이 앳되어 보였다. 일부러 길게 기른 머리와 깎지 않은 수염만 아니라면 스무 살도 안 되어 보이는 얼굴이었다.

"왜 공부가 하기 싫었나요?"

그러자 청년이 히죽 웃었다.

"공부요? 그것만 생각하면 머리가 아파서……. 공고 2학년까지 다녔는데 죽어도 공부하기가 싫은 거라요. 그래서 집에서 도망 나왔죠. 광산에야 아무나 다 써주니까 여기까지 온 거고. 하지만 이젠 광산도 끝장이에요."

인생의 어느 만큼이 자신의 의지로 이루어지는 것일까? 어쩔 수 없는 상황이 아닌, 저 스스로 운명의 궤도에서 벗어나서 무한 질주를 하다가 어느 날 문득 돌아가고 싶어지면? 그때 돌아갈 수 있을까? 그럴 수 없다면 선문처럼 찾아오는 후회를 어찌 삭힐 것인가.

"지금 생각해 보면 후회도 좀 되지만…… 돌아가기에는 너무 늦었어요."

돌아가기엔 너무 늦은 길…….

앙칼지게 대들던 정혜의 얼굴이 선연히 떠올랐다. 그녀도 그걸 느낀 걸까? 그래서 그 절망감을 이기지 못해 그렇게 포악을 떨었던가? 청년이 노래를 불러대기 시작했다.

"일출봉에 달 뜨거든 날 불러 주오, 월출봉에 해 뜨거든
나알 불러 주오."

청년은 틀린 가사 따위는 아랑 곳 없다는 듯이 고개를 길게 빼 목청을 돋우었다.

"기다려도오 기이다아려도 님 오지 않고 빨래소리 무울레
소리에 눈물 흘렸네."

눈을 지그시 감고 노래를 부르던 여고생들의 아름다운 얼굴이 떠올랐다. 음악실을 지나면 들리던 그 아름다운 기다림의 노래…….

"그 노래 어디서 배웠어요?"

정연이 그렇게 묻자 청년이 머쓱한지 뒤통수를 북북 긁었다.

"학교 다닐 때 배운 거죠. 지겨운 음악 시간이라 생각했는데, 힘들 때는 나도 모르게 이 노래를 부르게 되더라구요."

트럭이 부르릉거리며 움직일 때마다 눈에 갇혔던 산길이 길을 틔웠다. 눈은 아직도 하얗게 고집스런 순결을 자랑하고 있었다.

"스스로 자각하면 늦지 않은 거예요. 다시 시작할 수 있어요."

정연은 옆에 있는 청년이 정혜이기라도 한 듯이 진지하게 말했다.

"에이, 어차피 비뚤어진 팔잔데, 지금 공부를 시작해서 내가 박사가 될 거요, 선생이 될 거요?"

어림없다는 듯, 그가 운전대를 거칠게 꺾으며 고개를 절레절레 저었다.

포기하지 말아요, 포기하지 말아요.

정연은 스스로의 마음속에서 외치는 소리를 청년에게 들려주고 싶었지만 이미, 모든 것을 접은 듯한 그의 눈빛에는 그녀의 호소가 먹혀들 구석이 없어 보였다.

한 시간쯤 달렸을까, 나무 타는 냄새가 코끝으로 느껴질 때쯤 청년은 길가에 차를 세웠다.

"다 왔어요. 저기 밭에 앉아 있는 노인이 그 영감님이에요. 그 색시는 안 보이네."

청년의 그 말을 듣는 순간부터 정연의 가슴은 마구 방망이질 치기 시작했다. 산자락을 비껴 앉은 한쪽으로 너와집이 보였다. 굴뚝에서 연기가 피어오르고 햇살이 드는 한 뼘만큼의 마당에는 누런 개 한 마리가 엎드려 있었다.

"아, 저기 나오네요. 저 여자예요."

손에 무언가를 들고 방으로 들어가는 젊은 여자의 모습이 저만치로 잡혀 왔다.

정연은 그 여자의 뒷모습을 보자 무엇에 된통 얻어맞은 듯이 정신이 아득해졌다. 걸음이 떨어지질 않았다. 꿈결처럼, 개 짖는 소리가 들려 왔다.

"아줌마, 왜 그러고 서 있어요?"

청년이 망연히 서 있는 정연이 이상하다는 듯 고개를 갸웃했다.

"가만…… 먼저 가세요. 나, 정신 좀 가다듬고."

정연은 곁에 있는 소나무 등걸에 몸을 기댔다.

"앗따, 그 아줌마. 간이 콩알만 한가 부네. 사람도 확인 안 하고 놀라기부터 하믄 어쩐대요? 아, 알아서 하슈. 난 이만 갈 테니."

청년은 정연을 힐끗 쳐다보곤 미련도 없다는 듯 거칠게 차를 몰아 가버렸다. 정연은 조심스럽게 걸음을 옮겼다.

노인은 밭에 쪼그리고 앉아 있었다. 하얀 눈밭에서 해바라기를 하는 것 같아 보였다.

정연은 심호흡을 하고 노인에게로 다가갔다.

"저…… 말씀 좀 묻겠습니다."

노인이 고개를 들었다. 몹시 고집스러워 보이는, 건강한 노인이었다.

"무슨 일이오?"

"저…… 이 집에 사는 젊은 여자분을 찾아 왔는데요."

정연의 말이 떨렸다.

"어디서 왔소?"

"서울서 왔습니다."

"으흠, 서울이 집이라고 하더니 집에서 찾아온 게로군. 데려가면 약을 좀 먹어야 할 게요. 너무 몸이 상해 있어요."

노인은 정연의 아래위를 훑으며 천천히 일어섰다.

"네에……."

정연은 고개를 수그린 채, 앞서는 노인의 뒤를 따랐다. 다리가 몹시 떨렸다.

아, 정혜를 어찌 볼 것인가.

그녀가 들어간 방문 앞에서 노인이 기침을 했다.

"여기 나와 보그라. 서울서 손님이 오셨다."

노인의 소리에 방문이 열렸다. 젊은 여자의 해쓱한 얼굴이 드러났다. 정연은 그 여자를 마주 바라볼 자신이 없어 눈을 감았다.

"누굴 찾아오셨어요?"

차분하고 낮은 목소리. 정혜의 목소리가 아니었다. 정연은 반사적으로 눈을 떴다. 서른이나 되었을까, 깡마른 여자가 정연을 올려다보고 있었다. 얼굴 윤곽이며, 눈매가 정혜와 많이 닮은 여자였다.

"제가 찾는 사람이 아니군요. 많이 닮기는 했지만."

마음 한 편으로, 다행이라는 생각이 스쳤다.

"아니라구? 그럼 잘못 찾아온 게요?"

정연이 고개를 끄덕이자 노인이 허탈하게 웃었다.

"쯧쯧, 헛걸음을 했구랴. 길도 먼데 헛걸음이라니."

툇마루에 막 피어오른 햇살이 살그머니 퍼졌다. 긴장이 풀리면서 몸이 나른해졌다. 몸을 눕히면 죽은 듯이 자 버릴 것 같았다. 가슴 한구석이 휑해지면서 사람이 그리웠다. 정연은 툇마루에 앉아 흙벽에 등을 기댔다.

"은호리에 사는 건 맞대요?"

여자가 정연의 옆으로 와 앉으며 물었다.

"아니 그것도 몰라요. 사실은 주소도 없는 편지봉투 하나만 가지고 찾아 나선 거예요."

같은 마음을 가진 여자라는 생각 때문일까, 그녀 앞에서 정연은 대충 그간의 얘기를 그녀에게 했다.

"세상에, 답답도 해라. 그럼 내려가서 보건소엘 가보세요."

여자는 친절히 보건소 가는 길과 타는 버스까지 일러주었다.

"보건소에 가면 어찌 알 수 있을까요?"

"술집에 있었다면 틀림없이 알 수 있을 거예요. 그런 데 있으려면 위생증을 받아야 하기 때문에 보건소엘 정기적으로 가거든요."

"네에……."

정연은 더 앉아 있을 수가 없었다. 내일은 서울로 올라가야 한다. 밀린 강의 준비도 해야 하고, 미국서 돌아오는 성민을 맞이할 준비도 해야 한다. 정연의 몫으로 온전히 남겨진 일들이, 밀린 숙제처럼 놓여 있다.

"너무 상심치 마세요. 곧 만나게 될 거예요."

일어서는 정연을 향해 여자가 웃으며 그렇게 말했다.

자신의 이름을 박동만이라고 밝힌 그가 찾아온 것은 정혜가 연락을 끊은 지 6개월쯤이 지나서였다. 나이를 가늠할 수 없이 초라한 행색의 남자였다.

"많이 닮았군요. 사실은 의논할 게 있어서 이렇게 찾아 왔습니다. 보시기에 마음에 흡족하지 않으시겠지만 정혜씨와 결혼하고 싶어서……."

다방 한구석에서 정연을 기다리던 그는 정연을 보자 대뜸 그렇게 말했다.

"뭐라구요? 지금 집에선 정혜를 찾느라고 난린데 갑자기 나타나 결혼이라니, 그간의 사정이 어땠는지는 모르겠지만 그게 순서가 아니잖아요?"

정연은 몹시 긴장해서 우물거리는 남자를 바라보며 소리를 버럭 질렀다.

"지금 저랑 같이 살고 있어요."

남자가 고개를 푹 숙이며 한숨을 섞어 말했다.

정연은 두 손으로 얼굴을 감싸 쥐었다. 가슴에 둔통이 느껴지는 것이, 무엇으로 머리를 얻어맞은 느낌이었다.

"저는 외항선원입니다. 부모님을 찾아뵙고 청혼하는 것이 도리인 줄은 알고 있지만 정혜씨가 펄펄 뛰는 바람에……."

"그런 얘기는 나중에 하고 우선은 정혜를 집으로 데려와야죠. 그 애 있는 데를 알려 주세요."

고개를 푹 수그린 채, 그는 말이 없었다. 의외로 고집이 세 보였다. 정연은 정수를 불러내었다. 냉정한 마음으로 그를 대할 자신이 없어서였다. 그는 정수가 나타나자 태도가 달라졌다.

그를 앞세우고 그가 산다는 작은 소도시의 불빛을 찾아 두어 시간을 달렸다. 시큼한 쓰레기 냄새와 조악한 술집과 음식점, 다방들이 모여 있는 골목. 어둡고 습한, 가로등도 없는 골목 앞 불빛이 새 나오는 창문에서 흐느적거리는 노랫소리가 흘러나왔다.

연분홍 치마가 꽃 바람에 휘날리더라아~
오늘도 옷고름 씹어가며 산 제비 넘나드는 성황당 길에~
꽃이 피면 같이 웃고 꽃이 지면 따라 울던…….

울음 섞인 여자의 목소리가 느적느적 이어졌다.

"또 술을 퍼마신 모양이네요."

남자가 민망한 듯 어색하게 웃으며 노래가 들리는 골목길로 익숙하게 들어섰다. 토방 같은 좁고 어두운 방문 앞에서 그는 정혜의 이름을 익숙하게 불렀다. 그가 방문을 열자, 잔뜩 어질러진 채로 술병이 뒹구는 방안 풍경이 드러났다.

정혜가 방 한가운데 흐트러진 모습으로 앉아, 게슴츠레 뜬 눈으로 그들을 올려다보고 있었다.

"누구야? 깜씨, 누구 데리고 왔어?"

정혜는 헤프게 실실 웃어가며 여전히 그들을 올려다보고 있었다. 그러기를 잠시, 정혜의 큰 눈이 휘둥그레지면서 들고 있던 술잔을 방바닥에 떨어트렸다. 그제야 정수와 정연을 알아본 모양이었다. 남자가 방안으로 들어서며 계면쩍게 웃었다. 멍하니 정연을 올려다보던 정혜가 그의 면상으로 술병을 냅다 던졌다. 그가 익숙하게 피하자 술병은 벽에 가 부딪치며 산산조각이 났다.

"개새끼!"

그리고는 정혜는 방바닥에 엎질러진 술을 치맛말기로 닦았다.

정수가 방안으로 들어서 다짜고짜로 정혜의 따귀를 세차게 올려붙였다.

"꼴좋다. 이렇게 망가지려고 돈벌이를 나섰냐?"

정연은 두서없이 정수의 손목을 잡았다.

"이러지 마, 정수야. 제발 이러지 마."

정혜의 가슴팍을 잡고 벌벌 떨던 정수는 방 저만치로 정혜를 밀쳤다. 정혜가 쿵, 하고 나가떨어졌다. 그녀는 술에 취한 채로, 상황을 고스란히 받아들이고 있었다. 카세트 라디오에서는 여전히 처량한 노래가 흘러나오고 있었다.

"정혜야."

정연은 복받치는 울음을 삼키며 정혜를 끌어안았다. 그러나 반사적으로 정혜가 몸을 빼냈다. 당당한 적의가 밴 그런 몸짓이었다.

"여긴 뭐하러 와?"

정혜는 늘 정연에게 불만이 많았다. 어머니와 닮은 아이. 그녀의 불만은 당당한 이유가 있었다.

"이 기집애가! 너, 이런 식으로 살면서 나중에 누구 원망할려구."

정수가 다시 정혜를 때릴 듯이 노려봤다.

"흥! 오빠도 그런 소리 하지 마! 오빠도 내가 보내준 돈으로 공부했잖아!"

"이게…… 누가 너더러……."

늘 마음에 걸려 있던 정수의 아픔이 여지없이 드러나고 있었다.

"누가 나더러 돈을 벌어 오랬냐구? 흥! 그래도 갖다 주니 잘만 쓰더라. 돈 싫다는 사람 있어? 그리구 내가 그렇게 돈 벌지 않았으면 어쩔 뻔했는데? 도도한 언니는 지 공부한다고 식구 몰라라 하고, 엄마 아빠는 능력도 없고. 내가 그러지 않았으면 어쩔 뻔했냐구!"

"……."

그녀 안에 도사리고 있는 식구에 대한 원망의 대부분은 정연에 대한 것이었다.

정연은 주저앉아 고스란히 정혜의 원망을 받았다.

무슨 말을 할 것인가, 몸이 망가진 채로, 처연히 목 놓아 술을 마시고 있던 아이에게.

"정혜야, 모든 거 다 잊고 집으로 가자. 이게 무슨 꼴이냐?"

정연은 다시 한 번 정혜의 손목을 부여잡았다. 정혜가 다시 뿌리쳤다. 도무지 정연을 받아들이려 하지 않았다.

"누나, 그럴 것 없어요. 당장 끌고 올라갑시다."

화가 난 정수의 음성이 씨근덕대고 있었다.

"버스가 오늘 밤엔 없어요. 가셔도 내일 아침이나 되어야지요. 그러지 말고 술이나 같이 한잔하면서……."

구석에서 눈치만 보고 있던 박 씨가 슬그머니 끼어들었다. 그리고는 부엌으로 나가 소주 두 병과 깍두기를 들고 왔다. 그러나 정수가 휘두른 주먹에 박 씨가 나뒹굴었다.

"개새끼! 니 놈이 내 동생을……."

정수는 온몸을 벌벌 떨고 있었다. 형광등 불빛 아래 드러난 얼굴이 유난히 파리했다. 입가가 찢어져 피가 난 박 씨가 일어나 씩씩거리며 정수의 멱살을 잡았을 때였다.

"병신 같은 게, 어디다 손을 대? 우리 오빠한테 손 떼! 서방처럼 굴지 마!"

그 말에 박 씨의 어깨가 움찔했다. 정수가 총알처럼 밖으로 뛰어나갔다.

불쌍한 것, 불쌍한 것.

정수가 삼킨 말을 정연은 알고 있었다. 술만 마시면 정수가 내뱉던 말……. 그 말을 삼키며 정수는 울고 있을 것이다.

그러나 불쌍하기는 하되, 정수나 정연이 정혜를 위해 해줄 일이
무엇인지는 알 수 없었다. 어떻게 그 애가 잘못 걸어온 인생을 돌
려주어야 할지 알 수 없었다.

시계가 뎅뎅, 열두 번을 울었다.

비키니 옷장 하나, 서랍이 다섯 개 달린 서랍장이 하나, 그 위로
얹힌 이불, 텔레비전과 카세트 녹음기. 그게 살림 전부였다.

파리한 빛을 발하는 형광등 하나가 썰렁하게 달린 천장을 멀거
니 바라보는 정혜의 얼굴에는 난처한 표정이 역력했다.

"언니, 우리 자자."

정혜는 술에 취해 있으면서도 얇은 이불을 꺼내 정연에게 내밀
며 아무렇지도 않게 말했다.

"그래, 자자. 그리고 내일 아침에 집으로 가자."

정연은 정혜의 얼굴을 불빛 아래서 빤히 보아야 한다는 일이 힘
들었다. 그래서 차라리 눈을 감고 누워서 정혜의 목소리만 듣는 것
이 나을 것 같다는 생각을 했다.

그러나 자리를 깔고 누운 정혜는 곧 코를 골기 시작했다. 마음
속의 무슨 말이라도 들어보려 했던 정연은 낭패스러운 마음으로
가만히 정혜의 볼을 어루만졌다.

허허벌판에 놓인 작은 촌락 위로, 오후의 햇살이 부서졌다. 하
얀 페인트칠을 한 보건소 건물이 성냥갑처럼 엎디어 있었다.

정연은 걸음을 빨리했다. 그러지 않으면 곧 쓰러져 버릴 것만 같았다.

은호리에서 허탕을 친 후 세 시간을 넘게 산길을 걸었다. 몸에 익지 않은 무리한 보행에 정연의 몸은 지쳐 있었다.

나른한 오후의 햇살이 기어드는 건물은 조용했다. 아, 사람이 없으면 어쩌나.

정연은 반쯤 열린 문을 밀치고 들어서며 큰 소리로 사람을 불렀다.

"계십니까?"

기척이 없었다. 다만 안쪽에서 후끈한 열기가 전해져 오는 거로 보아 사람은 분명 있는 것 같았다. 정연은 다시 한 번 목청을 돋우었다.

"아무도 안 계십니까?"

그러자 안쪽에서 슬리퍼 끄는 소리가 났다.

"누구시죠?"

안쪽에서 굵직한 남자의 음성만 흘러나왔다.

"저어…… 사람을 좀 찾으려구요."

"사람을 찾으려면 이장 집이나 그런데 가보셔야죠. 여기는 보건 솝니다."

나타난 남자는 아주 귀찮다는 듯 정연을 흘낏 보고는 다시 안쪽으로 들어가려 했다.

"그게 아니고…… 저어…… 여쭈어 볼 것이 있어서요."

정연은 돌아서는 남자의 뒤를 따르며 다급하게 말했다.

"뭐죠?"

약한 크레졸 냄새가 나는 남자가 돌아섰다.

그는 껑충한 키에 어울리지 않게 아주 짧은 가운을 입고 있었다. 얼핏 남의 옷을 입은 것처럼 보였다.

"저어…… 여기서 진료를 받는 사람들 명단에 제가 찾는 사람이 있을까 싶어서요."

"여긴 탄광 인부들하고 주민들밖에 없습니다."

그가 난로 한편에 놓인 주전자를 들어 큼직한 컵에 물을 따르며 건성 말했다.

"여기 오면 찾을 수 있다고 해서 왔어요."

실내의 혼곤한 열기가 정연의 다리를 자꾸 꺾이게 했다. 정연은 따뜻한 공기를 들이마시며 벽 쪽으로 몸을 기댔다.

그가 돌아봤다. 약간 짜증스런 얼굴이었고, 조금 피곤해 보였다. 정연은 그를 바라보다 자신도 모르게 두 무릎이 꺾여 드는 걸 느꼈다.

함몰, 그런 단어를 배운 적이 있지. 모래시계 사이로 힘없이 빠져드는 모래알처럼.

"아니, 왜 이러십니까?"

그의 목소리가 멀리서 들렸다. 정연은 이를 악물고 무릎을 세웠다. 이마에서 땀이 흘렀다. 훌쩍 큰 키의 남자가 좀 전의 짜증스럽고 피곤한 표정을 지우고 근심스럽게 내려다보고 있었다.

"여기 좀 앉으세요. 많이 피곤해 보이시는데……. 그런데 무슨 일로 저를 찾으십니까?"

"사람을 찾으려고요."

그는 좀 전과는 다르게 아주 친절한 얼굴로 의자를 내밀었다. 정연은 그가 내민 동그란 나무의자에 앉았다. 진료실 책상 위에 안광섭이란 검은 명패가 보였다. 그 옆으로 푸른 휘장을 친 간이침대도 보였다. 아마 그곳을 주사실로 쓰는 모양이었다.

그가 따뜻한 커피 한 잔을 정연 앞에 내밀었다.

"드세요. 맛은 없겠지만, 추위 녹이는 데는 도움이 될 겁니다."

정연은 그가 내미는 투박한 잔을 두 손으로 감싸 쥐었다. 따뜻한 온기에 가슴까지 따뜻해지는 것 같았다. 정연은 커피 향을 코끝으로 음미하며 마셨다. 금세 얼었던 몸이 훈훈해졌다.

"누굴 찾으시는지 제가 도움이 된다면 돕겠습니다."

서글서글한 눈매의 그가 정연의 옆으로 의자를 당겨 앉았다.

"제 동생을 찾아 왔어요. 집을 나간 지가 한참 됐는데 얼마 전 발신지 우편번호만 찍힌 편지가 한 장 왔어요. 그걸 알아보니 이쪽 우편번호였고 비슷한 우편번호를 순서대로 찾고 있는 거예요."

"그런데 어떻게 보건소엔 오셨습니까?"

"…… 부끄러운 말이지만 그 애가 술집에 나가는 모양이에요. 유흥업소 출입하려면 보건소에서 검진을 받아야 한다면서 보건소를 찾아가 보라더군요."

"그렇긴 하지만 유흥업소가 한두 군데도 아니고…… 찾기가 좀 어렵겠네요. 일일이 순례를 할 수도 없고."

"네에……."

정연은 곤란한 표정을 짓는 그의 얼굴을 보면서 여기도 허사인 모양이라고 생각했다.

"하지만 찾는는 보죠. 이름을 알려 주시면 제가 수소문해 보겠습니다. 하루 이틀에 찾을 순 없을 테니 괜한 고생 마시고 돌아가 계세요."

정연은 그에게 자신의 연락처를 적어 건넸다. 학교 주소와 전화번호, 그리고 집 주소를 적었다.

그래, 그의 말처럼 좀 쉬면서 생각해 보자. 무모하게 찾아 나선다 해서 찾아질 것도 아닌데.

정연은 여관으로 돌아가 젖은 옷을 말리며 다시 생각해 보아야겠다고 마음을 먹었다.

은호리에서 돌아오니 긴장했던 마음이 풀려서인지 온몸이 물에 젖은 솜뭉치 같았다. 갈증처럼 사람이 그리웠다. 휑한 여관방에는 그녀의 가방 하나가 덩그러니 놓여 있었다.

"언제라도 불러주시면 어디라도 달려가지요. 언제든 대기하고 있을게요."

하얀 덧니를 드러내며 웃던 인규의 모습이 떠올랐다. 곁에 그가 있었다면.

새삼스럽게 인규의 존재가 가볍지 않은 무게로 다가왔다. 정연은 경대 한쪽에 놓인 수화기를 들어 인규의 휴대폰 번호를 눌렀다. 그의 목소리를 듣고 싶다는 생각에 전화번호를 누르다 정연은 멈추었다. 한참 망설이다 그녀는 문자를 보냈다.

연락 바람.

그에게서 연락이 올까. 그런 생각을 하며 정연은 깔아둔 이불 속으로 손을 넣었다.

방바닥이 생각보다 따뜻했다. 정연은 나른한 몸을 이불 속으로 밀어 넣었다. 뼈 마디마디마다 따스한 기운이 스미며 눈이 절로 감기었다. 인규의 웃는 얼굴이 눈앞에 아른거렸다.

문짝도 다 떨어져 나가고 가재도구 하나 없이 썰렁한 빈집이기는 했지만, 그 집을 발견한 것은 그래도 다행한 일이었다. 그 집을 발견하지 못했다면 어두워진 산중에서 어찌했을 것인가. 아마도 동사할지도 모를 일이었다.

짚더미가 수북하게 쌓인 부엌은 아늑했다. 어둠을 더듬어 부엌으로 들어선 인규는 맨 먼저 빈 아궁이에 불을 지폈다. 찰칵, 소리를 내며 밝혀지는 라이터 불빛이 아름다웠다. 어둠을 밝히는 빛의 힘……

부엌에는 살던 사람이 쓰다 남긴 것인 듯한 나뭇단도 제법 실하게 있었다.

탁, 탁, 청솔가지가 타면서 그런 소리가 났다. 청솔가지가 타며 발하는 불빛에 인규의 옆얼굴이 벌겋게 보였다. 그는 휑하니 빈방을 들여다보다 정연에게 말했다.

"방안이 어째 부엌보다 더 썰렁하겠네. 그냥 부엌에서 짚단을 깔고 눈 좀 붙이는 게 낫겠소."

근심스런 그의 눈빛이 불빛에 일렁였다. 그는 젖은 웃옷을 벗어 나뭇더미에 얹어두고 바지는 둘둘 걷은 채 불 앞에 앉았다. 그리고는 담배 한 대를 태워 물었다. 청솔가지가 타는 소리 사이로 사나운 바람 소리가 섞여들었다.

"미안해요."

정연은 정말 인규에게 미안한 생각이 들었다. 남편이 떠난 이후로 늘 인규의 배려만 받아온 터이지만 이번처럼 당혹스러운 적은 없었다. 더구나 자신의 치부를 다 드러내 보인 꼴이니 얼마나 부끄러운 일인가.

"미안하긴. 진즉에 같이 오자 했더라면 더 좋았을 텐데."

"…… 누굴 찾느냐고 왜 묻지 않지요?"

"여관집 아주머니께 대충 들었소."

민망해할까 봐 인규는 눈길조차 맞추지 않았다. 대신 짚더미를 편편하게 깔아 정연의 앉는 자리를 편하게 해주었다. 그리고 주머니 안쪽에서 자그마한 양주병 하나를 꺼내 정연의 눈앞에 흔들어 보였다.

"한잔 하시겠소? 추위도 가실 겸."

인규는 병뚜껑에 말간 술을 따라 정연 앞으로 내밀었다. 그러잖아도 다리에 힘이 빠지고 으슬으슬 춥던 차였다. 눈에 젖은 아랫도리가 시큰거리기도 하고 눈꺼풀이 무거워지는 게 어디론가 깊은 심연으로 빠져드는 느낌이었다.

정연은 인규가 내미는 술을 받아 단숨에 들이켰다. 짜르르한 전율이 온몸을 훑어 내렸다. 술잔이 한잔 한잔 돌면서 취기가 돌자 괜스레 눈물이 났다.

가엾은 아이, 아아 가엾은 내 동생.

언니. 나 찾지 마.
다시는 식구들 앞에 나타나지 않을 테니 기다리지도 마.

정혜는 그 밤을 이용해 짧은 한 줄의 편지를 남겨 두고 또 사라졌다. 정수가 미칠 듯이 제 머리통을 벽에다 짓이겨댔고 정연은 정혜가 나간 방안에 주저앉아 하염없이 눈물을 흘렸다.

해가 뜨기 바쁘게 박 씨와 정혜가 갈만한 곳을 뒤졌지만 정혜는 그 어느 곳에도 없었다.

박 씨를 앞세워 휘적거리며 돌아다닌 곳은 허름한 술집의 골방이거나, 담배를 꼬나문 여자들이 허연 허벅지를 드러낸 채 화투판을 벌이고 있는 그런 장소였다. 다 그만그만한 표정으로, 상스런 욕설을 뱉어 가며 화투짝을 던져대는 그녀들에게선 생에 대한 아무런 희망도 없어 보였다. 희망을 접은 사람들의 음울한 표정이 인간에 대한 슬픔으로 가슴 끝에 와 박혔다. 그 우울한 밑그림에는 정혜의 얼굴이 가장 두껍게 박혀 있었다.

"갑시다. 그깟 기집애, 다시는 찾지 맙시다."

초라하게 버스정류장에 서 있는 박 씨를 외면한 채 서울로 올라온 이후로, 정수는 날이 갈수록 폭음을 했다. 그러지 말라고 아무리 타일러도 정수는 술독에 빠진 꼴을 하고 살았다. 그 날 이후 박 씨에게서도, 정혜에게서도 소식이 오지 않았다. 마음 한구석에 늘 미진한 숙제처럼 얹혀 있는 정혜였으나, 한 시간이라도 허투루 쓸 수 없는 정연으로서는 무엇을 어찌해 보아야 할지 알 수 없는 채로 그렇게 시간만 흘러갔다.

정연은 늘 강의준비로 바빴고 세미나 등의 문제로 입안이 다 헐 지경이었다. 어머니는 소식 없는 정혜를 기다리는 눈치이나 입 밖으로 말을 뱉지는 않았다. 어쩜 이제 정혜가 버거울 것도 같았다. 누가 그 애를 다독이고 다소곳하게 만들 수 있는가?

아무도 없었다. 그런 쌀쌀한 인식이 정연에게도, 정수에게도, 어머니에게도 얼마만큼씩 자리하고 있었다. 다만 아버지만 그 사실을 모르는 채, 해가 저물 녘 서산을 바라보며 정혜를 기다리신다 했다.

얘가 올 때가 됐는데…….

기차가 멀어져간 빈 철로를 바라보며, 건널목을 지키던 쓸쓸한 간수의 눈빛으로. 정연은 붉어지는 눈시울을 손등으로 훔쳤다.

"괜찮아요?"

인규의 물음에 정연은 고개를 끄덕였다.

"윤 선생 마음속에 있는 무거운 짐을 덜어주고 싶은데…… 방법을 알 수가 없어요. 윤 선생을 안 세월이 결코 짧은 세월이 아닌데 아직도 그걸 알 수 없다니 답답할 뿐이오."

종일을 함께 산속을 헤매고 다닌 탓에 인규도 몹시 지쳐 보였다.

"미안해요. 오라고 해서."

정연은 인규를 바라보며 애매하게 웃었다.

"그런 소리 하지 말아요."

인규의 따뜻한 시선이 건너와 정연의 젖은 눈빛에 닿았다.

인규와 알고 지낸 세월이 벌써 몇 년인가. 지호와의 인연만큼이나 긴 시간이었다. 한 학교에 교편을 잡았고 같은 대학 출신이라는 연대감이 처음부터 친근감을 주었다. 그러다 함께 대학원 공부를 시작했다. 어렵고 힘든 공부였기에 그가 때때로 위로가 되었다. 정연에게 싫증 난 지호가 미국으로 날아갔을 때, 아들 성민이를 빼앗기다시피 시댁으로 보냈을 때도.

하지만 그에게 정혜의 문제는 한 번도 이야기한 적이 없었다. 그 애의 문제는 정연에게 있어서 두꺼운 유리 벽 저쪽에 있는 근심이었다. 늘 잊을 수 없으나 다가설 수 없는 단절의 벽, 그게 정혜와의 사이에 가로놓여 있었다. 더구나 그녀가 '여성학'이라는 조금 생소한 학문을 시작한 후부터 그 문제는 풀리지 않는, 그러나 풀어야 할 숙제로 남겨져 있었다. 혼자만 끙끙 앓는 미궁의 숙제.

"조금 추워요."

정연은 곁에 놓인 나뭇단을 안고 아궁이 앞으로 갔다. 벌건 불빛에 인규의 눈빛도 일렁였다. 정연은 그 옆에 쪼그리고 앉아 나뭇단을 아궁이로 밀어 넣었다. 탁, 탁 소리를 내며 불길이 옮겨붙었다.

"그렇게 혼자만의 성을 쌓고 지내지 말아요."

취기 탓일까. 인규가 서운한 눈빛이 되어 퉁명스럽게 말했다.

"혼자만의 성이라……. 어차피 인생이 그런 거 아닌가요?"

"윤 선생!"

"…… 난 가끔씩 혼자 있는 시간이 되면 큰 호수에 나 혼자 돌멩이를 던지고 있다는 생각을 해요. 넓고 깊은 호수에 내 손마디 하나도 안 되는 돌멩이를 던지면서 작게 이는 파문을 보곤 하죠. 하지만 그 파문은 오래가지 않아. 그 파문이 호수 깊숙이 가라앉은 그 어느 것도 깨울 수 없다는 생각을 해요. 그 외로움을 알아요?"

"……."

"내 동생 정혜가 집을 나간 건 나 때문이었어요. 가난한 집안의 맏딸이 행해야 할 바를 내가 거슬렀죠. 고등학교만 졸업하고 직장을 잡아서 동생 뒷바라지하고 부모님 공양하면서 그렇게 살아야 하는데 그 운명을 내가 거슬렀던 거야. 그 짐을 지겠다고 학교도 안 마친 정혜가 집을 나갔어요. 수렁 같은 인생 속으로 빠져들면서 나에 대한 원망을 키워 갔겠죠. 그래도 난 나의 인생을 포기할 수 없었어요. 함께 불구덩이로 뛰어들 생각이 없었던 거죠. 불구덩이에서 헤어나려 할 때는 이미 때가 늦었고 때늦은 자각이 들었을 땐 이미 몸은 망가졌고……. 그런 아이가 칠 년 만에 소식을 전해 왔어요. 잘 있느냐고. 사는 게 재미있느냐고."

"……."

시선을 멀리 던진 인규가 말없이 술병을 기울였다.

얼마나 힘든 길이었던가. 전임강사를 따내기까지 그녀가 겪어야 했던 힘든 나날이 주마등처럼 눈앞을 스쳤다. 그 힘든 길이 자기가 가고 싶은 길이었기에 외롭고 힘들었지만 참아 온 것이 아닌가.

"이 문제를 누구와 얘기하겠어요? 누가 속 시원한 말을 해줄 수 있겠어요? 남편에게도 얘기할 수 없었어요."

"……."

"하지만 이제는 그 애가 나에게 도움을 청하고 있다는 생각을 해요. 더 이상 견디기가 힘드니까 그런 식으로 구조요청을 보낸 거라고 생각해요. 그런데 나는 지금 그 아이의 행방조차 찾아내지를 못하고 있어요."

내뱉는 목소리에 물기가 가득 고였다. 정연은 조용히 듣고 있는 인규를 바라보았다.

"그 애가 그런 말을 한 적이 있어요. '여성학? 놀고 있네.' 라고. 사실 맞는 말이죠. 난 지금 커다란 호수에 작은 돌멩이를 던지고 있을 뿐이니까. 내가 아무리 목소리를 높여 여성의 삶의 질을 외치고 여성의 권익을 이야기해도 그건 지금의 사회적 구조에선 쇠귀에 경 읽기인지도 몰라요. 요즘 와서 드는 생각이지만 내가 하고 있는 일에 대한 자신이 없어져요."

정연은 그 말을 하고 두 무릎 사이에다 얼굴을 묻었다. 더 이상 말을 했다간 울음이 터져 버릴 것만 같았다.

"좀 누워요."

인규의 따뜻한 손길이 건너왔다. 잠시, 짧은 전율이 온몸을 훑었다. 정연은 인규가 이끄는 대로 짚더미 위에 누웠다. 까실하고 메마른 짚더미 위에 몸을 누이자, 부여잡고 있던 이성의 끈이 툭 끊어져 버릴 것만 같았다. 몇 잔 마신 술의 취기가 몸속에서 뱅그르르 맴을 돌았다. 어지럼증이 전신을 훑고 지나갔다. 인규가 말없이 자신의 코트로 정연의 몸을 덮었다.

"호출이 왔을 때 얼마나 반가웠는지 아오? 혼자 떠났다는 거 알고 얼마나 불안했는데."

정연의 맞은편으로 몸을 누이며 인규가 씨익 웃었다.

"오라고 할 생각까지는 아니었는데……. 사람이 그리웠어요. 문득 떠오르는 사람이 인규 씨더라구요. 그래서 목소리나 들었으면 했는데……. 미안해요."

정연은 인규의 눈길을 마주 바라보았다. 잦아드는 불빛에 그의 얼굴이 불그스름했다.

말없이 정연을 내려다보는 인규의 눈빛에 갈증이 서려 있었다. 그 눈길을 마주 바라보고 있으면 그 속으로 빨려 들것만 같았다.

정연은 돌아누웠다. 그리고 인규의 코트를 목 위까지 끌어 덮었다. 인규의 체취가 느껴졌다. 정연은 자신을 단속하듯 건조하게 말했다.

"잘 자요."

"윤 교수, 오늘 왜 그렇게 피곤해 보여?"

진즉에 나와 있었던 듯, 지정 토론자로 되어 있는 이 교수는 정연은 보자마자 호들갑스럽게 말했다.

"응, 어딜 좀 다녀오느라고 피곤해서 그런 모양이야."

정연은 애써 웃음을 지어 보였다.

날이 밝기 무섭게 인규와 그곳을 내려왔다. 2시에 있을 행사에 맞추기 위해 부랴부랴 서둘렀지만, 집에 도착해 옷 갈아입고 나오기에도 빠듯한 시간이었다. 머릿속은 온통 뒤엉킨 상태로 마치 로봇처럼 오늘의 행사를 위해 나와 앉아 있는 것뿐이다.

여성문제연구소에서 주관한, '여성운동에 대한 앞으로의 방향'이란 주제발표는 진즉에 예정되어 있었던 행사였다. 정연은 거기에 주제 발표를 하게 되어 있었고 이 교수 역시 지정토론자였다.

"그래도 오늘 주제 발표잔데 신경을 좀 쓰고 오지."

이 교수가 정연의 아래위를 훑으며 못마땅한 시선을 보냈다. 그녀는 아주 화사한 차림의 투피스를 입고 화려하고 큼직한 귀걸이도 하고 있었다. 당당한 표정 하며 세련된 옷차림까지, 그녀는 이 시대를 앞서가는 여성학 교수로 손색이 없었다.

"왜 많이 표 나? 화장실 가서 다시 만지고 올까?"

정연은 자신 없는 목소리로 그렇게 말했다. 사실 지금 심정으로는 주제 발표보다는 내쳐 잠을 잤으면 싶었다.

"아니. 그럴 건 없는데……. 왠지 꼭 정신이 딴 데 가 있는 사람 같아."

이 교수가 고개를 갸웃거리며 정연을 살폈다.

"그렇지 않아. 피곤해서 그렇게 보이는 걸 거야."

정연은 콤팩트를 꺼내 두드리며 얼굴을 다시 살폈다. 깊어진 눈가 주름에 피곤함이 역력했다.

"아무튼, 오늘은 시장님도 오시고 국회의원들도 오니까 잘해 보자구. 토론회 끝나고 뒤풀이도 있으니까 그때 의원들과 진지하게 건의할 사항도 있잖아."

"알았어."

정연은 이 교수가 내민 인쇄물을 펼쳐 들었다. 행사의 식순과 발표자들의 순서가 얌전하게 인쇄되어 있었다.

주제 발표: ○○대학교 여성학 교수 윤정연

약 한 시간에 걸쳐 발표하게 될 정연의 주제 발표 원고는 벌써 이 주일 전에 작성을 해두었다. 정혜의 편지가 오기 훨씬 전이었다. 오늘, 정연은 그 원고를 보며 적당히 읽으면 되었다. 원고를 쓰느라 몇 날 밤을 지새웠고 그 원고를 준비해 놓고도 얼마나 신경을 썼었는지.

그러나 오늘따라 활자로 변한 원고가 이상하게 낯설었다. 피곤함 때문만은 아니었다.

정연은 꽃바구니로 장식된 단상을 바라보며 밭은기침을 했다. 머릿속은 엉망인 채로 남의 원고를 보듯이 건성건성 페이지를 넘겼다. 빽빽한 활자로 10장이 넘는 원고였다. 간략하게 PPT 작업도 할 생각이었는데 이래저래 시간에 쫓기다 겨우 원고만 완성해 두었다. 한 시간이 넉넉하지 않을 터였다. 정연은 다시 한 번 찬찬히 원고를 살폈다. 손끝이 미세하게 떨렸다.

"윤 교수, 올라가자구."

이 교수가 정연을 툭 쳤다. 단상에는 여성문제연구소의 황 소장과 시청의 복지과장이 먼저 올라가 앉아 있었다. 정연은 이교수의 뒤를 따랐다.

근래에 와서 여성문제가 사회적인 관심을 끌게 되고 여성의 사회 참여가 많아져서인지 그 어느 때보다 청중이 많았다. 앳된 여학생들도 보이고 그 여학생의 손을 잡은 연인 같은 남학생들도 보였다. 요즘은 남학생들도 여성학 강의를 주의 깊게 듣는 것이 새삼스러운 현상은 아니지만, 오늘따라 그 풍경이 낯설었다.

사회를 보기로 한 한 여성연구소의 간사가 아주 너그러운 모습으로 청중을 둘러보다 정연과 눈이 마주치자 잘해 보라는 눈짓을 보냈다. 그는 아내 단속 잘하기로 소문난 사람이었다. 잘 차려입은 양복이 썩 잘 어울렸다. 다정하고 부드러운 태도로 여자들에게도 인기가 높은 사람이었다.

그런데 정연은 그를 볼 때마다 가식이 느껴져 불쾌했다. 하지만 그건 정연의 생각일 뿐이었다.

그는 단상으로 올라가 마이크를 잡았다. 부드럽고 세련된 사회의 시작으로, 식이 진행되었다. 지루한 국민의례와 기관장들의 축사, 그동안의 경과보고가 이어졌다. 정연은 그 순간에도 눈을 지그시 내리깔고 있었다. 어쩐 일인지 입술이 마르고 온몸이 바들바들 떨렸다.

드디어 정연의 차례가 왔다. 그녀는 단상으로 나갔다. 실내를 꽉 메운 청중들이 가슴 가득 잡혀 왔다.

"주제 발표를 하게 된 ○○대학교 윤정연입니다."

정연은 인사를 하고 청중을 둘러봤다. 정혜의 얼굴이 겹쳐왔다.

정연은 마음을 가다듬고 인쇄물의 첫 페이지를 열었다.

"여성운동의 역사를 거슬러 올라가 보면 1869년 존 스튜어트 밀의 『여성의 예속』이란 책을 만나게 됩니다. 시대적 변천과 요구에 의한 단편적인 여권 옹호의 주장이 대부분이었던 그 시절에 '여성의 예속' 이란 책은 분명 크나큰 변화였습니다."

목소리가 많이 떨렸다.

"…… 1820년을 전후하여 산업혁명의 시작과 함께 여성노동자의 문제가 등장하게 되었고 2차 세계대전 이후 시몬느 드 보부아르의 『제2의 성』이 발표되면서 성의 투쟁이라는 문제에 급진적인 해결책이 제시되기 시작하였습니다. 현대의 모든 여권주의가 이로부터 출발하였다고 볼 수 있을 것입니다. 요즘 우리가 흔히 쓰는 여권주의, 즉 페미니즘(Feminism)이란 말은 1890년대에 이르러서야 그 의미가 두드러지게 되었습니다. 시몬느 드 보부아르의 실존주의적 여권론은 남성에 대한 원망에 기인한 것이 아닌 실존주의적인 자율의 철학에 바탕을 둔 것입니다. 보부아르의 여권주의는 '여자는 여자로 태어나는 것이 아니라 여자로 키워질 뿐이다.' 라는 유명한 말을 태어나게 했습니다."

원론적인 강의.

정혜의 초췌한 얼굴이 또 겹쳐왔다.

"우리나라에서 여성문제에 대한 인식은 1960년대 구미제국의 여성해방운동에 자극을 받았습니다마는 보다 폭넓은 근본적 인식은 조선시대의 동학사상에서 찾아볼 수 있습니다. 여성운동이란, 단순히 여성에 대한 차별을 폐지하고 남녀평등을 이루는 데 목적이 있는 것이 아니라 '여성도 인간이다'라는, 보다 폭넓은 인식에서 출발하여 여성 자신을 포함한 모든 사람들이 평화스럽고 인간다운 삶을 이룩하도록 하는 일이며 이것은 인류 역사의 진보, 발전에 남녀 성의 구별 없이 똑같이 참여한다는 뜻일 것입니다……."

자꾸만 말에서 확신이 빠져나가고 있었다. 정연은 마음을 다잡고 인쇄물을 뚫어질 듯이 바라봤다. 차가운 이성으로 견디어내던 머릿속이 자꾸만 헝클어졌다.

"우리나라 속담에 '여자는 그릇 한 죽을 셀 줄 몰라야 복이 많다.' 는 말이 있습니다. 이는 조선시대에 유교적 이데올로기에 기인한 지극히 열등한 여자의 지위를 단적으로 얘기하고 있습니다. 유교의 남존여비 사상은 전통적인 사회에 있어서 한국 여성의 생애를 지배한 근본개념이었고 이러한 인식은 아직도 도처에 뿌리 깊게 자리 잡고 있습니다. 아직까지도 사회 현실은 여성 불평등이 여전합니다. 이런 상황을 타개하기 위하여 현 정부는 여성을 차별하는 법과 제도를 고쳐 여성이 사회에서 평등한 대우를 받을 수 있도록 방향을 제시하기에 이르렀습니다. 이것이 여성발전 기본법입니다. 지금까지 산발적으로 이루어져 왔던 기존의 여성운동이 거국적인 차원에서 마무리 지어진 획기적인 법안이라고 할 수 있습니다."

하지만 여성운동은 완성된 게 아니었다. 이제 시작이었다. 앞으로 얼마나 많은 어려움과 시행착오가 있을지 알 수 없는 일이었다. 그런 일에 확신을 갖고 한 길을 걸어온 여자들의 당당한 얼굴이 정연의 눈에 잡혔다. 목이 몹시 말랐다. 걱정스러운 이 교수의 눈길이 건너왔다.

"왜 그래? 어디 아파?"

작은 목소리로 이교수가 물었다. 정연은 고개를 저었다. 그리고는 목을 가다듬어 다시 원고를 읽어 내려가기 시작했다. 그러나 전같은 확신이 서질 않았다.

여성 문제는 이제 이 사회의 가장 중요한 문제가 되었다, 법과 제도를 고치고 사회에서의 평등한 대우를 위해 우리 여성들이 노력해야 한다, 과거의 유교적 이데올로기에 사로잡혀 슈퍼우먼이거나 혹은 얌전한 여인으로만 남아 있다면 우리 여성의 사회적 평등은 요원한 문제이다, 현재 여성근로자가 받고 있는 불이익을 하루 빨리 벗어나려면 그 어느 때보다도 단결된 여성들의 깨인 의식이 필요한 때이다…….

그런 요지의 얘기를 정연은 그 어느 때보다 확신 없이 떠들 어댔다.

한 시간이 지났을 때, 우레와 같은 박수가 쏟아졌다. 정연은 그 박수에 진심으로 감사한 인사를 보냈지만 더 이상 버티고 있지 못 할 만큼 피곤했다. 어찌어찌 지정토론자들의 열변이 끝났는지 알 수 없었다. 두어 시간이 꿈결처럼 흘러갔다. 다과회가 마련되어 있 었지만 정연은 일찍 자리를 뜨고 싶었다.

"나, 너무 피곤해. 이 교수가 뒷마무리 좀 해 줘."

정연은 이 교수를 붙잡고 사정하듯 말했다. 여성문제연구소의 황 소장도 정연을 붙잡았지만 정연은 기어이 그곳을 빠져나왔다. 머리가 터져 버릴 것 같았다.

그녀가 도망치듯 걸음을 빨리하고 있을 때, 뒤에서 누군가 그녀 를 불렀다.

"교수님."

돌아보니 아직 솜털이 보송보송한 여학생이었다. 그녀는 아주 조심스러운 태도로 얌전하게 서 있었다.

"무슨 일이야?"

"저어…… 교수님 말씀 참 감명 깊게 들었어요. 전부터 한번 뵙고 싶었는데……. 바쁘지 않으시면 시간을 잠시 내주실 수 있으신 지요?"

그녀는 무척 조심스럽게 말했다.

"미안해. 내가 지금 몹시 바빠요. 나중에 찾아와요. 그땐 내가 시간을 얼마든지 내줄게."

정연은 웃으며 그녀의 어깨를 다독거렸다.

"네에…… 그러면 여기다 사인이라도……."

그녀는 정연의 원고가 들어있는 유인물의 앞장을 펼쳐 잽싸게 사인펜과 함께 내밀었다.

정연은 반짝거리는 여학생의 눈을 들여다보았다. 기대와 희망 이 넘실대는 아름다운 눈빛이었다.

"교수님을 존경하고 있습니다. 꼭 찾아뵙겠습니다."

여학생의 말은 진지하고 진실했다.

정연은 경직된 모습으로 서 있는 여학생의 어깨를 부드럽게 쓰 다듬어 주었다. 뭉클한 감동이 밀려왔다. 오늘 강연이 헛된 것은 아니었구나 하는 만족감이 가슴 가득 밀려들었다.

정연은 사인을 한 유인물을 받아들고 토끼처럼 뛰어가는 그녀 를 눈부시게 바라보았다.

꼬리가 길면 밟힌다고, 그는 분명히 그렇게 말했다.

술이 올라 불콰한 얼굴로 거실을 서성이던 지호는 정연이 들어 서자 대뜸 그렇게 말했다.

"아니, 당신이 어떻게?"

지호가 오겠다던 언질은 전혀 없었다. 더구나 근래에는 전화조차 뜸하던 사람이 아니었던가.

"왜 놀라나. 대학교수가 그렇게 막 놀아나도 되는 거야?"

그의 손에는 거의 바닥을 드러낸 양주병이 쥐어져 있었다.

"말을 그렇게 막 하지 말아요. 교양 없는 사람처럼. 그런데 연락도 없이 웬일이에요?"

그는 진즉에 해외근무를 자청해 나갔고 그곳에서 자리를 잡았다. 해외 지사에 발을 붙인 것을 빌미로 그녀와의 관계는 법적인 관계로만 남아 있었다.

"누구야 그놈?"

아마도 인규가 바래다주는 걸 본 모양이다.

"인규씨예요. 당신도 알잖아요."

"흥! 같은 대학 강사라? 허울이 좋군. 그놈은 제 마누라랑 이혼하더니 이젠 당신을 넘보나?"

그는 이미 몹시 취한 듯, 제대로 서 있지도 못했다.

"여보, 이러지 말아요. 오랜만에 만나서 하는 얘기가 너무 삭막하잖아요."

정연은 애써 웃어 보였다. 몸은 천근만근인데 그 앞에서 피곤한 모습을 보이고 싶지는 않았다.

"너무 삭막하다? 당신같이 잘난 여자 데리고 살면서 좀 고상한 대화를 해야 하는데. 그래, 여성운동은 잘 돼 가고 있어?"

지호의 언사는 뒤틀릴 대로 뒤틀려 있었다. 저렇게 뒤틀린 언어로 인규 얘기의 핵심에 이르기까지 얼마나 걸릴까? 정연은 에두르지 않기로 했다.

"여보! 사정이 있었어요."

"물론, 사정이 있으셨겠지. 암암, 당신은 언제나 숨기는 게 많은 여자니까."

그가 병을 거꾸로 들다시피 기울여 술을 마셨다. 잘 익은 술이 그의 목젖을 타고 흘렀다. 입 언저리에 흐른 술을 닦으며 그가 말했다.

"그놈하고 어디 밀월여행이라도 갔다 왔나?"

탁하고 높은 목소리로 보아 화가 많이 난 것 같았다.

"여보! 이러지 말아요."

정연은 짜증스럽게 소리쳤다. 지호와 부딪치면 늘 이런 식으로 다툼이 있었다. 아주 하잘것없는, 다툴 이유도 되지 않는 일로.

"우리가 결혼한 지 몇 년이지? 십오 년?"

만나기만 하면 녹음해 두었던 것처럼 되풀이되는 소리. 정연은 한숨을 내쉬며 소파 끝에 몸을 얹었다.

언제나 그 앞에서는 소파에 편히 앉을 수 없었다. 다탁 위가 몹시 어질러져 있었다.

"강산이 바뀔 세월이군. 그런데 그동안 몇 년이나 같이 살았지?"

충혈된 눈빛으로 정연을 바라보는 지호의 얼굴이 바싹 다가와 있었다.

"당신이 해외 파견근무를 자청했잖아요."

정연은 그의 얼굴을 피했다. 역한 술 냄새가 진동했다.

한때는 그와 따뜻한 눈길을 나누며 함께 술을 마신 적도 있었다. 빛바랜 종이색깔처럼 오래전의 일이지만.

"흥, 당신이 고집을 피워서가 아니고? 대개, 여자가 남편 가는 대로 따라가는 거 아니냐?"

"또 그 소리!"

"또 그 소리라구? 그런 말 할 자격이 있나 당신?"

정연은 머리를 감싸 쥐고 눈을 감았다.

"도대체 당신이 내게 해준 게 뭐가 있어?"

지호의 그 말이 나오면 줄을 이어 나오는 말들, 여자가 남편 밥 한 끼를 따습게 해 준 적이 있느냐, 자식 건사를 잘했느냐, 시부모 봉양을 한 적이 있느냐, 도대체 결혼해서 한 일이 뭐 있느냐……. 그런 말들이 늘 같은 톤으로 되풀이되었다.

처음엔 그녀도 맞받아 싸움을 했다. 당신도 처음 약속과 다르지 않으냐, 공부하는 걸 도와준다 하지 않았느냐, 이 사회에서 여자가 한 분야에서 두각을 나타내려면 남편의 도움 없이는 거의 불가능하다, 그런 일을 나는 하고 있지 않으냐, 아이만 해도 그렇다, 내가 키우지 않겠다는 게 아니었잖느냐, 일을 가졌으니 남의 손을 빌려야 하고 그렇게 키우더라도 사랑으로 잘 키울 수 있었다. 그런 자식을 빼앗듯이 데려간 것은 당신이었다. 그게 왜 내 잘못이냐…….

하지만 정연은 마음속에서 아우성치는 말들을 누른 채 입을 꾹

다물었다. 전화로, 혹은 그가 나올 때마다 되풀이해 온 소리를 앵무새처럼 다시 지껄일 힘도 용기도 없었다.

　남자들은 자신의 아내가 아닌 여자에게는 한없이 너그럽다. 모든 것을 이해하며 도와주고 그 어떤 요구라도 '노' 라고 말하지 않는다. 그러나 자신의 아내에 대해서는 가혹하리만치 요구가 많다. 완벽한 여자를 원하는 것이다.

　그런 깨달음을 정연은 너무 늦게 알았다.

　"피곤해요, 이러지 말아요. 나, 좀 쉬고 싶어요."

　"그렇겠지. 아무려면 미국에서 날아온 나보다 피곤할까."

　그는 여전히 빈정거리고 있었다.

　어떻게 변명을 해야 하나. 이미 마음을 닫고 있는 그에게 어떻게 설명을 해야 이해를 할 것인가. 변명을 한다는 것이 구차하다는 생각이 들었다.

　정연은 그를 등진 채 방으로 들어왔다. 방 한쪽에 내던진 듯이 뒹굴고 있는 배낭과 바지, 두툼한 파카에는 아직 은산의 여독이 그대로 묻어 있었다.

　침대 옆 재떨이에 담배꽁초가 짓이겨져 있었다. 그의 담배 습관이었다. 짓이겨 눌러 끄는 그의 꽁초들이 무얼 얘기하는지 정연은 알고 있었다.

　잠시 후 그가 방으로 들어 왔다. 침대 곁 조그마한 의자에 그가 앉았다.

"우리, 이쯤에서 정리하자구."

지호의 눈빛은 아주 진지했다. 술김에 하는, 술이 깨고 나면 실수라고 얼버무릴 그런 얘기가 아니었다. 오랫동안 준비하고 있었던 말을, 빌미가 없어 못 하고 있었던 듯한 그런 말을 하고자 하는 결연한 눈빛이었다.

"뭐라고요? 뭐라고 했어요?"

"정리하자고."

의자에서 일어난 지호가 등을 보이며 돌아섰다.

"이유가 뭐예요?"

정연은 떨리는 목소리를 가다듬어 차분히 말했다.

"당신, 그렇게 머리가 나쁜 여자야? 무슨 소린지 알아들으면서 왜 그래?"

"그러니까…… 이혼을 하자?"

"그래. 더 이상 미룰 이유가 없잖아."

순간, 뜨거운 태양을 가릴 것도 없는 사막에 서 있는 기분이 들었다.

그가 나에게 무엇이었던가? 뜨거운 햇살을 가려줄 차양, 혹은 지친 인생길의 동반자, 추운 겨울바람을 막아주는 따스한 바람막이……. 그에게 그런 걸 원했던가…….

그는 인규와의 이러저러한 만남을 결정적 이유로 내세울 것이다. 그러면서 저 자신에 대해서는 끝까지 결백했던 것으로 내세우리라.

정연은 문득 언젠가 친구가 미국에 다녀오면서 흘리듯 내던진 말을 기억했다.

"애, 니 남편 소문이 안 좋더라. 공부도 좋지만 이젠 남편도 좀 챙겨라."

하지만 정연으로서는 그걸 확인할 방법도 없고 확인하고 싶지도 않았다. 다만 마음속으로, 끝내 곪아 터지려는 환부의 상처를 보는 것 같은 느낌뿐이었다.

지호가 담배를 피워 물었다. 뻐끔뻐끔, 몇 모금 급히 들이킨 후 담뱃불을 짓이겨 껐다. 일어서면서 그가 말했다.

"끝내 잘못했다고 빌지 않는군. 당신도 정리할 시간이 필요할 테니 한 달 후에 오겠소."

그는 방문을 소리 나게 닫고 나갔다.

'잘못했다고 빌라고? 뭘 잘못했는데?'

알 수 없는 눈물이 볼을 타고 흘러내렸다. 가슴 한구석이 싸아하니, 비어오는 느낌이었다. 물이 빠진 개펄이 끝도 없이 펼쳐져 있었다.

은산리의 안광섭에게 전화가 온 것은 그로부터 일주일 후였다.

지호와의 그 일이 있고 난 후 정연은 몸살을 앓는 것처럼 심하게 아팠다. 아등바등 잡고 있던 줄이 툭, 끊겨나가는 느낌.

그녀는 끊긴 줄을 잡고 밑도 알 수 없는 구렁으로 떨어져 내렸다. 입술이 바싹바싹 말라 들어갔다. 작렬하는 태양이, 사막 한가운데 서 있는 정연을 내리비추었다. 온몸이 뜨겁게 달아오르고 땀으로 흥건하게 젖었다. 기억이 아물아물해지면서 몸이 둥둥 떠갔다. 흐릿한 의식 속에서 전화벨이 요란하게 울었다 그쳤다. 호되게 몸살을 앓고 일어났을 때 자동응답기의 불이 깜박거리고 있었다.

"어째 지내냐. 대학교 방학을 했다던데 한번 안 내려오냐. 꿈자리가 하도 뒤숭숭해 전화했다. 별일 없냐? 전화라도 좀 해라."

어머니였다. 이제는 뒷산 낙엽 같은. 어머니의 전화에 몸을 추슬렀다.

기운을 차리려고 이를 악물었다.

인규의 전화는 열 통도 넘게 녹음되어 있었다. 그리고 맨 끝으로 안광섭의 메시지가 있었다. 그녀는 혹시나 하고 다시 응답기를 돌려 보았지만 지호의 음성은 없었다. 그는 이미 미국으로 날아가 버렸을 것이다.

"안광섭입니다. 윤정혜씨 거처를 확인했어요. 연락주세요."

정연은 안광섭의 메시지를 확인하는 순간, 가슴이 쿵쿵 뛰기 시작했다. 아, 이제는 정혜를 찾았구나.

그녀는 마른 입술을 축이며 옷을 갈아입었다.

왁자지껄한 웃음소리가 둥둥 떠다니는 골목길을 돌고 돌아 지붕이 아주 낮은 집 앞에 섰다. 현관을 겸한 유리출입문으로 집안의 마루가 훤히 들여다보이는 집이었다. 그 마루에 진한 화장을 한 여자 서넛이 화투짝을 쥐고 있었다. 마루 가득히 흐느끼는 뽕짝이 흘렀다. 여자들은 그 음악에 몸을 흔들면서 눈길은 여전히 화투짝에 머물러 있었다. '오춘자'라고 자신을 소개한 그중의 한 여자가 안에다 대고 소리를 질렀다.

"홍자란 년 오면 좀 잡아둬. 쬐그만 게 어딜 그렇게 쏘다니나 몰라. 그렇게 내버려 두는 줄 알면 지 어미가 날 잡아 먹을라구 할 텐데."

오춘자와 함께 은산리로 향했다. 안광섭이 알려준 집이 오춘자가 있는 집이었고, 오춘자가 정혜의 거처를 안내하기로 한 것이다. 아마도 오춘자와 정혜는 친한 사이일 것이다.

덜덜거리는 버스를 타고 은산에 내리자 기다렸다는 듯이 눈이 내리기 시작했다. 미처 녹지 않은 눈 위로 다시 눈이 소복소복 내려 쌓이고 있었다. 길도 가늠할 수 없는 그 하얀 길 위에 발자국이 찍히고, 사각사각 눈을 딛는 발소리가 들렸다. 간간이 섞이는 바람소리, 이름 모를 산새의 추운 울음소리…….

온 천지가 하얀 눈길은 그 어느 것 하나 제대로의 형상을 보여주지 않았다. 모든 것을 덮어가고 있었다. 추한 것도, 더러운 것도 다 아름답게 덮어버리려는 듯이.

정연은 앞만 보고 걸었다. 간혹 드문드문 앞서간 발자국이 보였다. 어디가 길인지 모르는 상황에서는 앞서간 발자국도 위로가 되었다.

"저 산 마을에 있어요. 힘들어서 올라가시겠어요?"

은산리 마을을 지나 산길을 오르다 오춘자는 제법 가파른 산등성이를 가리켰다.

"가야지요, 예까지 와서."

정연은 가쁜 숨을 몰아쉬며 산등성이를 바라봤다. 아무것도 없을 것만 같아 보이는 산이었다.

"이그, 성질머리 하군. 저렇게 깊은 산골에 박혀 있을 건 무어람."

오춘자는 산등성이를 바라보며 구시렁거렸다.

"언제부터 들어가 있어요?"

"한 일 년쯤 되었을 거예요. 공기 좋은 곳에서 요양이나 하겠다고 올라갔어요."

"…… 혼자서요?"

"정말 아무것도 모르시는구나. 제가 얘기하기는 좀 뭣하고……
가서 직접 얘기 들어보세요."

그녀가 어색한 웃음을 지으며 말끝을 흐렸다. 화전민이나 살 듯한 그곳에 정혜가 있다, 말 못할 사연을 끌어안고.

직접 들어보라는 그 사연은 무얼까. 머리가 지끈거렸다.

말없이 앞서서 산 중턱을 올라가던 오춘자가 혼잣말처럼 중얼거렸다.

"요년이 여기 와 있네."

그녀는 눈이 쌓여 녹지 않은 산길을 살피다가 그렇게 말했다.
토끼 같은 작은 짐승의 발자국을 보고 하는 말이었다.

"누가 와 있어요?"

정연은 내내 눈길 위의 발자국을 살피며 걷는 오춘자에게 말했다.

"어차피 알게 될 테니 얘기하죠. 정혜 언니, 딸이 하나 있어요. 언니가 내려올 동안 제가 맡아서 길러주기로 했는데 요년이 툭하면 여길 기어 올라 와요."

정연은 서슴없이 지껄여대는 오춘자의 말을 들으면서 자신도 모르게 이를 악물었다. 전혀 생각지 않았던 것은 아니지만, 아이까지 있다는 말에 자신도 모르게 무릎이 푹 꺾였다.

"정혜의 딸? 딸이 있다구?"

정연은 확인을 하듯 다그쳐 물었다.

"조금 놀라시겠지만, 너무 그럴 것도 없잖아요. 언니 나이가 몇인데, 딸 하나 있을 수도 있죠. 안 낳을려구 별짓을 다 했는데 태어날 목숨이어서 그런지 안 떨어지더라구요. 전 낳아도 아이가 성치 않을 줄 알았어요. 그런데 요년이 야물기가 돌이에요. 주둥이는 또 얼마나 매운지. 어떤 땐 내가 그년한테 지청구를 들을 때도 있다니까요."

그녀는 계속 떠들며 산길을 올라가고 있었다. 한두 번 오르내린 것 같지 않은 발걸음이었다. 그녀가 지나간 자리로 나뭇가지에 얹혔던 눈이 툭툭 떨어져 내렸다.

정연은 거친 숨을 뱉어내며 그녀의 뒤를 따랐다. 앞선 그녀의 발자국 사이로 조그만 발자국이 희미하게 보였다.

"몇 살이나 되었나요?"

"홍자요? 올해 일곱 살이에요. 학교에 넣었더니 자꾸만 안 갈려고 해서 걱정이에요."

일곱 살. 정연은 마음속으로 햇수를 헤아렸다. 정혜가 잠적한 해와 맞아 떨어졌다.

"낳아 놓으니까 원숭이 새끼처럼 빨갛다고 해서 이름을 그렇게 지었대요."

춘자가 흐흐거리고 웃었다.

정연은 아이의 발자국을 따라 걸었다. 작고 가여운 발자국이 어린 산짐승의 그것 같았다. 어린 것이, 겁도 없이 이런 산길을 오르다니. 얼굴도 본 적이 없는 어린아이에게 연민이 느껴졌다.

"다 왔어요. 저기 저 집이에요."

산길을 오르면서도 계속 얘기를 늘어놓던 그녀가 허리를 편 곳은 산등성이를 다 올라온 후였다.

저만치에 움막 같은 집 한 채가 보였다. 누군가 살다 나간 것만 같이 엉성한 집이었다. 그 집을 보자 숨을 제대로 못 쉴 만큼 가슴이 답답했다. 오춘자가 앞서서 집 앞으로 다가갔다. 그러나 그녀가 문 앞으로 다가가기도 전에, 문이 벌컥 열리며 혼비백산한 듯한 아이가 튀어 나왔다. 작고 깡마른 몸집의 아이였다.

"나가 이년아! 누가 너더러 여기 오랬어!"

악다구니에 가까운 날카로운 목소리가 방안에서 새 나왔다.

"아니, 또 왜 그래?"

겁에 질려 뛰쳐나온 아이를 오춘자가 감싸 안았다. 아이가 바들바들 떨고 있었다. 두 눈에는 눈물이 그렁그렁했다. 신발도 신지 않은 채였다.

"엄마가 또 술을 먹었어."

아이의 말은 거의 울음이었다.

"그러게 여긴 오지 말랬잖아. 가서 신발이나 신어라."

아이의 빨간 털신이 댓돌 위에 얹혀 있었다.

아이가 댓돌 위로 올라서자 술병이 날아왔다.

"이년아, 신발은 신어서 뭘 해! 나가 뒈져버려라!"

술병은 아이의 머리 위를 스쳐 마당에 떨어져 산산조각이 났다. 지독한 술 냄새가 났다. 싸구려 소주 냄새였다.

아이가 잽싸게 신발을 꿰고는 다시 오춘자 앞으로 와 몸을 숨겼다. 여전히 몸을 바들바들 떨고 있었다. 손등이 바알갛게 얼어 있던 아이, 터미널에서 껌을 팔던 바로 그 아이였다.

"다 나가! 다 나가서 뒈져 버려!"

방안에서는 사납게 뭔가 깨지는 소리가 여전히 들렸다. 열린 문으로 사기그릇과 쟁반이 날아왔다. 다시 와장창, 소리가 나고 깨어진 거울 하나가 날아왔다. 깨어진 거울 조각이 햇살을 받아 섬뜩하게 빛났다. 소름 돋는 차가운 햇살이 정연의 가슴에도 날아와 박혔다.

"언니. 나 왔어. 춘자가 왔어요."

그녀가 깨어진 거울조각을 밟고 앞으로 나섰다. 빠지직, 유리 부서지는 소리에 소름이 돋았다. 춘자가 댓돌 위로 올라서고 있었다.

그녀가 방으로 올라서기도 전에 다시 술병 하나가 날아왔다. 마당에 서서 방문을 바라보고 있는 아이는 여전히 떨고 있었다.

"어떤 년이야?"

앙칼진 목소리와 함께 헝클어진 얼굴 하나가 나타났다. 정혜였다. 게슴츠레 풀린 정혜의 눈길이 오춘자에게 머물렀다. 헝클어진 머리칼이 어깨까지 내려와 있었다.

"미친년. 술이나 팔 일이지 여긴 뭐하러 와?"

"홍자 저년 땜에 왔지. 여기 와 있을 것 같애서."

그녀가 정연이 있는 쪽을 향해 손짓을 했다. 정연은 앞으로 다가섰다. 그러나 정혜와의 거리가 그렇게 멀게 느껴질 수 없었다.

그녀가 신발을 벗으며 안으로 들어섰다. 정연도 방문 쪽으로 걸음을 옮겼다.

무심히 밖을 살피던 정혜의 얼굴이 순간 멈췄다. 게슴츠레한 눈으로 밖을 보던 정혜의 동공이 정지하는가 싶더니 다시 눈살을 찌푸리며 정연을 바라봤다. 흐린 동공으로 들어오는 물체를 확인하고자 하는 눈길이었다.

"언니가 찾아오셨어. 그래서 모시구 왔어."

방안에서 얼굴을 내민 오춘자가 정혜의 어깨를 감싸며 말했다. 정혜가 미동도 없이, 정물처럼 앉아 있었다. 정연은 그런 정혜의 얼굴에서 눈을 떼지 않은 채 방안으로 들어섰다. 놀란 정혜의 눈길이 정연을 해바라기 하듯 따라왔다. 방안은 둘러 엎은 밥상과 깨어진 약사발이 뒤범벅이 되어 엉망진창이었다.

"정혜야."

정연은 넋이 나간 듯한 정혜의 앞에 앉아 정혜의 손을 가만히 잡았다. 눈앞이 흐려왔다. 목젖이 울컥해졌다. 소리 없이 삼키는 눈물이 뜨겁게 흘렀다. 정혜가 멀거니 정연을 바라봤다. 신기루를 보는 듯한 눈빛이었다.

"…… 언니……."

한참 만에야 정혜의 입이 떨어졌다. 그리곤 얼어붙은 듯하던 눈동자에 눈물이 고였다. 정연은 깡마른 정혜의 몸을 끌어안았다. 마른 삭정이 같은 꺼칠한 느낌, 그것이 정혜의 느낌이었다.

"언니이……."

정혜의 볼을 타고 흐른 눈물이 정연의 볼을 적셔왔다. 흐려지는 시야로 홍자와 오춘자의 얼굴이 뒤엉켜 왔다.

정연은 정혜의 마른 몸을 다시 깊게 껴안았다. 다시는 놓치지 않을 듯이.

"알코올중독 증세인 것 같습니다. 장도 안 좋고 위도 많이 상해 있는데 그건 그리 큰 문제가 되지 않아요. 우선 급한 건 알코올중독 증세예요. 한동안 요양소 같은데 가 있는 게 좋을 것 같군요. 술은 절대 금물입니다. 윤정혜씨, 술 그렇게 먹으면 죽을지도 몰라요."

정혜를 진찰한 안광섭은 그렇게 말했다.

일일 3회, 식후 30분 복용.

두툼한 봉투가 정연의 앞에 놓였다.

안광섭이 연결해 준 요양원은 멀지 않았다. 깨끗하게 정리된 방에 침대 하나가 놓여 있었다.

"좀 어떠니?"

정연의 말에 정혜는 배시시 웃었다.

"이젠 괜찮아, 언니."

"어서 나아서 집으로 가자."

"홍자는?"

그녀는 기어드는 목소리로 정연의 눈치를 살피며 홍자를 찾았다. 날개 꺾인 새. 그녀의 날개가 무엇이었는지는 모르지만 지금 정연의 앞에 앉아 있는 정혜는 분명 날개가 꺾인 새였다.

"홍자 걱정은 하지 말구. 내가 데리고 있을게."

"나 싫어하는 형부가 있잖아."

"그이 지금 미국에 있어. 괜찮아."

"왜? 왜 형부 혼자 가게 했어?"

"난 내 일이 있잖아."

"그렇다구 남자를 혼자 보내? 바람나면 어쩔려구?"

바람. 바람……. 지호를 스치고 지나간 것이 바람일까? 여자가 자기 일을 심지 굳게 하는 것이 이혼사유가 되는 것일까? 한 달 후면 다시 보게 될 지호는 변함없는 표정으로 가정법원 판사 앞에서 이혼을 요구할까?

머릿속이 지끈거렸다. 그리고 어지러웠다. 지병처럼 때때로 정연을 괴롭히는 어지럼증. 나이가 들어가는 탓인지 그 빈도가 더 심했다.

"언니, 홍자 그년 불쌍한 년이야. 나 같은 에미를 만나서……. 그때 그 뱃놈만 아니었어도……. 병신 같은 놈, 바다에 나가서 뒈질 놈이……. 제 아비도 한번 못 본 불쌍한 아이야. 그것뿐이 아니야. 살아봐야 내 팔자보다 나을 것도 없다 싶어서 배 속에 있을 때 죽으라고 약은 얼마나 먹었게……."

정혜는 또 훌쩍대며 울기 시작했다.

"자책하지 마. 홍자는 건강하게 잘 컸잖아."

"아니야. 내가 죽일 년이지. 노다지 술 퍼먹고 그 어린 것을 패기는 얼마나 팼는지……."

요양원에 들어온 이후로 정혜의 상태는 많이 좋아졌다. 알코올 중독 증세도 많이 가라앉아서 이젠 제법 말끔한 정신으로 옛일을 후회하곤 하였다. 가슴을 치게 후회할 일은 그녀의 내부에만 있는 건 아니었다.

병색 짙은 정혜를 데리고 집으로 데리고 갔을 때, 그녀를 대하는 모두의 얼굴은 그리 반가운 기색이 아니었다. 예상했던 일이기도 했다. 그녀는 햇빛도 들지 않은 광에서 꺼내온 쓸모없는 물건 같았다. 그런 집안 분위기를 눈치채지 못할 정혜가 아니었다. 그녀의 눈빛에는 더 이상은 망가질 수 없다는 결의가 담겨 있었다. 자신이 빠져 있는 삶의 구렁텅이에서 헤어나고자 하는 빛이 역력했다. 제 자리에 놓이지 않은, 거칠고 거추장스러운…… 어머니만 소리 죽여 울었다.

"이 불쌍한 것을 어찌 하누."

어머니는 정혜의 두 손을 마주 잡고 연신 그 말만 되풀이했다. 수척하고 여윈 모습으로 집을 나서는 정혜의 모습에 어머니는 걱정을 많이 했지만, 아버지는 정혜가 떠날 때도 여전히 철길 건널목만 내다보고 계셨다.

정수는 마루 끝에 앉아서 뻐끔뻐끔 담배만 빨아댔다.

"저 애를 어떡할 거냐?"

어머니는 새까만 홍자의 얼굴을 바라보며 걱정스러운 얼굴을 했다.

아이는 자신의 위치가 불안함을 느낀 탓인지 말수가 줄고 눈알만 바쁘게 움직여댔다. 생소한 가족관계가 그 애를 더 불안하게 했는지도 모르겠다.

할머니, 할아버지. 외삼촌, 그런 호칭에 홍자는 고개만 갸웃했다. 갑자기 생겨난 혈족들이 못내 믿기지 않는다는 표정이었다. 아니 가족들이 두려운 표정이었다.

"제가 데리고 가겠어요. 학교에도 넣어야겠고."

정연은 근심 어린 어머니의 얼굴을 바라보며 그렇게 말했다. 어머니가 키울 수도, 그렇다고 정수에게 맡길 수도 없는 아이였다.

정수 처인들 좋다고 할 것인가.

힐끔힐끔 남편을 쳐다보는 정수 처의 얼굴이 몹시 난처해 보였다.

"니가 데려가면 어찌 키울려고……. 더구나 항상 바쁜 애가……."

어머니는 정수 처의 안색을 살피며 말꼬리를 흐렸다. 마음속으로는 당신이 거두고 싶은 눈치였다. 그러나 어머니도 이젠 정수 처의 눈치를 봐야 하는 입장이 되고 말았다. 일손을 놓은 지 오래된 아버지와 시름시름 노환을 앓고 있는 어머니만으로도 정수 처의 심사는 편치 않을 것이다.

어머니가 말꼬리를 흐리자 정수 처는 슬그머니 방을 빠져나갔다.

"저도 적적한데 잘 됐죠. 일주일에 한 번씩은 제 어미를 보러 가야 하니 제가 데리고 있어야겠어요. 아이가 똘똘해서 말귀도 잘 알아듣고 부지런해요."

정연은 불안하게 앉아 있는 홍자의 머리를 쓰다듬었다.

"그러면 고맙구. 외할미라고 있어 봐야 너 하나를 못 거두는구나. 내가 무슨 힘이 있어야지……."

어머니는 내내 마음이 쓰린지 안색이 편찮았다. '내가 무슨 힘이 있어야지.' 할 때는 곧 쓰러져 버릴 것만 같은 생각이 들기도 했다.

정혜는 조금씩 이야기를 하기 시작했다.

"사실 그 편지 안 쓸려구 했는데…… 보고 싶었어. 찾아오리라는 생각은 안 했는데…… 그래서 주소도 안 썼구 ."

한 번도 들어본 적이 없었던 편지 얘기를 정혜가 꺼냈다. 병색이 짙은 얼굴에 어색한 웃음을 담고서.

"잘했어. 진즉에 편지 연락이라도 하고 살았으면 이 지경까지는 되지 않았을 텐데……."

정연은 비스듬히 누운 정혜의 여윈 팔목을 어루만졌다. 늘 미안한 감정을 갖게 만드는 아이였다.

한 때, 자신의 몫인 생활의 짐을 대신 떠 맨 아이라는 자책감에서라기보다 여린 그녀의 마음이 늘 안쓰러웠다. 단정한 교복을 입고 갈래머리를 땋았던 정혜, 순결하고 청순한 아이였던 정혜…….

성문 앞 우물곁에 서 있는 보리수
나는야 그 그늘아래 단꿈을 꾸었지~.

맑은 목소리로 부르던 그 노래…….

그 모습을 생각하니 절로 눈물이 핑 돌았다. 길을 잘못 든 가여운 아이.

"무슨 염치로 연락을 해? 처음엔 언니도 원망하고 아빠도 원망했는데…… 가만히 생각해 보니까 남 원망할 일이 아니더라구. 돈을 그런 식으로 쉽게 벌자면 그 반대급부도 있다는 걸 알아야 했는데……. 너무 철이 없었어. 그런 생각이 들고나니 내 몸은 망가질 대로 망가져 있고……. 인생 끝이다 싶어서 그때부터 술을 마셔댔

지. 그런데 웬수 같은 저년이 태어난 거야. 안 낳을려고 약도 지어 먹고 언덕에서 구르기도 했는데 안 떨어지더라구. 진즉에 병원엘 갔으면 쉽게 지울 수도 있었을 텐데 차마 병원엔 못 가겠구…….
그러다 보니 낳았지. 아이를 낳아놓고 보니 덜컥 겁이 나는 거야. 아비도 없는 자식을 낳아 어떻게 키우나 하는 생각이 들었어. 그리고 저년도 커 봐야 내 꼴 못 면할 거라는 생각이 드니까 무섭더라구. 죽지 못해 산다는 말, 그 말뜻을 알겠더라구. 고아원에 데려다 줄까 싶기도 했지만 그건 더 큰 죄를 짓는 것 같아서…….”

정혜가 어깨가 들먹이기 시작했다. 정연은 두 눈을 감고 가만히 정혜의 어깨를 끌어안았다. 속으로 울음을 삼키느라 어깨가 조용히 물결쳤다.

“차라리 목숨을 끊을까 싶어 저년 목을 조르는데…….”

“아무 말도 하지 마. 다 지난 일이야. 다 잘 될 거야. 넌 아직 젊어. 무엇이든 새로 시작할 수 있어. 우선 몸이나 추스르고 생각해 보자.”

나직하게 정연은 말했다.

서른셋. 그래, 삶의 여정에서 어디가 출발점이고 어디가 포기할 시기란 말인가. 정혜가 마음만 사려 먹는다면 무엇이든 할 수 있지.

그녀의 어깨가 좀 더 심하게 물결쳤다. 파도처럼, 격랑에 흔들리는 파도처럼. 정연은 힘주어 안았던 정혜의 어깨를 풀어 주었다. 실컷 울고 나면 마음이 맑아지겠지. 세파에 찌든 마음과 원망으로 뭉쳐 있던 마음. 그렇게 눈물로 마음을 씻고 나면 옛날의 맑은 눈빛을 얼마간 찾을 수 있을지도 몰라. 그런 생각을 하며 정연은 자신의 얼굴을 감쌌다. 그녀의 어깨도 조용히, 조용히 흔들리기 시작했다.

"이모. 누가 찾아 왔는데요?"

벨 소리에 현관문을 열고 밖을 살피던 홍자가 쪼르르 좇아 왔다.

"누가 와?"

정연은 거실에서 노트북으로 원고를 쓰던 중이었다.

"나요, 인규요. 이야기 좀 합시다."

현관으로 들어서는 인규가 약간 비칠거렸다. 평소 흐트러진 모습을 보이지 않던 그가 웬일일까?

하지만 그런 모습으로 들어서는 인규를 맞이하고 싶지 않았다.

"나, 지금 일하는 중이에요. 대낮부터 술을 하고, 무슨 일이에요?"

그러자 인규의 눈빛이 사나워졌다. 억눌러온 감정을 터트리듯, 인규가 소리쳤다.

"그 눔의 일, 일, 일! 일 좀 그만 해요."

당황한 건 오히려 정연이었다. 이런 광경을 지호가 본다면 변명할 여지가 없었다.

인규의 말투는 마치 아주 오래된 연인에게 하는 듯한 말투였다. 사랑하지 않으면 뱉을 수 없는 말투.

눈치 빠른 홍자는 어느 틈에 제 방으로 들어가 버리고 없다.

"아니 왜 이래요? 대낮부터 취해 가지구."

"속이 상해서 한잔 했소. 안 좋은 소식이 들려서."

그는 문 앞에 선 정연을 밀치고 들어와 거실 한쪽에 놓인 좁은 소파에 몸을 얹었다.

"무슨 소식?"

"이혼한다면서요?"

"……."

어디서 그런 소리를 들었을까? 아직 아무에게도 발설한 적이 없는데. 이미 이혼을 기정사실화 해서 인규의 귀에까지 들리도록 한 사람이 누굴까?

정연은 곰곰이 생각해 보았지만 생각나는 사람이 없었다.

"일하다가 남편을 놓치는 바보가 어디 있소? 그러지 말고 미국으로 따라 들어가라구요!"

그가 취한 이유가 거기 있었구나.

"여성운동을 하는 것도 좋지만 무엇을 먼저 선택해야 하는지는 아셔야지요."

인규의 그 말에 정연은 애매하게 웃었다. 어차피 어긋난 길이었다. 이제 와서 미국으로 들어간다 해도 달라질 것은 아무것도 없었다.

"이왕 왔으니까 커피나 한잔 마시고 가세요."

정연은 주방으로 들어가 레인지에 찻주전자를 얹었다. 그리고 스위치를 켰다. 파아란 불꽃이 피어올랐다. 인규의 목소리가 또 들렸다.

"연락도 없이 혼자 은산리에나 가고. 그렇게 연락할 길을 막아 놓고 사니까 엉뚱한 오해가 생기죠."

엉뚱한 오해. '엉뚱한 오해'라고 말하는 인규의 목소리가 조금 떨렸다. 과연 인규는 그게 엉뚱한 오해라고 자신있게 말할 수 있을까? 말하지 않아도 드러나는 사람의 마음을 그는 애써 가리고 싶은 것일까? 합리화시키고 싶은 것일까?

정연은 뜨거운 커피를 두 잔 탔다. 홍자는 여전히 방안에서 나오지 않았다.

"자, 이거 마시고 돌아가요. 그건 내 문제니까 신경 쓰지 말고."

정연은 스스로 생각해도 진저리칠 만큼 쌀쌀맞은 말투라고 생각했다. 그것이 정연을 지켜온 것인지, 허물어뜨린 것인지는 알 수 없었다.

"윤정연!"

"이혼을 하든 안 하든 그건 내 문제예요. 인규 씨가 나설 이유도, 권리도 없어요."

정연은 커피를 일부러 소리 나게 후루룩거리며 마셨다. 말없이 쳐다보는 인규의 눈빛이 힘들어서였다. 인규의 고개가 꺾이는가 싶더니 조용히 찻잔을 들었다. 쓰고 깊은 커피의 맛, 누가 커피를 지옥의 맛이라 했던가.

"홍자야."

정연은 고개 숙인 인규를 바라보며 홍자를 불렀다.

"예에."

기어드는 목소리로 대답하는 홍자의 대답이 방문 안쪽에서 들렸다.

"이리 나와. 이모 일 마치면 엄마한테 가기로 했잖니."

그 말을 듣고서야 방문을 열고 홍자가 쭈뼛쭈뼛 걸어 나왔다. 두 눈에 불안감이 조심스럽게 드러났다. 인규가 처음 보는 홍자를 멀거니 바라보았다. 어이없다는 표정이었다. 누구냐고 묻지 않았다. 나름대로 간파를 했을 것이다. 그리고 혼자 머릿속으로 정혜의 스토리를 엮을 것이다.

정연은 빈 잔을 들고 다시 주방으로 갔다. 찻잔을 씻어 싱크대 위에 엎어 두고 식탁 의자에 걸쳐두었던 스웨터를 걸쳤다. 밖에는 세찬 바람이 여전히 불고 있었다. 아직 봄은 멀었다.

"이리와. 옷을 더 입지 않구. 춥겠다."

정연은 마치 자신의 딸에게 하듯, 홍자를 다독거렸다. 자식에게 해보지 않았던 자질구레한 잔소리가 새삼 정겹게 느껴졌다. 성민이도 그렇게 키우고 싶었는데. 마치 온상에서 자란 화초처럼, 어느 날 불쑥 커버린 모습으로 나타난 성민이는 무척 낯설었다.

그 이후로 일 년에 한두 번 성민을 보았다. 잘 자란 온실의 화초 같은 느낌이었지만 한편으로는 웃자라버린 허약한 식물을 보는 것 같은 느낌도 지울 수 없었다.

어딘가 비어있는 듯한 그 아이의 눈빛에 마음이 저렸다. 그래서 성민을 바라보는 일이 늘 편찮았다. 그러면서 늘 자문했다. 지금의 성민이에게 정연이 들어갈 자리가 남아 있을까…….

홍자가 여전히 불안한 눈망울로 인규를 살폈다.

"인사해. 이모하고 같이 일하는 선생님이셔."

홍자는 인규를 힐끔거리며 엉거주춤 고개를 숙였다. 눈은 빤히 인규를 바라본 채였다.

인규는 말없이 홍자를 바라보고만 있었다. 일어설 생각은 않았다.

"우리 나갈 건데…… 계속 그러구 있을 거예요?"

인규는 정연을 뚫어질 듯이 바라봤다. 갈증과 원망과 측은함이 배인 복잡한 눈빛이었다. 한참을 그러고 앉았던 인규가 일어났다.

"내가 뭘 도울 수 있겠소?"

인규의 표정은 아주 진지했다.

"없어요. 아무것도."

정연의 말에 인규는 한참 동안 말없이 서 있었다. 그러다 고개를 수그린 채 정연의 앞을 지나 현관을 빠져나갔다. 정연도 곧 밖으로 나왔다. 아파트의 긴 복도를 걸어가는 인규의 등을 바라봤다. 사람과 사람 사이의 벽은 영원히 허물 수 없다는 느낌이 새삼스러웠다. 얼핏 눈자위에 눈물이 핑 돌았다. 홍자의 손을 꼭 잡았다. 작고 여윈 손은 가여운 생각을 들게 했다.

"홍자는 이제부터 부지런히 먹어야겠다. 너무 말랐어."

홍자가 행복하게 웃었다. 자기에게 와 닿는 사랑을 느낀 모양이었다. 은산리에서 돌아온 지 십여 일이 지나 있었다.

"홍자야, 오늘 엄마 보러 가자."

"정말요?"

홍자의 얼굴에 기쁨이 넘쳐났다. 그러더니 다람쥐처럼 재빠르게 방으로 들어가 작은 보퉁이를 챙겨 나왔다.

정혜가 있는 요양원으로 가는 버스를 탔을 때, 홍자는 옆구리에 낀 조그만 보퉁이를 계속 만지작거렸다. 산골의 짐은 대충 다 정리를 하고 입을 옷가지만 가져온 터라 달리 제 어미에게 가져다줄 물건도 없을 텐데 어느 틈에 짐 보따리를 하나 만들어 든 것이었다.

"그게 뭐니?"

정연의 물음에 그때까지 밖만 바라보던 홍자가 배시시 웃으며 기어드는 소리로 말했다. 웃는 모습이 정혜 그대로였다.

"책이에요."

"책? 무슨 책?"

"엄마 책이요. 엄마가 공부하던 책이요."

그러면서 홍자는 그 보퉁이를 더 힘주어 안았다.

"엄마가 공부를 했니? 무슨 책인지 이모한테 좀 보여 줄래?"

홍자가 잠시 망설이다 보퉁이를 내밀었다. 서너 권이 넘어 보일 듯한 책은 제법 부피가 있었다.

보자기를 풀어보았다. 네 귀가 낡은 국어사전 하나와 영어사전, 그리고 성문종합영어, 일반수학의 정석.

조그만 고사리손으로 움켜쥐기에는 큰 부피의 책들을 보자 정연은 가슴이 뭉클했다. 그리고 감당할 수 없을 만큼의 아픔이 가슴으로 차올랐다.

"엄마가 언제 공부를 했니?"

목소리에 물기가 서렸다.

"엄마는 밤에 책을 봤어요. 술을 안 마신 날에는. 허지만 술 마시는 날이 더 많았어요. 엄마는 책이 젤 귀중한 거라고 그랬어요."

"……."

"이모 얘기도 했어요. 이모는 공부를 많이 해서 훌륭한 사람이라고. 나보고도 열심히 공부해서 이모같이 훌륭한 사람이 되라고 했어요."

정연은 종알대는 홍자의 얘기를 들으며 가만히 책갈피를 펼쳐 보았다. 군데군데 그어놓은 붉은 줄이 정혜 가슴속의 피 울음 같아 마음이 미어졌다.

못다 마친 고등학교 과정을 나름대로 독학하려 했던 것 같았다.

정연은 헤지고 낡은 그 책들을 껴안고 한동안 숨을 죽여 울음을 삼켰다.

"엄마에게 가져다주려고 가져 왔니?"

"예. 엄만 심심할 거예요. 술도 못 먹고. 맨날 나한테 욕만 하는 엄마지만 난 엄마가 좋아요. 아빠도 없는데 엄만 날 낳아 고생만 했어요. 불쌍해요."

홍자가 울음을 참느라 조그맣게 말했다. 그 애의 음성에도 물기가 흥건했다. 작은 가슴에 고인 눈물을 어찌 거두나.

"이모, 신데렐라 얘기 알아요?"

"알지. 그런데 왜?"

"내가 꼭 신데렐라가 된 것 같아요. 이젠 껌팔이 안 할 거예요. 공부 열심히 할래요."

홍자는 가슴이 벅찬 듯, 가끔씩 숨을 몰아쉬며 아주 흡족한 표정을 지었다. 눈빛에 총기가 있는 아이였다. 잘 다듬어 뒷바라지를 해 준다면 훌륭한 여성이 될 것 같았다.

"그래. 열심히 공부하렴. 꼭 선생님이 되지 않아도 좋아. 네가 뭘 공부하고 싶은지 곰곰 생각해서 그걸 하면 되는 거야. 이모가 도와줄게."

그 말에 홍자는 기어코 입을 헤 벌렸다. 좋아서 더 이상은 입을 다물고 있을 수 없다는 듯이.

그런 홍자의 모습은 정연에게 알 수 없는 따스함을 피어오르게 했다.

거의 매일 강의를 하면서 메아리 없는 이 일을 왜 하고 있나 하는 생각도 했다. 때론 너무 힘들어 그만두고 싶었던, 여성학이라는 생소한 학문을 하면서 몇 차례나 그런 갈등을 겪었던가. 그러나 홍자의 손을 잡으면서 정연은 그런 갈등들이 맑게 걷히는 기분이었다. 안개 짙은 길을 걷다가 햇살 가득한 밝은 숲길을 보는 것 같았다. 아직은 그것이 신기루일지도 모르고, 또 얼마나 먼 길인지도 모르지만.

정연은 홍자의 모습에서 정혜를 읽었다. 침대 하나 덩그러니 놓인 방에서 제 반생을 반추하고 있을 정혜의 모습이 눈에 선했다.

"홍자야. 넌 커서 뭐가 되고 싶으냐?"

요양원 가는 길로 접어들 때쯤 정연은 홍자의 맑은 눈빛을 보며 물었다. 도시에서 뚝 떨어진 그곳은 믿기지 않을 만큼 공기가 맑고 상큼했다.

"의사 선생님요. 울 엄마 병 고치게요."

제 어미를 닮아 정이 많은 아이…… . 정연은 발그레한 홍자의 뺨을 어루만지며 말했다.

"그래, 홍자는 아직 어리니까 무엇이든 될 수 있어. 마음속에 꿈을 키우면서 그 일을 위해 열심히 노력하면 홍자가 되고 싶은 무엇이든 될 수 있어. 하느님은 누구에게나 공평한 시간을 주시는데 그 시간을 잘 사용해야 해. 시간은 한번 지나면 다시 돌아오지 않아."

"네에…… ."

홍자는 아주 진지한 얼굴로 정연의 말을 들었다. 반짝거리는 두 눈이 정연의 마음을 아주 흡족하게 했다. 정혜의 얼굴이 떠올랐다. 가슴이 또 아파 왔다.

달아나버린 시간에의 그리움…… . 정혜가 뒤늦게 그걸 느낀 것일까?

"한번 가버린 시간은 오지 않아."

"엄마도 그런 말을 했어요."

"그리고 무슨 일을 하든 마음을 굳게 먹어야 해. 어떤 일을 하는 데는 많은 장애가 따르기 마련이거든. 여자라고 해서 주저앉아 버리면 아무것도 이룰 수 없어."

정연은 그 말을 하면서도 스스로 실소를 금치 못했다. 어린아이에게 알아듣지도 못할 말을 하고 있다니. 그 애는 겨우 일곱 살인데. 어쩜 스스로에게 거는 주문이 아닐까 싶었다.

"난 엄마를 위해 일할 거예요. 불쌍한 우리 엄마를 위해서요."

아이의 눈빛에서 생기가 돌아나고 있었다.

자신감, 삶에 대한 당당한 자신감. 늘 구박 덩어리로, 환영받지 못한 생명으로 자라온 아이에게 새로운 싹이 트고 있었다. 정연은 그런 홍자의 모습을 보는 게 즐거웠다. 막 싹을 틔운, 무한한 가능성을 가진 새싹을 보고 있는 것 같아 마음이 흡족했다. 늘 짓눌린 듯한 기분에서도 헤어난 느낌이었다.

정연은 홍자의 손을 다시 힘주어 잡았다.

저만치로 요양원 뜰이 보였다. 매운바람은 여전한데, 하늘 끝에서 언뜻 포실포실한 흰 눈송이가 날리는 것 같았다.

"아, 이모. 저기 엄마가 나와 있어요. 날 기다리나 봐요."

홍자는 요양원 뜰을 서성이는 제 엄마를 발견하고는 미끄러지듯 달음질쳤다. 폴짝거리며 뛰어가는 홍자는 다름 아닌 정혜였다.

눈 내리는 뜨락의 나뭇가지에서 소리 없이 움이 트고 있었다.

그녀의 초상
肖像

처음부터 그 일에 끼어들 생각은 아니었다. 하지만 인생은 언제나 생각했던 대로 펼쳐지지 않았다. 성실하게, 최선을 다해 살자는 나의 인생관은 비교적 건실하고 평온한 일상을 마련해 주는 듯했으나 비탈길이 시작되자 나의 의지와는 상관없이 무너져 내리기 시작했다. 마치 숨어 있던 복병이 불쑥 튀어나와 뒷덜미를 낚아채듯, 그렇게 모든 일은 감당할 수 없을 만큼 엉망이 되었다. 결국, 나이 마흔다섯에 실직자가 됐고 그래서 내 인생은 미래를 이야기할 수 없는 지경에까지 이르렀다. 무엇을 하든 결과는 만족스럽지 못했고.

나는 한동안 물속에 빠진 듯 허우적거렸다. 그러다 다시 무슨 일이라도 해야겠다고 생각하던 차에 그 일이 걸려든 것이다.

감색 원피스를 입고 파마머리를 한 여자가 내 앞을 지나가자 나는 그녀를 뒤따랐다.

그녀에게서는 고급향수 냄새가 났다.

나는 안경을 고쳐 썼다. 조금 더 선명해진 세상이 눈앞에 펼쳐졌다. 상수가 내밀던 사진 속의 여자가 분명했다.

나는 모자를 눌러 썼다.

하이힐을 신고 약간 뒤뚱거리는 걸음을 걷던 여자는 한 건물로 들어갔다. 나도 따라 들어갔다. 여자는 엘리베이터 앞에서 멈추었다. 동그스름한 얼굴에 보글보글한 파마머리를 한, 어디서나 볼 수 있을 듯한 40대 중년 여인. 특별히 예쁘다거나 날씬하지도 않은, 혹은 매력적이지도 않은, 그저 그런 여자. 오히려 정직하고 건강하며 생활력이 강해 보이는 인상의 여자였다.

"미친놈."

나는 상수의 얼굴을 떠올리며 혼자 중얼거렸다.

저만치에서 남자가 다가오며 여자에게 손을 흔들었다. 엘리베이터 앞에 선 여자가 다가온 남자의 손을 잡고 가볍게 흔들었다. 생글생글 웃는 얼굴에 살짝 패는 보조개가 귀여웠다. 남자도 반가운 표정으로 여자의 손을 마주 잡았다. 나는 어깨에 멘 카메라를 만지작거렸다. 긴장을 해서인지 가슴이 쿵덕쿵덕 뛰었다. 마치, 아내 수연이를 처음 만나던 때처럼.

그러나 이번 경우는 수연이를 만날 때처럼 뛰어서는 안 되는 일이었다. 내가 할 일은 감정을 소모할 일이 아니기 때문이다.

나는 그녀가 눈치채지 못하게 적당한 거리를 두고 뒤따랐다.

남자는 엘리베이터가 멈추자 얼른 여자의 손을 잡고 탔다. 나도 그들의 시선을 피한 채 모자를 눌러 쓰고 탔다.

8층에서 여자와 남자는 내렸다. 나도 따라 내렸다. 나는 그들이 들어서는 음식점 상호를 흘낏 보고는 그 자리를 지나쳤다. 그냥 우연히 지나친 타인들처럼.

　나는 하릴없이 8층 식당가를 한 바퀴 돌았다. 무얼 먹을지 고민하는 남자처럼 이곳저곳 기웃거렸다.

　한식집에는 중년 여인이 오글오글했다. 여자들은 말을 못해 안달이 난 것처럼 끊임없이 떠들고 웃어댔다. 그런 모습에 멀미가 날 것 같았다.

　중국집에서는 고소한 자장면 냄새가 났다. 후루룩후루룩 소리도 들렸다.

　시커면 자장을 묻힌 꼬마가 혀로 입 주위를 핥았다. 어린 시절 처음으로 자장면 먹던 때를 생각하니 입안에 침이 절로 고였다.

　이리저리 서성거리다가 나는 마침내 그들이 들어간 레스토랑으로 들어섰다.

　몰디브. 푸르고 맑은 바다가 출렁거렸다. 아내가 가고 싶어 하는 바다였다. 아, 몰디브 가고 싶어. 그 말을 할 때 아내는 꿈꾸는 소녀 같았다.

　아내는 현실감이 없는 여자다. 늘 몽상에 빠져 사는 여자.

　아내는 저 자신의 외모가 아주 특별하다고 생각하는 여자다. 사실 이쁘긴 하다. 그렇지만 그렇게 '빽' 가게 예쁘지는 않다. 문제는 거기 있었다. 실제 제 인물을 과대평가하여서 아내는 불행한 여자가 되었다.

나는 그녀를 만나서 불행한 남자가 되었다. 하지만 아내와 나는 이혼도 하지 않고 아직 잘 살고 있다.

아내가 노래하는 그 바다에 아내는 갈 수 없을 것이다. 내가 아내에게 줄 돈이 없으니까. 하지만 아내는 갈 궁리를 하고 있을지도 모른다. 어쩜 간간이 알바를 하는 것이 딸애의 학비를 보태려는 이유 말고도 다른 이유가 있을지 모른다. 한집에 살기는 하되 가능한 한 서로 말을 섞지 않는 부부.

이미 남남처럼 돼버린 아내는 요즘 눈빛도 섞지 않았다. 하긴 말도 안 섞는데 눈빛이야 말해 무엇하랴.

나는 그런 아내에 대해서 늘 서운했다. 하지만 그걸 말로 표현하지는 않았다.

나는 바다가 보이는 쪽으로 자리를 잡았다. 그가 보이는 것은 물론 그와 함께 앉은 여자의 등도 보였다. 여자의 얼굴이 보이지는 않지만, 여자도 행복한 표정을 짓고 있을 것이다. 남자의 표정이 그 거울이므로.

남자는 허허 웃으며 간간히 고기를 썰었다. 그리고 입안 가득 고기를 넣고 꼭꼭 씹었다. 은은한 조명이 비치는 한쪽 벽면에 몰디브 바다가 출렁거렸다. 둘은 몰디브를 배경으로 한 폭의 풍경처럼 보였다. 나는 카메라를 꺼내 그 풍경을 찍었다. 여자가 셔터 소리에 놀라 뒤를 돌아보았다. 동글동글한 인상이 성실해 보였다. 남자가 인상을 쓰며 나를 향해 손짓했다. 각오한 바다. 나는 냉큼 일어나 남자 앞으로 다가갔다.

"왜 허락도 없이 사진을 찍는 거요?"

남자의 목소리는 조금 딱딱했다.

"아, 죄송합니다. 바다 사진이 너무 좋아서 그만……. 두 분을 찍을 생각은 아니었어요. 지울까요?"

나는 고개를 숙이며 예의 바르게 행동했다.

남자가 잠시 여자를 바라보더니 너그러운 표정으로 웃어 보였다. 몰디브 바다는 여전히 푸르렀다. 테이블 위에 놓인 접시에는 적당히 먹은 음식들이, 마치 정사가 끝난 침대처럼 너저분했다. 남자가 말했다.

"언제 시간 낼 수 있어?

마치, 정사를 끝내고 어땠어? 하고 묻는 것 같았다.

"글쎄요."

여자는 망설였다.

"다음 주 금요일쯤 맞춰 봐요. 나도 일정을 그리 잡을 테니까 바닷바람이나 좀 쐽시다."

"그럼 우리 약속한 거는…… 언제 하죠?"

여자의 목소리가 조금 흔들리는 듯했다. 뭘 약속한 걸까?

"그거야 언제든 하면 되는 거고. 다음 주 금요일 시간이나 만들어 봐."

반말을 했다가 존대를 했다가 하는 남자의 말투가 불안한 그들의 관계처럼 느껴졌다. 여자가 한참 생각하다가 마지못해 고개를 끄덕거렸다.

순간, 바보 같은 의문이 들었다. 그들이 혹시라도 사랑하는 것일까?

아내를 처음 만났을 때 나는 마치 얼빠진 놈 같았다. 그녀의 웃음에 온몸이 녹아내린다는 것이 어떤 감정인지 알 것 같았다.

나는 기꺼이 그녀의 기사가 되었다. 그녀는 나를 왕자처럼 우러렀다.

월급은 그녀의 선물을 사는 돈이 되었으므로 매달 꼬박꼬박 시골집으로 부치던 어머니의 생활비는 자연스럽게 끊어졌다. 어머니도 그에 대해서 할 말이 없을 터다. 아내를 소개한 것이 어머니였기 때문이다.

"읍내 미진 식당 딸내미가 너 있는 도시에 있다더라. 우연히 얘기가 나와서 니 얘기를 했더니 선을 한번 보게 하자는구나. 요즘 세상에 둘이 만나보고 싫으면 그뿐이니 큰 부담 갖지 말고 한번 만나봐라."

더듬더듬 쳤을 어머니의 문자 위로 그녀의 고운 사진이 첨부돼 있었다. 예뻤다.

하지만 나는 관심이 없었다. 그렇게 예쁜 여자를 다른 남자들이 그냥 두었을 리 없다는 생각 때문이었다.

대기업 하청업체에 다니고 있던 나는 사실 여자나 만나며 노닥거릴 만큼 넉넉한 형편이 아니었다. 하지만 나를 장가보내는 일이 가장 큰 목표였던 어머니는 달랐다.

일주일 만에 어머니에게서 또 문자가 왔다.

"왜 답이 없냐? 미진 식당 최 여사가 이번 일요일 만나자는구나. 괜찮지?"

미진식당 최 여사가 그렇게 몸달아 하는 데는 어머니의 '뻥'이 작용했을 것이다. 아들이 대기업 다닌다고 허풍을 떨었을 게 뻔하다. 그렇지만 그건 어머니 잘못만도 아니다. 하도 회사 구경을 하고 싶다고 해서 일요일 특근 때 대기업 정문으로 어머니를 모신 적이 있기 때문이다.

대기업 정문 안에 있으면 다 대기업이다. 어머니의 생각은 그럴 것이다. 나 또한 굳이 하청업체에 다닌다고 어머니께 말한 적도 없었으므로 어머니의 '뻥'만은 아닌 것이다. 모든 어머니들이 그러하듯, 어머니에게도 나는 세상에 둘도 없는 귀한 아들이었다.

커피숍에서 여자를 만났다. 나도 잔뜩 멋을 부리고 나갔다. 슬쩍 기대를 하기는 했지만, 여자는 기대 이상이었다. 핸드폰으로 온 사진을 보고 당연히 보정처리를 한 사진이려니 여겼는데, 그녀는 진짜로 예뻤다. 순간, 의심이 들었다. 저런 외모에 아직 애인이 없을 리 없지. 헤어졌나?

그런데 여자가 먼저 나를 알은체했다.

"오빠를 알고 있었어요."

"나, 나를 안다구요?"

"고등학교 다닐 때 오빠 시를 본 적이 있거든요."

"시, 시? 시이?"

'시'라는 단어가 생뚱하게 느껴졌다. 당황한 건 나였다.

혼자서 마음 쏟았던 문학도의 길이 꾸불텅꾸불텅 떠올랐다.

가난한 집안의 장남이 할 수 있는 일이 아니었다. 아니, 하면 안되는 거였다. 그래서 포기하고 공대에 갔다. 밥벌이를 한다는 것은 내가 생각한 확실한 효도방법이었다. 현실에 착실하게 뿌리박고 살고 있던 공돌이의 꿈이 그녀의 말 한마디에 풀썩 먼지를 털며 일어섰다.

"네, 시민백일장 갔을 때 오빠는 장원하고 나는 입선했어요."

"그, 그래? 그랬구나."

그녀에 대한 의문과 경계심은 눈 녹듯 사라지고 내 가슴은 쿵덕쿵덕 방망이질 치기 시작했다.

"그때 오빠가 넘 멋있었거든요."

세상에 이런, 이다.

"그, 그랬어?"

나는 어느 사이 그녀에게 말을 놓았고 조금은 건방진 폼으로 그녀를 바라봤다.

"엄마가 괜찮은 총각이 있다고 선을 보라는데 알고 보니 오빠더라구요. 눈이 번쩍 띄던걸요."

나도 그랬다. 눈이 번쩍!

"그런데 오빠는 아직 애인 없어요? 아님 연애에 실패했나?"

내가 묻고 싶은 것을 그녀가 묻고 있었다. 나는 그냥 멋쩍게 웃었다.

"공대 갔다는 소식까지는 들었는데……. 아깝다는 생각 했었어요."

여자가 그윽한 눈길로 나를 바라보았다. 아랫도리가 묵직해졌다.

"아깝긴 뭘……. 너는 뭘 했어?"

"그때 자극받아서 저는 국문과 갔어요."

"아, 그랬구나. 등단했어?"

나는 어느새 그녀를 오래 만나온 것처럼 편안하게 대했다.

"저요? 아니요. 등단은 그냥 꿈이었죠, 뭐."

그녀는 부끄러운 듯 고개를 꼬며 배실배실 웃었다.

"응, 그랬구나. 지금은?"

나는 그녀 쪽으로 의자를 당겨 앉으며 예쁜 여자아이의 주위를 떠나기 싫은 꼬마처럼 굴었다.

그녀의 눈을 삼킬 듯 바라보았다.

"놀아요. 가끔 알바 하고."

"알바? 무슨 알바?"

"행사 알바요. 왜 있잖아요, 긴 장화 같은 거 신고 춤추면서 홍보하는 거……."

그녀는 내 시선을 피하며 또 웃었다. 자신이 하는 일에 대한 자부심이나 자신감이 없어 보였다. 그러나 웃을 때 살짝 고개를 숙이는 모습은 모든 것을 부질없게 만들 만큼 사랑스러웠다. 나는 갑자기 용기가 생겼다. 그녀 앞에서 우쭐해져서는 가장 좋아하는 시를 외웠다.

"내 그대를 생각함은 항상 그대가 앉아있는 배경에서 해가
지고 바람이 부는 일처럼 사소한 일일 것이나……."

모처럼 저음으로 내뱉는 내 목소리에 여자의 눈이 바르르 떨렸다. 한참을 취한 듯 바라보던 그녀가 나직나직한 목소리로 화답했다.

"언젠가 그대가 한없이 외로운 속을 헤매일 때에 오랫동안 전해오던 그 사소함으로 그대를 불러보리라."

그녀의 목소리가 달콤하기 그지없었다. 여자와 나는 서로의 눈을 바라보았다. 말이 필요 없었다. 완성의 순간이었다. 순간의 완성이었다.

"알아봤어?"

상수는 나를 보자마자 다그쳤다. 나는 자신 있게 고개를 끄덕였다.

그동안 그녀를 따라다니며 몰래 찍은 사진을 내밀었다. 사진을 살펴보는 상수의 눈에 불꽃이 일었다. 나는 후회하기 시작했다. 아무리 형편이 어렵다지만 친구 아내의 불륜을 캐내는 일로 돈을 벌어야 하는 현실이 부끄러웠다. 하지만 어쩔 수 없다. 무슨 일이라도 해야 하는 처지에 그 일이 우연히 걸려들었을 뿐이다. 그 일은 직업적으로 오래 할 일도 아니지 않은가. 단 일회성. 한 번만 하면

끝나는 일이야.

나는 자신을 위로했다.

상수는 진짜 대기업 직원이었다. 나는 대기업 하청업체 직원이고. 그마저 '잘렸으니까' 상수가 더욱 대단해 보였다. 조선업계의 불황이 끝이 안 보인다는 말을 들었을 때도 남의 이야기처럼 여겼다. 내가 '잘리기' 전까진 실감할 수 없는 일이었다.

같은 대학을 나왔지만, 상수는 아직 잘 버텨내고 있다. 대기업 직원과 하청업체 직원의 차이는 하늘과 땅 만큼의 차이였다.

그것만으로도 상수와 나는 다른 부류였다.

"이년이!"

상수의 입에서 거친 욕이 터져 나왔다.

나는 상수의 얼굴을 한번 쳐다보다가 한숨을 내쉬었다.

"이건 사진일 뿐이야. 제수씨 이야기도 들어봐야지."

사진은 사실 쇼킹하지도 않았다. 그저 남자를 만나 밥 먹고 이야기하고 뭐 그런 정도였다. 모텔 앞에서 찍힌 사진이 있긴 하지만 그것만으로 불륜으로 몰아갈 수는 없는 것 아닌가.

"이 새끼야, 니 마누라 일 아니라고 그렇게 얘기하지 마! 이 사진 봐라. 이 앞에서 정상회담할 일이 있냐? 척하면 척이지."

"혹시 알아? 모텔 건물주가 보험을 들려고 불렀는지."

"이 새끼야, 사진 속 인물이 니 마누라라도 그런 소리 할 수 있어?"

상수는 씩씩대며 두 주먹으로 다탁(茶卓)을 내리쳤다. 얼마나 세게 쳤는지 컵에 담긴 물이 울컥 쏟아졌다.

상수의 아내는 보험회사에 다닌다고 했다. 친정을 도와야 하는
처지라 일을 할 수밖에 없다던가. 상수의 월급을 축내지 않는 선에
서 자신이 번 돈으로 친정을 돕는 상수의 처는 그래서 당당하다고
했다.

상수 처가 변한 건 보험회사에 나가고 난 후부터라는데 상수는
아내의 불륜을 의심하고 있는 거였다. 생각했던 것보다 실적이 좋
아서 보험회사에서 여왕인가 뭔가 하는 것도 해 봤다고 했다. 그건
상수도 생각지 못했던 것이었다.

사실 상수는 제 아내를 은근슬쩍 무시하는 발언을 종종 했다.
그러던 것이, 굼벵이도 구르는 재주 있다더니, 라는 말로 제 아내
의 능력을 가끔씩 슬쩍슬쩍 자랑하곤 했었다.

나는 그녀를 실제로 본 적은 없었다. 친구라 하지만 너무 다른
성격 때문에 친하게 지내지도 않았고 전공도 달랐다. 상수가 내민
사진에서 환하게 웃고 있는 여자를 보았을 뿐이다. 그래서 들키지
않고 사진을 찍을 수 있었던 것 같다.

그녀가 만나는 남자는 번번이 달랐다. 당연한 것이, 영업을 하
자면 사람을 만나야 하고 경제력이 있는 남자가 많을 것은 뻔한 일
이다.

이번 일은 내가 생각하기에 상수가 과민반응을 하는 것 같았다.
만난다는 남자가 '몰디브'에서 만난 남자가 아닐까 하는 생각도 했

지만, 남자를 만난다고 해서 불륜이라고 몰아갈 수는 없는 거였다.

사실 사진은 모텔 앞에서 남자와 이야기를 하는 장면을 찍었을 뿐, 그들이 모텔로 들어가는 걸 본 건 아니었다.

"이 새끼야, 찍을려면 확실한 증거를 찍어와야지, 이게 뭐냐!"

상수가 내가 찍어다 준 사진을 거칠게 내던졌다. 상수는 이제 나를 탓하고 있었다. 자존심이 확 상했지만 참아야 했다. 그는 갑이고 나는 을이니까.

상수가 씩씩대다가 한참 나를 노려보더니 휴대폰을 꾹꾹 누르기 시작했다.

"야, 너 요즘 뭐하냐? 논다고? 나 좀 만나자."

누굴까, 누굴 부르는 것일까. 하지만 물어볼 수도 없다. 이미 화를 내는 상수에게서 나는 아웃된 거니까.

"찌질한 새끼. 뭐 하나 똑 떨어지게 하는 게 없어. 그러니까 짤렸지."

툭, 내 앞에 떨어지는 하얀 봉투. 친구 아내를 몰래 찍은 대가다. 내가 잘린 후로 일거리를 챙겨준 친구가 상수다. 3개월 다니다 그만두긴 했지만 그래도 내 재취업도 주선해 준 고마운 친구다.

그 다음 일은 그 녀석 마누라 뒤 캐기였다. 그런데 그가 방금 나를 잘랐다. '그러니까 짤렸지' 하는 비수를 꽂고서.

나는 구겨진 휴지처럼 고개를 푹 숙이고 앉아 손가락만 만지작거렸다.

아내는 휴대폰으로 사진 찍기를 좋아했다. 좋아하는 정도가 아니라 눈만 뜨면 하는 짓이 사진 찍기일 정도로 도가 지나쳤다. 그래도 뭐라고 하지도 못했다. 돈이 드냐, 당신한테 피해를 주냐, 왜 안 된다는 거냐고 물을 때는 사실 할 말이 없었다.

13평짜리 아파트 전세로 시작한 살림은 나름 행복했다. 결혼식을 3개월이나 앞두고 살림을 차렸을 만큼 나나 아내나 서로에 대해 뜨거웠고 사랑했다.

아내의 습벽에 가까운 사진 찍기를 처음엔 그러려니 했다. 요즘 모두 그렇잖아. 그저 그런 자신의 외모를 뽀샵 처리해서 대단한 미인이기라도 한 것처럼 구는 여자들.

하긴 그걸로 위안 삼고 즐겁다면 우울한 현실의 돌파구가 될 수도 있잖아. 다들 나르시스가 되는 거지. 그래서 아내가 밉지 않았다. 더구나 그녀는 예쁘지 않은가.

언제부터인가 '셀카봉'이라는 요상한 물건을 들고 다니면서 아내는 사진 찍는 일에 더욱 열을 올렸다. 언제부터인가, 라고 말을 했지만, 정확히 말해서 딸아이를 유학 보낸 이후부터일 것이다.

미국에 있는 처형이 맡아준다는 조건으로 딸아이가 떠난 후부터 아내의 사진 찍기가 더 심해진 것 같았다. 너무 허전해서 그럴 거라고 생각했다.

중학교에 다니던 딸아이도 제 어미의 행동을 똑같이 따라 하고 있었다. 판박이 같은 모녀는 모델이 되고 싶은 똑같은 꿈을 꾸고 있었다.

딸애가 미국으로 떠난 후 아내는 작은 방을 자물쇠로 굳게 잠가 놓았다. 그 역시 딸의 흔적이 너무 그리워서일 거라고 생각했다.

재취업한 회사에서 '잘리던' 날, 나는 뜬금없이 아내에게 카메라를 한 대 사야겠다고 말했다. 자신의 얼굴을 셀카로 찍던 아내가 의문이 가득 담긴 눈길로 물었다.

"왜?"

"그냥."

아내가 픽 웃었다. 나는 그런 아내의 행동에 화가 났다. 반발하듯 카메라를 샀음은 물론이다. 300만 원이 넘는 카메라를 앞에 두고 히죽거리는 나를 보고 아내가 물었다.

"왜 그래요? 뭣 땜에 카메라를 사요?"

"시를 쓰려고."

"예? 뭘 해요?"

아내의 동공이 커지면서 눈이 바르르 떨렸다.

"시를 쓸 거라고. 그래서 영감을 얻기 위해 사진을 찍을 거라고. 왜, 언제는 멋있다더니?"

아내는 여전히 픽 웃었다. 언제부터인지 아내의 웃음에서 냉소적인 게 느껴졌다.

나는 아내에게 물었다.

"그러는 당신은 왜 사진을 그리 찍어대는 거야?"

돌아오는 대답이 너무도 간결했다.

"당신 때문에."

그런데 그 말이 왠지 원망처럼 들렸다. 난 아무 짓도 하지 않았는데. 내가 시 쓰는 걸 멋있게 보고 좋아했던 건 저였으면서. 하지만 대놓고 그런 말을 할 수도 없었다.

회사에서 잘린 지 2년 만에 집을 팔았다. 시내에서 조금 더 멀어진 허름한 아파트였다. 곶감 빼먹듯, 아파트를 팔아 남은 돈은 생활비로, 딸의 학비로, 모래알처럼 빠져나가 버렸다. 아내가 몹시 우울해 할 줄 알았는데 다행히 아내는 별로 달라지지 않았다. 화도 내지 않았다. 한숨을 쉬지도 않았다. 나는 아내가 현실을 잘 견디어가고 있는 것이라 믿었다. 그것이 나에 대한 기대를 거둬들였기 때문이라는 걸 미처 몰랐다.

두 번이나 회사에서 잘린 일로 나는 오래도록 반항하고 있었는지 모르겠다. 그래서 나 외에는 아무것도 보이지 않았는지 모르겠다.

사실 내가 왜 그렇게 카메라를 고집하는 건지 나 자신도 잘 알 수 없었다. 뭔가에 정신을 팔기 위해 붙잡은 것이 카메라고 즉시즉시 확인할 수 있는 피사체에 대한 매력에 빠져들었던 건 아닌가 하는 생각도 들었다.

사진에 관한 책을 사서 읽고, 사진 잘 찍는 방법도 배우고, 또 그것을 실습하는 일로 나는 바빴다. '사진은 정확하고 지적이며 과학적으로 사물을 바라볼 수 있게 해주는 진정으로 새로운 방법'이라고 생각한 에드워드 웨스턴의 말을 공감하며 그의 사진에 빠져들었고, 헤롤드 에저튼의 〈왕관 모양이 된 우유 방울〉 같은 예술성 높은 사진을 찍고 싶다는 열망까지 품었다. 그런 행동은 존재감 박탈에 대한 반항, 뭐 그런 것일 수도 있었다.

"미쳤군."

아내의 말은 그 한마디였다. 그 말 한마디 하고는 또 사진 찍는 일에 열중했다. 카메라만 보면 마치 마네킹처럼 웃는 모습은 일종의 강박처럼 느껴졌다.

사진 찍는 일에 미친 것은 아내나 나나 다르지 않았다. 굳이 다른 점이 있다면 나는 남의 사진을 찍고, 아내는 자신의 사진을 찍는다는 차이 정도였다.

아침이면 출근하듯 집을 나섰다. 갑자기 되살아난 시인에의 꿈이 공원을 돌며 많은 사진을 찍게 만들었다. 머릿속에는 왕관 모양 위에 튀어 오른 우유 방울이 적막한 밤하늘에 고고하게 떠 있는 달처럼 보였다. 아니 아내의 모습처럼 여겨졌다. 그 사진을 보며 〈달〉이라는 시답잖은 시를 쓰기도 했다.

어두운 세상을 환히 비추는 너는 오늘도 고고한 숨결을 내뿜는구나, 어쩌구저쩌구 하면서.

나는 열망을 품은 채 하루 종일 공원 구석구석을 돌아다니며 사진을 찍었다. 마치 그날의 순간순간이 시가 되기라도 할 듯이. 나무 칠이 벗겨진 의자에서 이야기를 나누는 노인들, 아기를 데리고 여유롭게 걷는 아낙네, 어지간히 다정해 보이는 연인들, 푸르러가는 나무와 바람에 흔들리는 잎새들, 까닭 없이 지저귀는 산새들, 더위를 식힐 듯이 힘차게 솟구치는 분수의 물줄기······. 그 모든 것이 시의 소재가 되고 그 까닭이라도 되는 듯이 사진을 찍어댔다. 하지만 시는 그리 쉽게 완성되지 않았다. 헤롤드 에저튼의 사진 같은 사진도 찍을 수 없었다. 그러다 상수의 일거리를 맡아서 핑곗거리를 만들었었다. 그런데 상수에게서 사진을 그만 찍으라는 통고를 받고서 나는 새로운 욕심 하나를 떠올렸다. 암실! 암실이 필요해. 그래, 암실이 있어야 해. 그래야 예술성 있는 사진을 찍을 수 있어.

나는 굳게 잠겨 있던 작은 방을 떠올렸다. 그 방을 암실로 만드는 거야.

나는 또 다른 희망을 본 듯해서 기분이 좋아졌다. 심드렁한 기분이 사라져서 발걸음도 가벼웠다.

"너한테 확인시킬 게 있다. 좀 보자."

상수에게서 전화가 온 건 며칠 후였다. 다짜고짜 저녁에 보자고 하는 상수의 태도가 좀 불편했다. 하지만 혹시라도 어디 취직자리 나면 알아봐 달라고 부탁을 한 처지라서 마지못해 약속장소로 나갔다. 만나는 장소가 술집이면 좋으련만 환한 알전구가 눈부신 찻집이어서 그것도 불편했다. 커피 한 잔 시켜놓고 나를 바라보는 상수의 눈빛이 수상했다.

"너, 혹시?"

상수가 나를 바라보며 고개를 갸웃했다.

"혹시 뭐?"

"…… 니 와이프 뭐하냐?"

상수가 나를 바라보며 한참을 뜸 들이다가 불쑥 물었다.

"우리 마누라? 집에서 놀고먹는 공주잖아."

나는 어느새 아내를 빈정거리는 사내가 돼 있었다.

"맞지? 아무것도 안 하지?"

"사진은 찍지. 하루 종일."

"그게 아니고, 일을 한다든가 뭐……."

"일은 무슨. 간간이 알바를 하긴 하는 모양인데 말 그대로 알바지. 며칠 전에도 화장품 행사 알바했다던데?"

나는 둘 다 기죽은 꼴을 보이고 싶지 않아 일부러 넉넉한 미소를 지으며 목소리 톤을 조금 높였다.

"음. 그럼 이건 뭐지?"

상수가 사진 한 장을 내밀었다. 나는 사진을 들여다봤다. 상수의 아내가 어떤 남자와 모텔 앞에 서 있는 사진이었다. 내가 찍었던 남자는 아니었다.

"너 말고 사진 전공한 친구한테 집사람 뒤 좀 캐라고 부탁했는데 그놈이 이 사진을 찍어왔어."

상수의 말에 조금 서운한 생각이 들었다. 미친 놈, 나를 못 믿어서 사진 전공한 놈을 썼다? 내가 보기에 문제는 니 마누라가 아니라 니 놈이 의처증인 거 같구만.

나는 그런 말을 삼키며 내 표정을 숨기기 위해 사진에다 코를 박았다.

"내가 찍었던 사진이랑 다른 게 없잖아."

나는 약간 서운한 감정을 섞어 까칠하게 말했다.

"아니, 자세히 봐봐. 그 뒤에 있는 여자…… 니 마누라 아니냐?"

상수의 말에 마시지도 않은 술이 확 깨는 기분이었다. 나는 눈을 크게 뜨고 사진을 뚫어질 듯이 노려봤다. 오오, 맙소사, 내 아내가, 모텔 입구에서, 어떤 사내의 품에 안긴 채 서 있는 게 아닌가. 설명이 필요 없는 사진이었다. 손이 벌벌 떨렸다.

"니 와이프 찍힌 건 우연인데, 이게 뭔 일이냐? 요조숙녀인 니 와이프가……. 아무래도 알려줘야 할 것 같아서……."

나는 상수의 말을 더 듣고 있을 자신이 없었다.

벌떡 일어나 그 사진을 움켜쥐고 집으로 내달았다.

그것은 조작될 수 있는 사진이 아니었다. 조작할 이유도 없는 것이었다. 우연히 들킨 진실이다. 갈증 어린 눈으로 남자를 쳐다보던 아내의 눈은 진정 무엇을 보고 있었던 것일까.

당연히 집안에 아내는 없었다. 텅 빈 집은 사람의 온기조차 없었던 집처럼 허물어지기 시작했다. 나는 급히 망치를 찾아 작은 방 자물쇠를 내리치기 시작했다. 마치 아내가 거기 숨어 있는 듯이. 정신없이 망치를 내려쳐서 자물쇠를 부수어 작은 방을 열고 난 후 나는 또 놀라서 입을 다물 수 없었다.

나는 그 자리에 무너지듯 주저앉았다.

한 번 둑이 무너진 후에는 이상하리만치 침착했다. 주차장으로 가서 내 차의 블랙박스를 확인했고 경비실에서 CCTV도 확인했다. 또 아파트로 들어오는 골목 입구의 CCTV도 확인했다. 그새 무슨 소문이 돌았는지 경비가 어정쩡한 자세로 나를 바라보며 말했다.

"아까 형사들이 왔다 갔어요. 그 남자 잡았다고, 예쁜 아줌마들 꼬드겨서 주부 모델 시켜 준다고 사기 치고 다닌 놈이라대요."

골목에서, 혹은 주차장에서 아내를 흔들리게 한 남자는 멀끔하게 잘 생긴 남자였다. 큰 키에 준수한 외모가 여자라면 누구나 빠져들 만한 인물이었다.

그 남자는 작은방에도 더덕더덕 붙어 있었다.

작은 방에는 그와 아내가 가득했다. 여러 가지 표정으로 웃고 있는 아내는 분명 행복한 표정이었고 에로틱했다. 그 표정은 행복의 전달자 기능도 충분했다. 얼핏 에드워드 웨스턴의 〈피망 No. 30〉이 떠올랐다. 감추는 남녀의 에로틱 사진보다 피망 표면에 기름을 바르고 근접 촬영하여 다 드러낸 피망의 모습이 더 에로틱하다고 느꼈던 사진, 그 사진에서 받았던 충격만큼 작은 방 속의 아내는 충격적이었다. 그것이 나를 아프게 했다.

아내의 사진이 가득한 그 방은 내가 들어설 수 없는 금단의 방이었다. 딸애가 쓰던 책상에 흩어져 있는 수많은 명함과 반짝이가 붙어있는 무대용 옷도 여러 벌 있었다. 아내의 고운 미소가 눈앞에 어른거렸다. 나는 아내가 〈피망 No. 30〉보다는 〈왕관 모양이 된 우유 방울〉이기를 바랐다.

아내가 사라진 것은 불과 이틀 전. 지방에 사는 언니네 다녀온 다고 했었다. 종종 언니네 가는 걸 허락했다. 직업도 없는 남자를 남편이랍시고 공손히 떠받들어주는 게 고마워서 아내가 원하는 것이면 대체로 들어주는 편이었다. 그런데 이게 뭔 일인가.

폭풍 같은 바람이 지나고 나서 나는 작은방에서 들어가 앉았다. 깊은 호흡을 하고 마음을 비웠다. 눈물이 그득한 애처로운 모습의 아내가 떠올랐다. 아내를…… 아내를 쉽게 용서할 수는 없지만, 쉽지는 않겠지만…… 당장 어떤 결정을 내리지는 않기로 했다. 어쩜 용서받아야 할 사람은 나인지도 모른다.

한 가정의 가장으로서 재취업할 노력도 하지 않는 남자를 그녀는 견뎌주었다. 가장의 의무를 유기하고 빈둥빈둥 시간을 축낸 인간이 나였다. 그래서 내가 보지 못한 아내의 그늘을 덮어주고 싶었다. 갈증 어린 눈빛을 덮어주고 싶었다. 내게는 〈왕관 모양이 된 우유 방울〉인 그녀…….

가슴을 드러낸 채 환하게 웃고 있는, 아직도 여전히 예쁜 아내의 몸은 작은 방 한구석에 〈피망 No. 30〉처럼 걸려 있었다.

나는 그 사진을 떼어내어 책상 서랍 속에 넣었다. 비로소 벌거벗은 아내의 몸이 가려진 듯했다. 예쁘다는 찬사를 받는 그녀가 욕심낸, 주부 모델이라는 함정에 빠져서 앞뒤 옆 구분 못 하고 이끌려간 죄. 끝없이 저 자신에 대해 암시를 걸고 저만치 먼 나라에 있는 백설공주가 되려는 욕망이 어찌 아내의 잘못이기만 하였겠는가. 함초롬히 눈을 내리깔고 고요하고 아름답던 나의 여자. 내게는 아직도 〈왕관 모양의 우유 방울〉인 그녀…….

　나는 어둠이 내려앉는 밖으로 나왔다. 혹시라도 그녀가 오지 않을까 하여.

　"나는 아저씨도 아는 줄 알았어요. 카메라를 메고 다니기에 아저씨도 같은 일 하는 사람인 줄 알았어요."

　통로에서 만난 동 대표 아줌마가 아는 체를 하며 신산한 마음에 말을 보탰다.

　어쩜 아파트를 옮긴 것이 잘못이었을까. 아님 카메라를 메고 유유자적한 척한 것이 잘못이었을까. 취업을 하지 못한 게 잘못이었을까, 그도 아님 아내를 단속하지 못한 것이 잘못이었을까…….

　그런 생각을 하며 아파트 주변 산책길을 서너 시간이나 서성거렸다.

　나지막한 뒷동산에서 슬그머니 달이 떠올랐다. 얼룩진 달의 표면이 왠지 우울한 여인의 얼굴 같았다.

　한참이나 달을 올려다보다 나는 다시 집으로 돌아왔다. 온 집안에 불을 환하게 켜두고 나는 아내의 사진을 오래도록 들여다보았다. 그녀는 아직도 여전히 웃고 있었다. ♣

소녀에게

오늘도 바람이 부는구나. 어제도 불던 바람이 아직 잠들지 않았다. 입춘이 지났다고는 하지만 아직 바람이 차다. 황사까지 겹쳐서 세상은 온통 뿌옇다. 멀리 보이는 고층 빌딩들이 신기루처럼 아련하다.

너는 바람을 맞고도 의연하게 서 있구나. 마음 따뜻한 누군가 너의 손에 끼워준 장갑과 허전한 목을 감싼 목도리가 그나마 너를 덜 추워 보이게 하는구나.

나는 너를 찾아 한참을 헤맸다. 지리에 어두운 탓에 주소를 들고도 잘 찾지 못하는데 이름도 없는 너를 복잡한 거리에서 찾아내기란 쉬운 일이 아니었다.

네가 서 있는 거리는 몹시 분주한 거리다. 풋사과 같은 여자 대학생들이 밀물처럼 흘러다니는 그 길은 먹을거리와 옷 파는 가게, 커피점, 화장품 가게로 복잡하고 소란하다.

공부하는 일에서 놓여나자마자 여학생들은 마치 대학에 온 목적이 그것이기라도 한 듯이 몰려다니며 젊음을 만끽하고 있다.

네 또래쯤 되었겠지? 아니 너보다 그 애들이 언니일지도 몰라. 그런데 내 생각에는 그 애들이 훨씬 철없어 보인다. 소란하고 밝고 철없기까지 한.

나는 너를 찾기 위해 여자 대학 앞에서 걸음을 멈추었다. 그 여자대학 근처 어디쯤에 네가 있다는 말을 듣고 무작정 찾아간 길이었거든.

여기가 미국의 한 도시는 아닐까 싶게, 골목은 온통 영어로 된 간판들이 즐비했다.

나는 대학교 정문에서 누구에게 물어볼까 망설이다가, 마침 해맑게 웃는 여학생을 발견하고는 다가갔어. 네가 어디쯤 있나 물어볼 생각이었어. 그런데 막상 그 여학생들 앞에 서니 너를 누구라 해야 할지 몰랐어. 그래서 운을 떼듯 물었지.

"이 학교 다녀요?"

"네."

소녀는 맑고 순수해 보였어.

"그건 왜 물어요?"

해맑은 웃음을 짓던 여학생 옆에서 한 여학생이 막아서며 물었어. 제 친구의 의심 없는 답변에 딴지를 걸 생각이었던 것 같았어.

눈 화장을 짙게 하고 붉은 립스틱을 바른 여학생이 나에게 재차 물었어.

"그건 왜 물어요?"

"이 근처 지리를 잘 알겠다 싶어서."

"물어보세요. 근데 그게 이 학교 다니는 거랑 무슨 상관인데요?"

도전적인 여학생의 태도에 마음이 상해서 잠시 머뭇거리다가 내가 다시 물었어.

"이 근처에 나비 소녀가 어디 있나요?"

"나비 소녀? 그게 뭔데요? 커피점이에요?"

해맑은 웃음을 짓던 여학생이 여전히 해맑게 웃으며 물었어.

"커피점이 아니고……."

어설픈 차림에 중년 여인인 내가 자못 의심스럽다는 듯이 빨간 립스틱이 잘라 말했어.

"우린 잘 몰라요. 요 밑에 가면 파출소 있으니까 거기 가서 물어보세요."

그녀의 말을 듣고 잠시 어지러웠어. 모르는 사람이 길을 물으면 조금 친절할 수도 있으련만.

서운한 마음을 누르며 그들에게 고맙다는 인사를 했지만 속으로는 좀 당황스러웠지. 그런데 빨간 립스틱이 제 친구를 챙겨 돌아서며 하는 말이 몹시 거슬렸어.

"가자, 애. 요새 모르는 사람이 묻는다고 아무거나 대답하면 안 돼. 세상이 얼마나 무섭다고."

나는 잠시 망연자실하게 거리에 서 있었어.

그래, 세상이 얼마나 무섭다고. 알지, 나도 알지. 하지만 길을 묻는 사람에게 대답을 안 해 줄 정도는 아니지 않은가.

그때 마침 바람이 불었지. 여대생들이 몸을 웅크린 채 뛰어가기 시작했어. 나는 멀어지는 그녀들을 보며 다시 인상이 부드러운 여학생을 찾아 다시 물었어.

"저, 이 근처에…… 나비 소녀가 어디 있나요?"

"나비 소녀요? 찻집이에요?"

그녀도 나비 소녀를 몰랐어.

"아니요."

"그럼 양품점인가요?"

"이 근처에 있는 동상인데……."

"나비 소녀 동상요? 그런 거 없는데요?"

여학생은 추운지 몸을 웅크리고 있었어. 친절하려고 애를 쓰는 모습이 고맙기는 하지만 그 여대생은 정말 모르는 듯했어.

나는 여대생에게 고맙다는 인사를 했어. 내 인사가 끝나기 무섭게 여대생은 인파 속으로 섞여들었어.

거리는 활기차고 젊음이 넘치고 있었어. 다정하게 서로를 껴안고 가는 남녀 커플에, 팔짱을 낀 채 환한 웃음을 지으며 가는 여대생들……

어쩜 여대생이 아닐지도 모르지. 여대생이 선망인 가난한 여성들도 있을 수 있고 그 거리에 직장이 있는 여성들도 있을 수 있겠지만… 정확히 말하면 그들은 소녀들이었어. 너 같은. 어쩜 너보다 더 어린, 혹은 더 언니일 수도 있는.

나는 몇 번이나 소녀들을 잡고 물어본 뒤에 너를 찾을 수 있었지. 차라리 들판에 서 있거나 혹은 높은 곳에 서 있었더라면 너를 쉽게 찾을 수 있었을 거야. 소란스럽고 번화한, 여자대학교로 통하는 거리에 서 있는 너는 차라리 잊혀진 소녀 같았어.

너를 처음 본 순간, 나는 마음이 몹시 아팠어.

차가운 바람을 맞고 선 너는 맨발이었다. 목에는 누군가가 걸어둔 노란 목도리가 추위를 녹여줄 듯했지만 정작 발은 맨발. 땅을 딛고 선 네 발에는 양말조차 신겨줄 수 없었다. 어쩜 그것이 네 운명을 암시하는 것인지도 모르지. 네가 누군지, 어디서 왔는지, 또 어떻게 살았는지, 슬픔은 무엇인지, 혹 기쁜 순간은 있었는지, 거리를 걷는 사람들은 관심조차 없다. 그나마 위안이 되었던 것은 너의 등 뒤에 설치된 날개가 너의 날개처럼 보였어. 나비여도 좋고 천사의 날개여도 좋을. 마치 금세라도 하늘로 날아오를 듯한 자세. 나는 네가 천사일 거라고 생각했다.

네가 응시한 곳 저 멀리에 무엇이 있는지 나는 안다. 그 또한 아무도 관심이 없다. 너의 눈길 너머에 무엇이 있는지, 왜 그곳을 바라보고 있는지, 너의 눈길이 무얼 의미하는지.

너보다는 조금 큰 소녀가 너에 대해 이야기해 주지 않았다면 나는 너를 찾지 않았을 거야. 결연한 의지로 이야기하던 소녀가 아니었다면.

그녀는 이 거리 끝자락에 있는 대학교에 다니는 여학생이었어.

짧게 자른 머리칼은 단정하고 눈빛은 정의로웠지. 마음은 따뜻하고 입매는 결연한 키가 훌쩍 큰 여학생이었어. 이 시대에 역사를 읽어가는 소녀였지. 이름이 문선이라 했던가.

소녀란 아직 다 자라지 않은 여성을 의미하지. 정신적으로나 육체적으로 아직은 미숙하고 부족하지만, 더없이 순수하고 아리따운 꽃봉오리지. 두 뺨에 물이 올라 보는 것만으로도 촉촉한 기운이 옮겨질 것만 같은.

나도 한때는 그런 적이 있었지만, 지금은 기억도 없다. 그런 시절이 있기나 했었는지 아득하기만 하다.

그런 시간은 잊어버린 기억 같은 시간이지.

나의 어머니도 그런 시절이 있었다고 했지. 꽃다운 시절에 고운 님 만나 꿈같은 인생이 시작되기를 빌었다던 어머니.

악몽 같은 시간들이 어머니를 휘몰아간 후 어머니는 거의 말문을 닫았다. 필요한 말이 아니면 벙어리는 아닐까 할 정도로.

나는 그런 어머니를 아주 오랜 시간이 흐른 후 만났단다.

어머니의 눈빛에 세상에 대한 적의가 가득한 걸 보고 나는 그분이 내 어머니라는 생각을 하게 됐지. 눈빛으로 나는 어머니를 알아본 거지. 나 역시 세상에 대한 적의로 가득했었거든.

어머니와 나를 만나게 해 준 건 안젤라 수녀님이었다.

우리는 성당에서 처음 만났단다. 어머니와 딸이.

우리는 우리의 운명을 거부하기 위해 코뚜레를 거부하는 소처

럼 펄펄 뛰었지. 세상에 믿을 것은 하나도 없고 믿을 사람도 없다
는 것이 어머니와 나의 생각이었어. 그래서 우리의 눈엔 적의가 가
득했고 원망이 가득했고 불평이 가득했지. 하지만 그런 사람일수
록 속은 하염없이 여린 존재라는 걸 수녀님은 알아보셨던 거지.

"이제 두 분은 모녀의 인연으로 묶였습니다. 서로 사랑하고 보
살피세요."

아마도, 수녀님은 우리 모녀의 불화를 이해하고, 그래서 더 꽁
꽁 묶어두신 것인지도 모르겠어.

의무적으로 우리는 일주일에 한 번씩 만났어. 불행한 인생들에
게 후원을 아끼지 않는 사회단체에서 〈행복한 가정 만들기 사업〉
의 일환으로 시작한 일에 우리가 엮인 거지.

우리는, 어머니와 나는, 도살장에 끌려가는 소처럼 그 일에 말
려들었어. 그렇게밖에 말할 수 없어.

"하느님의 뜻을 우리는 알 수 없습니다. 사랑이신 하느님의 뜻
을 받아들이세요."

무슨 말인지도 모르는 그 말을 들으며 어머니와 나는 억지로 손
을 잡고 눈길은 먼 데다 두고 대화도 나누지 않았단다. 마치 모녀가
되는 것을 한사코 반대하는 몸짓으로. 그러나 마주 잡은 손길이 자
주 이어지다 보니 어느새 어머니와 나의 몸에 피가 돌기 시작했어.
서서히 우리는 모녀가 되어갔어. 우리는 서서히 서로의 눈을 들여
다보기 시작했지. 거기 고여 있는 아픔과 눈물과 분노와 어둠을!

"그래도 넌 다행이라 생각해라. 부모가 없었어도 네 몸은 건강하고 깨끗하지 않니. 이 에미는……."

처음 대화를 시도할 때, 어머니는 그쯤에서 늘 말이 끊어졌어.

"다른 애들은 다 학교 다니고 부모 밑에서 행복하게 사는데 나는 갈 곳도 없고, 돌보아 줄 사람도 없이 혼자서 살아야 했어요. 하늘을 원망하며 살았지요. 천지에 나 혼자……."

살아온 세월만 생각하면 절로 눈물이 흐르는 나를 어머니의 거친 손이 다독이기 시작했지.

"그래, 고생했구나. 부모님 모두 돌아가셨느냐?"

"두 분 다 전쟁 통에 돌아가셨지요. 그 후부터 저는 밥을 벌어먹기 위해 안 해 본 일이 없어요. 식모살이, 청소부에 공사장 등짐까지."

나도 모르게 눈물이 흘렀어. 아직도 눈물이 남아 있다는 게 신기할 정도야.

"그래도 다행이다. 몸 다친 곳 없이 살아서. 나는 너 만한 때 생각을 하면 온몸에 두드러기가 돋아나. 아직도. 그 짐승 같은 놈들이 나를……."

어쩜, 고해성사가 그런 것일지 모르겠다. 우리는 신부님 앞에서도 토하지 못했던 일들을 서로 앞에서 고해하기 시작했어.

울기는 얼마나 많이 울었겠니. 어머니도 나도. 처음엔 혼자서 울다가 나중엔 둘이 부둥켜안고 울었어.

"나는 아이를 낳을 수 없는 몸이 되었다."

"저는 아이를 낳고 싶지 않았어요."

"나는 아이를 낳고 싶었다."

"저는 아이를 낳기 싫었어요."

서로가 왜 그런 소리를 하는지, 왜 그런 이유가 있는지는 나중에 절로 알아졌다. 느껴졌다. 그제야 이해할 수 있는 온기가 생겨났다. 살려고 마음만 먹으면 언제나 희망은 있다.

너의 발을 따뜻하게 해 주고 싶었다. 얼마나 발이 시릴까. 나는 가만히 너의 눈을 들여다보았다. 눈빛이 서늘하기는 하나 당당했다. 부끄러워하지 않았다.

나는 너를 한참이나 바라보다가 가만히 다가가 너의 발을 만졌다. 움츠러들 만큼 싸늘하고 서늘한 기운이 느껴졌다. 나는 내 몸을 낮추어 너의 발을 어루만졌다.

지나가는 사람들이 신기한 풍경을 바라보듯이 쳐다보다 지나갔다. 몇 명 소녀들은 잠시 걸음을 멈추기도 했다. 이럴 때 문선이가 있었다면 뭐라고 했을까.

"묵념하고 가세요. 우리를 있게 해 주신 분들의 영혼을 안아 주세요."

그랬을까. 그랬다면 몇 명이나 걸음을 멈추고 문선의 말을 들었을까……

일본대사관 앞에서 그녀를 처음 보았다. 20년간 수요일마다 집회를 해온 일본군 위안부 할머니들이 모이는 날이었다. 이미 많은 피해자들이 운명을 달리한 터라 모임에 나오는 할머니들은 몇 되지 않았다.

"저렇게 잊혀 가는구나."

언젠가 텔레비전에서 집회 장면을 우연히 보신 어머니가 한숨을 섞어 그 말을 했을 때도 그리 심각하게 받아들이지 않았다. 저렇게 잊혀 가는구나. 나는 어머니가 돌아가신 후 그 말을 떠올리고 그 자리에 어머니의 친구를 만나러 갔었다. 행사가 끝나면 어머니가 전해주라 이른 편지를 그 할머니에게 전하기 위해서였다.

편지의 내용이 궁금했지만 뜯어볼 수는 없었다. 어머니의 편지는 풀로 야무지게 붙여져 있었다. 어머니의 야무진 마음이 느껴지는 부분이었다.

"수요일 정오에 일본대사관 앞으로 가 봐라. 가면 만날 수 있을 게다."

어머니가 숨을 거두며 내민 한 통의 편지를 전하기 위해 나는 그곳에 가게 된 거다.

어머니는 한 번도 그 집회에 나온 적은 없지만, 친구인 그 할머니에 대해 다 알고 있었던 것 같았다.

어머니의 친구인, 80도 훨씬 넘은 할머니가 찬바람이 부는 그늘진 자리에 꼿꼿이 앉아 있었다. 어머니의 친구는 어머니와 다르게 당당하고 용감했다. 바람이 차가웠고 곧 비라도 내릴 듯이 하늘은 우중충했다.

"우리는 그 애를 점순이라 불렀단다. 엉덩이에 큰 점이 있었거든. 이름은 일부러 안 불렀어. 그게 그 애를 위하는 길이라고 생각했거든. 성격이 괄괄하고 거침이 없어서 수틀렸다 하면 물불 안 가리고 대들어서 일본군인 놈들도 겁을 냈었어."

그 말을 할 때 어머니는 조금 웃었다. 70년이 지나도 가시지 않는 악몽은 어머니에게도 나타났다. 햇빛을 바라보지 않았다. 밖으로 나가지 않으려 했다. 혹여 안젤라 수녀님이 밖으로 끌어내면 햇볕을 바라보지 않고 눈을 가렸다. 거기에 동굴에 갇힌 짐승처럼 집 안에만 있는 것, 그때만 생각하면 두드러기가 나는 것. 말문을 닫고 우울의 늪에 빠지는 것. 그걸 의사들은 외상 후 스트레스 장애라 했다. 어머니는 유독 심했다.

점순이 할머니는 입을 꽉 다물고 허리를 꼿꼿하게 편 채 앉아 있었다. 수많은 말보다 더 큰 웅변인 듯한 태도였다.

날씨가 꽤 쌀쌀했는데도 움츠리지 않았다. 이를 꽉 다물고 견디고 있는 것 같았다. 빨간 스웨터가 다행히 따뜻해 보였다.

수요 집회에 모인 사람들은 생각보다 많았다. 거의가 학생들처럼 보이는 소녀들이라서 혹시 동원된 건 아닌가 하는 의구심도 들었다. 그러나 그것이 아니기를! 아니 그렇대도, 그들에게 의미없는 일이 아니기를!

그동안의 경과보고가 있고 노란 풍선을 띄우는 퍼포먼스도 있었다. 성명서도 발표했다. 시종 격앙된 목소리로 성명서 발표를 하던 대표자가 소리를 높여 부르짖기 시작했다.

"한국 정부는 일본군 위안부 문제와 관련해 일본 정부에 공식사과와 법적 배상을 촉구하라!"

"촉구하라 촉구하라!"

"일본 정부는 고노담화에 대한 왜곡을 중단하고 자국민에게 올바른 역사를 교육하라!"

"교육하라 교육하라!"

한마음이 된 목소리가 하늘로 퍼져나갔어. 건너편 일본대사관 앞에 도열한 경찰들의 모습이 무채색의 풍경처럼 보이더구나.

빗방울이 떨어지기 시작했어. 후두둑 후두둑, 내 볼에도 빗방울이 닿았어. 차가웠어. 모여 있던 사람들이 하늘을 올려다보았어. 하늘은 아주 우울한 낯빛이었지.

"이 추운 날, 모여주셔서 감사합니다. 언젠가는 이 긴 터널의 끝에 빛이 깃들 것임을 알고 있습니다. 우리 모두 한마음으로 기원합시다."

잠시 침묵이 흘렀지. 참여자 모두가 경건한 마음으로 고개를 숙였단다.

침묵을 깬 건 여대생으로 보이는 소녀였어.

"○○대학 2학년 이문선입니다."

처음 보는 소녀의 단정한 얼굴이 몹시 진지해 보였어. 문선이는 앞에서 노래를 했다. '바위처럼' 이라는 노래였다.

바위처럼 살아가자 모진 비바람 몰아친대도
어떤 유혹의 손길에도 흔들림 없는 바위처럼 살자꾸나
바람에 흔들리는 건 뿌리가 얕은 갈대일 뿐
대지에 깊이 박힌 저 바위는 굳세게 서 있으니…

문선이의 시원한 목소리가 퍼져나갈 때 사람들이 조금씩 따라 부르기 시작했어. 점순이 할머니도 따라 불렀어. 하지만 그 목소리는 떨리고 불안정했어. 가만히 살펴보니 두 손을 불끈 쥐고 추위를 이겨내려고 애쓰고 있는 것 같았어. 하지만 두 손을 불끈 쥔 이유가 추위 때문이기만 했을까.

나도 모르게 눈물이 났어. 어머니 생각도 났어. 어떤 사건에 대한 태도는 다르지만, 생각은 같았어.

점순이 할머니 곁에 너를 닮은 소녀상이 있더구나. 그 소녀는 누군가 둘러준 목도리도 하고 장갑도 끼고 무릎에는 담요도 덮여 있었어. 슬픔을 안으로 삼킨 듯한 담담하고 무심한 눈빛이 오히려 보는 이를 아프게 했어. 그런 눈빛이 안쓰러워 마음 고운 이들이 그 소녀를 춥지 않게 해 주려고 그리했겠지.

점순이 할머니의 눈빛도 소녀를 닮아 있었어. 같은 아픔을 겪은 이들만이 느낄 수 있는 그런.

문선이의 노래가 끝나자 박수가 쏟아졌지. 문선이가 고개를 깊이 숙여 인사하고 마이크를 잡았단다.

"저기 있는 소녀상 말고 또 하나의 소녀상이 있습니다. 그건 우리들이 세웠습니다. 우리 학교 가는 길에 있습니다."

나는 귀가 쫑긋했지. 너희들이? 어린 너희들이?

문선이가 마이크를 진행자에게 전하고 사라졌다. 눈으로 그녀의 뒤를 부지런히 찾았지만, 그녀는 보이지 않았단다. 나는 옆에 있는 학생에게 그녀가 다니는 학교를 물었단다. 그 자리를 뜰 수는 없었기 때문이었지. 점순이 할머니를 만나야 하니까.

그 후로 양심선언을 하기 위해 일본에서 찾아온 남자가 근엄한 얼굴로 앞자리에 서더구나.

"저는 일본 사람이무니다. 저는 이 자리에 용서를 구하기 위해 왔스무니다."

서툰 한국어로 그렇게 말한 남자는 그다음부터는 일본말로 말하기 시작했단다. 그걸 젊은 여자가 통역했다. 그는 이 집회의 진정성과 역사성에 대해 깊은 공감을 한다고, 이 부끄러운 역사적 사건에 대해 깊이 사죄하고 있다고 고개를 조아렸단다.

그는 말하다가 눈물을 훔치는 시늉을 했고 목소리가 젖어들기도 했단다. 그럴 수도 있지. 그의 마음이 진정일 수도 있지. 일본인은 많으니까. 그중에 일부가 전체적 의견과 다르다 해서 감동할 필요는 없지 않을까?

나는 그의 행동에 깊은 감동을 느끼지는 못 했어.

그는 모모코를 알까?

나는 그 남자가 양심선언을 하는 동안 내내 점순이 할머니를 지켜봤어. 아무런 동요의 눈빛도 없이 그냥 앉아 있는 할머니는 조금 지루한 듯했어. 매주 반복되어 온 집회에 대한 타성이 슬쩍 느껴지기도 했단다. 그건 순전히 내 느낌이었지만.

나는 어머니에게 많은 이야기를 듣지 못했단다. 말하지 않으셨으니까. 내가 어머니에 대해 알고 있는 것은 어머니가 겪은 일의 아주 일부분일 뿐이야. '모모코'라는 이름에 얽힌 슬픈 사연과 일본인을 '일본놈'이라 말하는 어머니의 말투에서 느끼는 증오.

어머니의 세상은 꽃다운 나이에 꺾여서 피지도 못하고 얼음꽃이 되었다.

내가 어머니에 대해 알기 시작한 건 도서관의 서고를 뒤지면서부터였다.

집회가 끝나자 사람들은 뿔뿔이 흩어지기 시작했어.

나는 어머니의 편지를 전하기 위해 점순이 할머니가 있는 쪽으로 다가갔어. 할머니는 기자들과 사람들에게 둘러싸여 천천히 걸음을 옮기고 있었어. 사진기자들이 플래쉬를 터트리는데도 무덤덤한 눈길로 고요한 할머니를 보노라니 마음에 돌덩이가 얹힌 것처럼 무거웠어.

갑자기 바람이 불었다. 전단지가 휘날리자 사람들은 몸을 숙였다. 마치 날아오는 탄환을 피하는 듯한 모습들이었다. 나는 사람들을 비집고 들어가서 할머니 앞에 섰다. 행사 관계자들이 나를 막았다. 나는 한 손을 뻗쳐 점순이 할머니 손을 잡고 짧게 말했지.

"모모코 딸이에요."

할머니의 눈썹이 꿈틀, 움직였다. 천천히 걷던 할머니가 걸음을 멈추었다.

"모모코? 모모코가 살아 있어?"

할머니의 목소리가 떨리고 있었어.

나는 잠시 망설였단다. 할머니의 목소리에 물기가 어려 있었기 때문이었다.

"자자, 빨리 움직입시다. 비가 올 것 같네요."

젊은 여자 하나가 다가와 할머니를 부축했지. 비를 머금은 바람이 내 얼굴을 훑고 지나갔어. 할머니는 내 손을 잡았다가 놓쳤어. 나는 얼른 할머니의 손을 잡고 눈을 맞추었지. 돌아가셨어요, 라는 말은 차마 할 수 없었단다.

주머니에서 편지를 꺼내 할머니의 손에 쥐여 드렸지. 어떤 내용인지 나도 알 수 없었다. 아마도 당신이 오래 살지 못 할 거라는 예감이 든 후에 미리 써 둔 편지 같았어. 유언장일 수도 있었다.

삐뚤빼뚤한 어머니의 글씨가 그리움처럼 출렁거렸다.

후두둑, 후두둑, 약속이라도 한 듯이 빗방울이 떨어지기 시작했지.

"모모코한테 나를 찾아오라고 전해 줘!"

할머니가 차에 오르기 전에 나를 향해 소리쳤단다. 나는 고개를 끄덕일 수 없었단다. 모모코는 이 세상에 없으니까.

봄이 올 때 끌려가서 모모코라 했단다. 복사꽃이 필 때라 모모코라 했단다. 모모코는 어머니의 이름이 아닌 그 당시 소녀였던 어머니의 암호였던 거지.

모모코한테 나를 찾아오라 전해 줘. 라는 말이 이명처럼 울렁거렸다. 모모코는 죽었다. 잘 죽었다. 비로소 편안해졌다.

임종을 지킨 나는 정말 어머니가 편안하게 되었다는 걸 느낄 수 있었다. 얼굴이 볼그레해지고 표정이 편안해지는 걸 보면서 어머니는 이제야 살아나는구나, 라고 여겼다. 어머니가 가시는 나라, 이제는 만날 수 없지만, 어머니가 편안해질 수 있는 그 나라에서 마음에 품었던 사내와 꿈꾸었던 새로운 세상이 열리기를 빌었다.

굵은 빗줄기가 떨어지기 시작했다. 사람들이 약속이나 한 듯이 뛰기 시작했다. 비를 조금이라도 피하기 위해.

우산도 없이 비를 맞았다. 우산이 없으면 비를 맞는다. 우산이 없으면 비를 맞는 것을 피할 수 없다.

우문 같은 말을 읊조리며 나는 하늘을 올려다보고 있었단다. 집회로 소란했던 대사관 앞은 다시 조용해졌다.

나는 연합뉴스 건물 앞 키다리 기자상을 보았다. 긴 다리로 발 빠르게 뉴스를 전하는 기자상은 함빡 웃고 있다. 자신에 찬 얼굴이 익살스럽기까지 하더구나. 휘날리는 머플러 색깔이 복사꽃 색깔이다.

모모코. 큼직한 발이 믿음직스럽다. 무엇이든 해낼 것만 같은, 어떤 부조리도 캐낼 것만 같은 푸른 청색 상의가 정의의 표상처럼 느껴진다. 연회색 바지는 무얼 의미하는 걸까?

마음이 무거워서 엉뚱한 생각을 한다. 회색 바지든 검정 바지든 무슨 차이가 있다고, 또 무슨 관계가 있다고.

차라도 한 잔 마시고 싶어서 주위를 두리번거렸다. 목이 몹시 마르고 칼칼했다. 비가 오고 있는데도.

그 거리를 떠나기 전 나는 비를 맞고 있는 소녀상을 한번 쓰다듬었다. 손끝에 전해지는 물기가 소녀의 눈물인 것만 같아 마음이 아릿했다. 소녀의 몸을 가린 무릎담요도 젖기 시작했다. 하지만 나는 비를 멈출 수 없다.

절망의 마음에 목이 더 마르다. 달달한 한 잔의 믹스 커피나 주스. 그거면 족하다.

나는 창이 큰 가까운 카페에 들어가 밖이 보이는 곳에 자리를 잡았단다. 카페의 의자는 편안했어. 비바람처럼 스쳐 지나간 조금 전의 일들을 잊을 만큼.

믹스 커피는 집에만 있고 찻집에서는 라떼를 마신다. 부드러운 커피 맛이 편안하다. 두 손을 모아 찻잔을 쥐고 의자에 몸을 깊숙이 묻고 밖을 내다보았단다.

차창으로 보이는 풍경이 눅눅하다. 이제는 우산을 쓴 사람도 있다.

아침 뉴스에 비 예보가 있었던가. 준비성 있는 사람이거나 급히 우산을 샀거나.

어떤 이는 우비를 썼다. 큼직한 검은색 가방이 어울리지 않는 남자가 심각한 표정으로 거리를 걷고 있더구나. 그는 조금 걷다가 주변을 돌아보고 또 조금 걷다가 주변을 돌아보았다. 의심과 불만이 가득한 눈빛이 흔들리다가 결심을 한 듯 걸음을 멈추었다.

이리저리 주변을 살피던 그 남자는 가방에서 뭔가를 꺼내어 부지런히 늘어놓기 시작했어. 이젤을 세우고 그 위에 뭔가를 쓴 패널을 얹었다. 거리가 멀어서 잘 보이지는 않지만 까망 글씨와 위협적인 빨강 글씨가 어지럽게 섞여 있었다.

두 개의 이젤에 패널을 얹었더니 주머니에서 마스크를 꺼내 쓴다. 마스크에는 X자가 크게 그려져 있다. 침묵시위인 모양이다.

그 남자는 비를 다 맞으면서 서 있었다. 용의주도하게도, 비가 올 것을 계산하여 패널 위에 비닐 코팅까지 해 두었다. 빗방울이 비닐 위로 또르르 굴렀다. 내용이 궁금했다. 무엇을 위해 일인 시위를 하는 걸까?

하지만 나는 지금 차를 마시고 있는 일에 방해받고 싶지 않았어. 개인적 선택이다. 지금은 차를 마시는 것이 그 무엇보다 중요한 일이다. 찻집을 나갈 때까지 그가 그 자리에 서 있다면 모르지만 그걸 보기 위해 우산도 없이 그쪽으로 갈 마음은 없었어.

"저 사람 지난주에도 왔는데 또 왔네?"

우산을 접으며 들어서는 중년 남자들의 말소리가 자연스럽게 들려오더구나. 나도 모르게 고개를 돌려 그쪽을 보았지.

"그러게. 저런다고 누가 알아주나?"

"수요 집회에 대한 맞불작전일 수도 있고. 가랑비에 옷 젖는다잖아. 수요집회도 그렇잖아. 처음에 할 때는 누가 눈길이나 주었나. 그게 벌써 20년이야. 내가 입사하던 해니깐."

"벌써 그리됐나?"

"그동안 구체적 사과를 받아낸 건 없지만, 그래도 이제는 다들 수요 집회를 알잖아. 그리고 이 거리가 '평화의 거리'라는 이름을 얻었고."

"하긴."

"저 사람도 그런 목적이겠지. 일본 사람이겠지?"

"그런데 시위 내용이 뭐야?"

"1997년 아시아여성연금으로 일본은 위안부 과거사에 진심을 담아 사죄와 배상을 했다. 위안부 소녀상은 한일관계에 도움이 되지 않는다고 생각한다. 광복 70년이 지난 지금 과거의 아픔도 묻을 때가 되었다고 생각한다. 뭐 그런."

"허어 참!"

"그 사람들 입장이지 뭐. 지난 일을 왜 자꾸 들추냐 뭐, 그런."

'뭐, 그런'은 그 남자의 말버릇 같았다. 그 말이 참 무심하게 들렸다.

그들은 담담했다. 분노하거나 동조하거나 비판하지 않았다. 냉정한 편이었다. 어쩜 중립적 입장일 수도 있었다. 그러나 화가 났다. 왜 중립이지? 왜 중립이 될 수 있지? 그런 생각을 하며 찻잔을 들어 단숨에 마셨다. 적당히 식은 커피는 단맛만 혀에 남았다. 자괴감이 몰려왔다.

나는 어머니를 위해 아무것도 할 수 없다는 생각에.

정의로운 소녀 문선이가 생각났다.

"저희는 그 소녀들을 위해 돈을 모아서 나비 소녀를 세웠어요. 그 소녀들의 아픔과 영혼을 위로하기 위해서죠. 나비 소녀를 그 자리에 세우기 위해 우리는 커피를 팔았고 그림을 그려서 팔았고 알바를 했죠. 우리의 언니, 어머니, 할머니였던 소녀들을 우리가 기억하기 위해서죠. 하지만 다들 아는 건 아니에요. 무심한 친구도 있고 비판적 의견을 내놓는 친구들도 있어요. 하지만 옳은 일이라고 생각하기 때문에 하는 거예요."

또랑또랑한 문선이의 목소리가 귓전을 떠나지 않았다.

너의 발을 감싸 안고 있던 내 두 손이 얼음처럼 차가워졌다. 그렇다고 해서 네 발이 따뜻해지지는 않았을 것이다. 그동안의 세월이 얼마나 추웠느냐. 그 추위가 잠시 내 체온으로 어찌 녹아들 수 있겠느냐.

지금도 너는 여전히 바람을 맞고 있다. 봄이 오는 날까지 기다릴 수 있다면 너는 웃음을 찾을 수 있을까.

바람뿐이겠느냐. 비도 오고, 폭풍도 온다. 찌는 듯한 더위 앞에서도 몸 가릴 곳이 없다. 그러나 너를 그 자리에 세운 어여쁘고 기특한 소녀들은 너의 새로운 친구다. 그 친구들의 열정이 너를 조금 따습게 할까.

사람에 대한 실망이 너무 많아서 어쩜 너는 바위처럼 딱딱하게 굳었을지도 모른다. 사랑도, 신뢰도, 믿음도 없어진 너는 사막에 서 있는 가시 돋친 선인장일지도.

믿었던 사람들은 또 너희를 얼마나 난도질했느냐. 그것은 다 이 시대의 잘못이다. 너희들의 잘못이 아니다. 그럼에도 불구하고 그늘에서 자라는 허약한 풀꽃처럼 햇빛을 보지 못했던 너희들, 미안하구나. 사막의 땅 밑 저 깊은 곳에서 스스로 물을 길어 올려 살아내야 했던 너는 진정한 승리자다.

나는 문선이를 보면서 위안을 느낀다. 아직 너를 기억하는 소녀들이 있다는 사실에.

나는 차가워진 손을 슬그머니 너의 발에서 떼어내고 두 손을 비벼 추위를 이겨낸다. 그리고 네가 딛고 있는 발판에 눈을 돌린다.

〈대학생이 세우는 평화비〉
우리는 일본군 위안부 문제를 해결해야 하는 새 세대로서 이 문제가 해결되는 그날까지 역사를 기억하고 함께 행동하기 위해 이 비를 세운다.

그 위에 네가 우뚝 서 있다. 항거하듯 배를 쑥 내밀고, 운명아, 덤빌 테면 덤벼봐라, 하는 듯한 몸짓으로.

세상의 승자는 잊히지 않는 자이다. 그러나 어둠을 걷어낼 수 없다면, 승자의 얼굴을 볼 수 없다.

나는 다시 너의 맨발에 내 손을 갖다 댄다. 아담한 너의 다섯 발가락이 참 예쁘다. 그 예쁜 발가락으로 걸어온 길이 얼마나 힘들었을까. 못이 박히고 찢어지고 피가 나고 그래서 무감각해진 발가락.

서늘한 감촉이 내 손으로 전해진다. 매일 찾아와 너의 발을 만지면 언젠가 네 발이 따뜻해질까.

눈물이 난다. 추워서가 결코 아니다.

　타인을 읽어내는 일이 곧 나를 읽어내는 방식이라고 생각했다. 그것은 곧 인생을 읽어내는 것이며 인간을 읽어내는 일이며 인간의 역사를 쌓아가는 일이라고 생각했다.

　삶이 무엇인지 점점 모르겠다. 희망이라거나 혹은 절망이라거나 하는 따위의 감정도 사치다 싶을 만큼 삶의 골짜기는 깊다. 고독하고 눅눅한 생에 때로는 햇살 드는 날도 있기를 바라는 것은 유한한 생에 대한 연민 때문일까?

　골짜기마다 무성한 나무들은 다 저마다의 존재를 드러내느라 바쁘고 그들의 언어를 읽어내느라 나 또한 바쁘다. 사람들에 대한 관심과 연민이 나를 키우는 것일까? 내 글을 키워가는 것일까?

살아있는 동안 숨 쉬고 생각하고 보고 듣고 행동하는 모든 것들이 무의미할 수도 있다는 위험한 생각을 하는 동안 사물을 깊이 들여다보는 버릇이 생겼다. 그것은 생에 대한 연모의 반증일 수도 있으리라. 우물은 깊으나 나는 아는 것이 별로 없다. 나도 모르게 자꾸 운명론적으로 흘러간다.

중편 〈산동네, 그 집에서 있었던 일〉과 〈달의 행로〉 2편, 단편 〈오후 2시에서 4시 사이〉와 〈아내의 초상〉, 〈소녀에게〉 3편을 모아 두 번째 창작집을 묶는다. 11년 만이다. 장편소설 〈덕혜옹주〉를 발표한 후 〈은주〉와 〈몽화〉를 써내느라 단편 쓰는 일에 게을렀다. 우둔한 탓이기도 하다.

여전히 길은 아득하고.

나는 그저 묵묵히 걸어가야 한다.

손잡고 함께 갈 벗이 없을지라도.

처음 작가를 꿈꾸었던 어린 날을 가슴에 간직한 채

그것은 스스로 나 자신과 나눈 첫 약속이기에.

출판계의 어려움에도 불구하고 선뜻 출판을 서둘러주신 (주)북오션 박영욱 대표님께 감사의 인사를 전한다.